लेटते ही नींद आगयी

शमा खान

Made with ♥ on the Notion Press Platform
www.notionpress.com

"बिस्मिल्लाह-हिर-रहमान-निर-रहीम"

उस रब्ब-ए-करीम का लाख-लाख शुक्र, जिसकी इनायत और करम के बिना मेरी कलम एक लफ्ज भी लिखने के काबिल न थी।

यह किताब... उन अज़ीम हस्तियों के नाम, जिनके साये और दुआओं ने मुझे मंज़िल का रास्ता दिखाया—मेरे अज़ीज अम्मी और अब्बा। मेरे भाई-बहनों और उन मुख़लिस दोस्तों के नाम, जो हर मुश्किल मोड़ पर ढाल बनकर साथ खड़े रहे। और उन तमाम चाहने वालों की मोहब्बतों के नाम, जिन्होंने मेरे लफ्जों पर यकीन किया और मेरी हौसला अफ़ज़ाई की।"

शमा खान

क्रम-सूची

क्रम-सूची

प्रस्तावना

मैं शमा खान, अपने जज़्बात और ख़यालात को लफ़्ज़ों की शक्ल देकर दास्तानें लिखती हूँ - ऐसी दास्तानें जो क़ारीन (Readers) को ज़िंदगी के असल एहसासात से रूबरू कराती हैं। मेरी कोशिश रहती है कि मेरी कहानियों के किरदार पाठकों को अपने आस-पास की दुनिया का हिस्सा महसूस हों।

मेरा ताल्लुक धनबाद, झारखण्ड से है और पेशे के एतिबार से मैं एक Accountant हूँ। लिखने का शौक़ मुझे स्कूल के ज़माने से है, जब मैं ग़ज़लें लिखा करती थी। वक़्त के साथ एहसास हुआ कि मैं दास्तानें भी बुन सकती हूँ। अब तक मैंने कई कहानियाँ लिखे हैं—भले ही उन्हें ज़्यादा पहचान न मिली हो, मगर यह सफ़र मेरे लिए एक बड़ा तजुर्बा रहा है।

यूँ तो मुझे Horror, Suspense और Thriller क़िस्म की कहानियाँ पसंद हैं, मगर **"लेटते ही नींद आ गई"** मेरे दिल के बेहद क़रीब है।

"ज़िंदगी और मौत के बीच का फ़ासला उतना ही है, जितना एक सांस का आना और दूसरी का रुक जाना।"

यह दास्तान रमीज़ की है—एक ऐसा शख़्स जिसने दुनिया के शोर-ओ-गुल से दूर कब्रिस्तान की ख़ामोशी में अपना ठिकाना बना लिया। मगर उसके माज़ी के कुछ ऐसे राज़ हैं जो उसे चैन की नींद नहीं लेने देते। हर रात एक ख़्वाब उसे उन गलियारों में ले जाता है जहाँ से वह भागना चाहता है। तूफ़ानी रातों की दस्तक और एक नक़ाबपोश साया—आख़िर रमीज़ के माज़ी में ऐसा क्या राज़ छुपा है?

तलाश, पछतावे और रूहानियत के इस सफ़र में मेरे साथ चलिए...

शमा खान

धनबाद, झारखण्ड

28-03-2026

भूमिका

किताब लिखना महज़ अल्फाज़ों को पन्नों पर उतारना नहीं, बल्कि अपने अंदर की एक पूरी दुनिया को दूसरों के सामने पेश करना है। 'लेटते ही नींद आ गई' की यह कहानी मेरे दिल के बहुत करीब है।

यह कहानी रमीज़ की है, जो अपनी ढलती उम्र में कब्रिस्तान की खामोशी में सुकूँ तलाश रहा है। लेकिन क्या मौत के साये में वाकई सुकूँ मिलता है? या फिर हमारे माज़ी (Past) के गुनाह और अधूरी मोहब्बतें मिट्टी के नीचे भी हमारा पीछा नहीं छोड़तीं? इस कहानी को लिखते वक्त मेरा मकसद सिर्फ़ डराना या सस्पेंस पैदा करना नहीं था, बल्कि इंसान के अंदर चलने वाले पछतावे और रूहानियत के कशमकश (Conflict) को दिखाना था।

उम्मीद है कि रमीज़ का यह सफर—जो धुंधले ख्वाबों, एक नकाबपोश औरत के रहस्य और कब्रिस्तान की उन सर्द रातों से होकर गुज़रता है—आपकी रूह को भी छुएगा।"

1

लेटते ही नींद आगयी-01

तेज़ तूफ़ान में क़ब्रिस्तान में कुदाल लिए क़ब्र खोदता 50 साल का अब्दुल रमीज़ निहायत ही शरीफ ईमानदार और नूरानी सख्सियत का मालिक रहता है ! सादा लिबास सिर पर हर वक़्त टोपी हाथों में तस्बीह बूढ़े लब जो हर वक़्त रब की तस्बीह पढ़ा करते है ! अपने गाँव रहमतगंज के पुराना क़ब्रिस्तान की निगरानी करने का काम किया करता है ! क़ब्रिस्तान के दरवाज़े के पास ही उसकी छोटी सी झोपड़ी रहती है जिसमे में वो अपने आराम का वक़्त गुज़ारा करता है !

रात को मस्जिद में नमाज़ ईशा के बाद एक मयत को सुपुर्दे खाक करना रहता है मयत के घर वालों की मौजूदगी में नमाज़े जनाज़ा के बाद रमीज़ मयत को क़बर में उतार कर मिट्टी देकर नहाने चला जाता है ! रमीज़ जब तक नहा कर आता है तब तक सारे लोग जा चुके होते है ! अब्दुल रमीज़ क़ब्रिस्तान की दोनो तरफ की बड़ी गेट को बंद कर के अपने छोटी सी झोपड़ी में बिछी चारपाई पे जाकर लेट जाते है खाना कही ना कही से किसी घर से आजाया करता है यह वो खुद ही कुछ बना कर खा लेता है आज उसका कुछ भी खाने को दिल नहीं करता है तो वो सारे दुनियां और जहाँ से बे नियाज़ होकर नींद की मीठी आगोस में धीरे धीरे समा जाता है ! जहाँ से उनकी ख़्वाबों का सिलसिला शुरू होता है !

"रमीज़ रमीज़ कहा हो तुम अब बस भी करो इस तरह आँख मिचौली का खेल मुझे बिल्कुल भी पसंद नही है अगर तुम बाज नही आए अपनी शरारतों से तो मैं फिर कभी नही आउंगी तुमसे मिलने!""नरगिस आम के बाग में पेड़ो के बीच रमीज़ को ढूंढती हुई आवाज़ लगाती है !

मोटे और घने आम के पेड़ के पिछे छुपे रमीज़ की हंसी निकल जाती है और वो जल्दी से अपने मुँह पे हाथ रख कर हंसी को रोकता है !

''ठीक है तो तुम यही रहो छुप कर मैं जारही और हाँ फिर मुझसे बात करने की कोशिश भी मत करना यह हर रोज का है तुम्हारा !"नरगिस गुस्सा में कहती हुई जैसे ही जाने लगती है तो रमीज़ उसे पीछे से आकर अपनी बाहों में भर लेता है और कहता है! "अपनी ज़िंदगी

को कैसे रूठ कर जाने दू , इतनी मिन्नतों के बादतो मौके मिलते है तुमसे दीदार को मैं इस खूबसूरत मौके को हाथ से कभी जाने ना दूँ!"

"बातें ही करनी आती है तुम्हे बस ,एक तो इतनी मुश्किल से मैं सब की नज़रों से छुप कर तुम से हर रोज इस सुनसान पड़े आम के बाग में मिलने आजाती हु और फिर जब यहाँ पहुंचो तो तुम मेरे साथ लुका छुपी का खेल खेलते हो !"नरगिस नाराज़गी ज़ाहिर करते हुए रमीज़ के सींने में घुसे मारते हुए कहती है !

"अरे बाबा बस बस अब से ऐसी शरारते नही करूँगा घूसों से मार डालोगी किया अपने इस आशिक को ! और मेरी जान मुझे बातों के एलावा भी बहुत कुछ करना आता है चलो कर के दिखाता हु !" रमीज़ नरगिस का हाथ रोकते हुए कहता है ! फिर दोनों दुनियां की सारी बंदीसों के पार आम के बागीचे में अपने इश्क़ को मुकम्मल करते हुए हर हदे पार करते है!"

फजर की अज़ान सुन कर रमीज़ की आंखे खुलती है!

"अस्तग़फ़ेरुल्लाह... फिर से वही खवाब ना जाने यह ख्वाब मेरा पीछा कब छोड़ेंगे !" कहते हुए रमीज़ ज़हन से गुज़रे हुए दिनों की बातों को झटकते हुए वो चारपाई से उतर कर पास रखा लोटा उठा कर वज़ू करने चला जाता है!

फ़ज़र की नमाज़ पास की मस्जिद में पढ़ने के बाद रमीज़ अपने माँ बाप की क़बर पर उनके लिए दुआ करता है उसके बाद झाड़ू उठा कर पूरे क़ब्रिस्तान में झाड़ू देने लगता है !

"अस्सलाम अलैकुम रमीज़ भाई आओ पहले गरमा गरम चाय पिलो फिर झाड़ू देना !" दुआ से फारिग होकर मस्जिद के इमाम साहब रमीज़ को आवाज़ लगा कर कहते है जो उस वक़्त खुद कब्रिस्तान में आये हुए रहते है !!

"वालेकुम अस्सलाम इमाम साहब आता हु थोड़ी देर में !" कहते हुए अब्दुल रमीज़ झाड़ू को वही पर छोड़ कर मस्जिद की तरफ चल देते है !

"आप अपने घर क्यों नहीं चले जाते है रात में इस उम्र में अकेले एक क़ब्रिस्तान में गुज़ारना सही नहीं है रमीज़ भाई कभी अचानक तबीयत बिगड़ गयी तो क्या करोगे ? !" इमाम साहब कहते है !

"इमाम साहब इस तरह की बात आप की मुँह से अच्छी नहीं लग रही भला जब खुद को रब की राह में छोड़ दिया फिर कैसा डर , मौत तो बरहक़ है कही भी आ सकती है वैसे अब मेरा इस दुनिया में कोई भी नहीं है ! कहा जाऊँगा इसलिए अपने आखिरी मंज़िल के पास ही रहता हूँ अब मौत के बाद तो यही मेरा ठिकाना होगा !" अब्दुल रमीज़ चाय की चुस्की लेते हुए कहते है !

"ऐसा कैसे हो सकता है के आप का कोई भी ना हो परिवार में कोई तो होगा रमीज़ भाई !" इमाम साहब ने कहा !

"हाँ है भाई मगर बस नाम के उनका होना ना होना बराबर ही है !" रमीज़ ने कहा !
फिर दोनों चाय ख़ामोशी से पिकर अपने अपने कामो में लग जाते है !

बारिश की शारद तूफानी रात और आसमान में बिजलियों की कड़क से पूरा माहौल खौफनाक मंज़र पेश के रहा होता है तभी क़ब्रिस्तान के बाहर सड़क पर एक तेज़ रफ़्तार गाड़ी दरवाज़ा खोल कर किसी इंसान के जिस्म को सड़क पर फ़ेंक कर पल भर में ही कही दूर गायब हो जाती है ! हाथ में छाता और लालटेन लिए अब्दुल रमीज़ क़ब्रिस्तान के दरवाज़े को लगाते हुए ये मंज़र देख रहा होता है !

बाहर का मंज़र बारिश और बिजली से इतना खौफनाक दिख रहा होता है के किसी का भी कलेजा मुँह को आजा ये मगर अब्दुल रमीज़ उस खौफनाक रात में भी बिना किसी डर के सड़क पर पड़े लास के पास पहुँच कर उसका मोयना करता है ! जो के 20 से 25 के आस पास के उम्र के लड़के की रहती है ! लास के सर पे बंदूक की गोली की निशान रहती है ! अब्दुल रमीज़ समझ जाते है के ये कोई क़तल का मामला है!

"फिलहाल इसको यही पे छोड़ देता हु कल सुबह पुलिस को खबर करदूंगा ! पता नहीं बेचारा कौन है ? किसका बच्चा है? सोचते हुए अब्दुल रमीज़ अपनी चारपाई सड़क किनारे बिछा कर लास को उसपे लेटा कर एक चादर से ढक देता है और चारो तरफ चादर को बांध देता है ताके हवाओ के जोर से चादर उड़ न जाये ! वापस अपने झोपड़ी में आकर ज़मीन में तकया लेकर लेट जाता है ! धीरे धीरे रमीज़ को नींद अपनी आगोश में लेलेता है !

"रमीज़ हाथ हटाओ मेरी आँखों पर से मुझे कुछ भी दिखाई नहीं देरहा !" नरगिस कहती है !

"इतनी जल्दी भी किया है थोड़ा सब्र रखो !"रमीज़ नरगिस की आँखों को अपने हाथों से बंद किये आम के बगीचे के बीच में लेकर जाता है !

"चलो अब धीरे धीरे अपनी आँखे खोलो ! " रमीज़ कहता हुआ अपने हाथ नरगिस की आँखों से हटाता है !

"रमीज़ ये झूला तुमने लगाया मेरे लिए !" नरगिस ख़ुशी में उछलती हुई झूले में जाकर बैठ जाती है !

"कोई और तुम्हे दिख रहा किया यहां अरे मेरी जान मैंने ही लगाया है तुम्हें पसंद है ना इसलिए मैंने सुबह में ही लगाया अब चलो मैं झूले को पीछे से धकेलता हु और तुम मज़े लो !" रमीज़ कहता हुआ झूले के पीछे खड़ा होकर नरगिस के झूले कोआहिस्ता आहिस्ता धकेलता है !

"हम कब तक इसतरह छुप कर एक दूसरे से मिलते रहेंगे रमीज़ तुम कोई अच्छा सा काम क्यों नहीं करते हो जिससे मेरे घर वाले हमारे रिश्ते के लिए मान जाये !" नरगिस ने कहा !

"नरगिस मुझसे से किसी की गुलामी नहीं होती है मैं खुद का कुछ करने का सोच रहा हूँ मगर किया करूँ हालात साथ नहीं देते है और भाइयों से मदद मांगो तो ताने मारते है अब तुम ही बताओ मैं क्या करूँ ? " रमीज़ ने कहा !

"ठीक है फिर मेरी शादी में खाना खाने आ जाना जा रही हूँ मैं सालों से तुम्हारे यही बहाने है मुझे तो लगता है तुम बस मेरे साथ वक़्त गुज़ार रहे हो !" नरगिस ने गुस्सा होते हुए कहा !

"ऐसानहींहैनरगिसतुम मुझे गलत समझ रही हो मैं कैसे समझाऊँ के कितना प्यार करता हूँ तुम्हेंऔरमेरेप्यारऔरजज़्बाततुम्हारे लिए झूठे नहींहैजोमैंतुम्हेंऐसीहीकिसीऔर का होने देदूंगा !" रमीज़ नेनरगिस की कलाई पकड़ते हुएकहा !

"हाँतोएकहफ्तेमें मेरारिस्ता लेकर आजानामेरे घर वरना भूल जाना मुझेहमेशा के लिए !" नरगिस कहती हुईरमीज़ के हाथों से अपनाहाथछुड़ा करबागीचेसेबाहर चली जातीहैरमीज़उसे जाते देख रहा होता हैउसे कुछ समझ नहीं आरहा होता है के वो आखिर किया करे !

अचानक दरवाज़े पर तेज़ दस्तक होती है जिसकी आवाज़ से रमीज़ की आँख खुल जाती है ,

"इस वक़्त कौन आगया !" रमीज़ खुद में कहता हुआ बिस्तर से उठ कर लालटेन की रौशनी को तेज़ कर के वो दरवाज़े की तरफ बढ़ता है जैसे ही दरवाज़ा खोलता है दरवाज़े पर कोई भी मौजूद नहीं होता है सेवाये रात के सनाटे के बारिश भी कुछ हद तक कम हो चुकी होती है, दरवाज़े पर किसी को ना पाकर रमीज़ दरवाज़े को वापस से लगा देता है !

अभी वो वापस अपने बिस्तर की तरफ लौट ही रहा होता है के वापस दरवाज़े पर दस्तक होती है , रमीज़ कुछ देर अपने खयालो में कुछ सोचता है फिर दरवाज़ा खोलता तो उसके सामने इस बार नक़ाब पहने एक औरत खड़ी होती है ! रमीज़ उसके पुरे सरापे पर नज़र डालता है सिवाये नक़ाब के उस औरत का जिस्म का एक हिस्सा भी नहीं दिख रहा होता है !

"जी अस्सलाम वालेकुम मैं एक मुसाफिर हूँ अपने बेटे अहसन को ढूंढ रही हूँ जो कई दिनों से लापता है यह इसकी तस्वीर है क्या आप ने इस लड़के को देखा है !" नक़ाब पोश खातून ने कहा !

रमीज़ उस खातून के हाथ से तस्वीर लेकर लालटेन की रौशनी में देखने लगता है !

"जी मैं ने इस बच्चे को नहीं देखा है मगर कल मैं आस पास के लोगों से जरूर पूछूंगा इसके बारे में अगर किसी ने देखा होगा तो बता देगा आप परेशान ना हो , वैसे आप रात के आखिरी पहर में इस बारिश में क्यों निकली है सुबह का इंतज़ार कर लेती , आप अकेली है और कोई नहीं है आप के साथ!" रमीज़ ने कहा !

"अहसन एकलौता बेटा है मेरा उसके एलावा और कोई नहीं है मेरा इस दुनिया में और वो भी कई दिनों से गायब है उसे ढूंढने के लिए मुझे ना रात की फिक्र है और ना ही इस तूफ़ान की !" नक़ाब पोश औरत कहते हुए खामोश होजाती है !

"आप ऐसा करे जब तक सुबह नहीं होजाती आप मेरे घर पर आराम कर ले सुबह होते ही मैं आप के साथ आप के बेटे को तलाश करने चलूँगा !" रमीज़ ने कहा !

"मगर मैं कैसे रुक सकती हूँ आप के घर में ?" नक़ाब पोश औरत ने कहा !

"देखिए खातून सुबह होने में ज्यादा वक़्त नहीं रह गया है बस कुछ ही घंटो की बात है आप फिक्र ना करे और आराम से बैठ जाये , आये अंदर !" रमीज़ ने समझाते हुए कहा तो वो औरत अंदर आकर एक कोने में बैठ जाती है !

"आप इस चटाई पर बैठ जाये और आराम कर ले मैं उधर दूसरी चटाई बिछा कर बैठ जाता हूँ !" रमीज़ ने हाथ में चटाई लिए कहा !

"जी ठीक है " नक़ाब पोश औरत उठ कर रमीज़ की बिस्तर पर आ बैठती है और रमीज़ दूसरे कोने में चटाई बिछा कर लेट जाता है !

"आप यहा अकेले रहते हो !" नक़ाब पोश औरत ने पूछा !

"हाँ सालों से !" रमीज़ ने कहा !

"मगर क्यों ? आप का परिवार तो होगा ना !" नक़ाब पोश औरत ने कहा !

"नहीं मेरा इस दुनिया में कोई नहीं है मैं अकेला हूँ !" रमीज़ ने मुख़्तसर सा कहा !

"अपनों के होते हुए भी हम अकेले ही होते है अब दुनिया में रिश्तों में लज़त कहा !" नक़ाब पोश औरत ने कहा !

"सही कहा आप ने अपनों के होते हुए भी हम अकेले ही होते है वैसे आप के सौहर कहा है !" रमीज़ ने पूछा !

"जी मेरा कोई शौहर नहीं है असल में अहसन मेरे मोहब्बत की आखिरी निशानी है !"नक़ाब पोश ने कहा !

" तो क्या आप दोनों ने शादी नहीं की ?" रमीज़ ने पूछा !

"नहीं !" इस बार नक़ाब पोश औरत के आवाज़ में दर्द होता है ! रमीज़ समझ चूका होता है के जिस लड़के को यह ढूंढ रही है वो इसकी मोहब्बत की आखिरी निशानी है ! वो दोबारा कुछ सवाल नहीं करता और आँखे बंद कर के करवट बदल कर सोजाता है !

फ़ज़र की अज़ान की आवाज़ कानो में पड़ते ही रमीज़ की आँखे खुलती है उठते के साथ उसे उस नक़ाब पोश औरत का ख्याल आता है जब वो दूसरी तरफ पलट कर देखता है तो वो औरत वहाँ पर मौजूद नहीं होती है , रमीज़ वज़ू कर के जब नमाज़ के लिए दरवाज़ा खोलता है अचानक उसे ख्याल आता है के जब दरवाज़ा अंदर से बंद है फिर वो औरत गयी कहा..?

2

लेटते ही नींद आगयी-02

सुबह हो चुकी थी मगर ना ही बारिश रुकी ओर ना ही तूफान थमने का नाम ले रहा होता है आज रमीज़ ने अपने कमरे में ही नमाज़ पढ़ा और दुआ करने में लग गया तस्बीह पढ़ते हुए वो जब कमरे से बाहर बरामदे में आया तो वही नक़ाब पोश औरत उसे क़ब्रिस्तान के दरवाजे पर खड़ी दिखी , रमीज़ जब तक उस औरत के पास पहुँचता तब तक वो वहा से गायब हो चुकी होती है ,

"अरे अभी तो वो औरत यही थी फिर किधर चली गयी !" रमीज़ खुद में बड़बड़ाता हुआ क़ब्रिस्तान के दरवाजे से बाहर देखता है तभी उसकी नज़र उस लड़के की लाश पर पड़ती है जिसे उसने अपने खटिया पर लेटाया था मगर अब उस लड़के का लाश औंधे मुँह ज़मीन पर पड़ा होता है और खटिया दूर झाड़ियों में उल्टा फसा हुआ होता है !

''या खुदा मुझे तो याद ही नहीं रहा इस बच्चे के बारे में !'' रमीज़ खुद में कहता है फिर रमीज़ जल्दी से दौड़ता हुआ खटिया झाड़ियों से निकालता है ,उस लड़के का जिस्म पानी से भीग कर काफी फुल चुका होता है जिससे वो काफी भारी भी हो जाता है..! रमीज़ किसी तरह उस लड़के की लाश को उठा कर अपने खटिया पर दोबारा से लेटा देता है फिर खड़े होकर अपनी तेज चलती साँसे दुरुस्त करने लगता है तभी उसकी नज़र उस लड़के के चेहरे पर पड़ती है !

"यह तो वही लड़का है जिसकी तस्वीर रात में उस नक़ाब पोश खातून ने दिखाई थी !" रमीज़ खुद में कहता है ! फिर जल्दी से मस्जिद की तरफ चल देता है !

"अस्सलाम ओ अलैकुम रमीज़ भाई आगये आप आइये मैं आप का ही इंतेज़ार कर रहा था चाय पीने के लिए अरे आप तो काफी भीग गए हो !" इमाम साहब ने रमीज़ को अपने तरफ आते देख कहा !

"वालेकुम अस्सलाम इमाम साहब चाय बाद में पी लूंगा पहले आप मेरी मदद करे सड़क पर एक लड़के की लास पड़ी है और वो बारिश में रात से भीग कर फूल गयी है उसे मेरे घर के बरामदे के पास चल कर रख दिजिए मुझसे अकेले यह काम नही होगा !" रमीज़ ने अपने

सांसों को दरुस्त करते हुए कहा !

"क्या बात कर रहे आप रमीज़ भाई कौन है वो लड़का ?" इमाम साहब ने हैरान होते हुए कहा !

"पहले उस लड़के के मैयत को बारिश से हटा देते है फिर बताता हूँ सारा मामला और हाँ आप अपना फ़ोन साथ लाये है ना हमे पुलिस को खबर भी देनी होगी !" रमीज़ ने कहा !

"हाँ ठीक है चलिए चल कर देखता हूँ !" इमाम साहब कहते हुए रमीज़ के साथ चल देते है ! खटिया उठा दोनों रमीज़ के घर के बाहर के बरामदे में रख देते है !

"लगाइये जरा फ़ोन पुलिस को !" रमीज़ ने चेहरे पर बारिश के पानी को पोछते हुए कहा !

"हाँ लगाता हूँ !" कहते हुए इमाम साहब पुलिस को कॉल लगाते है मगर उन्हें कोई भी सिग्नल नहीं मिल रहा होता है !

"फ़ोन नहीं लग रहा है सायेद नेटवर्क का दिक्कत है अक्सर बारिश में फ़ोन नहीं लगता है पहले रमीज़ भाई आप मुझे सारा मामला बताये !" इमाम साहब ने कहा !

"क्या बताऊँ आप को मैं इमाम साहब कल रात जब मैं क़ब्रिस्तान का दरवाज़ा बंद कर रहा था तब एक तेज़ रफ़्तार कार गुज़री जिसमे से इस बच्चे को फेंका गया जब मैं देखने गया तो यह मरा हुआ था देखिए इसके सर पर गोली के निशान भी है मुझसे तो इसकी मैय्यत अकेले यहाँ तक लायी नहीं जाती इसलिए मैंने अपना खटिया उठा कर सड़क किनारे ही इसे खटिया पर लेटा कर अच्छे से बांध दिया दूसरा वाक़िया यह पेश आया के आधी रात के क़रीब एक औरत ने मेरे दरवाज़े को खटखटया जो अपने बच्चे को ढूंढ रही थी मैंने उससे कहा के वो मेरे घर में रुक जाये सुबह होते ही मैं उसके साथ मिल कर उसके बेटे को ढूंढूंगा मगर जब मैं सुबह उठता हूँ तो देखता हु के कमरे का दरवाज़ा अंदर से बंद है मगर वो औरत गायब है ताज़ूब की बात यह है के उस औरत के हाथ में जिस लड़के की फोटो थी यह वही लड़का है !" रमीज़ ने कहा !

"कौन औरत थी वो रमीज़ भाई आप ने उसकी सकल नहीं देखी..?" इमाम साहब ने पूछा !

"नहीं वो नक़ाब पोश खातून थी सर से लेकर पैर तक पूरा हिस्सा नक़ाब के अंदर था !" रमीज़ ने कहा !

"अच्छा मैं ऐसा करता हूँ के खुद ही पुलिस को इत्तला देता हूँ तब तक आप यही इस मैय्यत के पास रहिये !" इमाम साहब ने कहा !

"ठीक है इमाम साहब तब तक मैं इंतज़ार करता हूँ !" रमीज़ ने कहा !

इमाम साहब चले जाते है रमीज़ कुछ देर उस लड़के के मैय्यत को देखता रहता है फिर उठ कर अपने कमरे में जाता है और खटिया के पास अगरबत्ती जला कर रख देता है फिर नहाने के पानी का इंतजाम कर के सुन्नत तरीके से लड़के की मैय्यत को गुसल देता है फिर अपने कमरे से वो कफ़न निकाल कर लाता है जो उसने खुद के लिए रखा होता है क्यों के मौत का किया भरोसा कब आप को अपनी आगोश में लेले वैसे भी रमीज़ का कोई भी अपना

नहीं होता जो उसके लिए कफ़न का इंतजाम करेगा !

लड़के को गुसल देने के बाद रमीज़ उसको कफ़न पहना देते है फिर कूदाल लेकर क़ब्रिस्तान के एक सिमत चला जाता है और क़ब्र खोदने में लग जाता है ! बारिश के वजह से क़ब्र खोदने में काफी दिक्कत आरही होती है फिर भी क़ब्र तो खोदना ही पड़ेगा करीब घंटो की मेहनत के बाद क़ब्र तैयार रहती है रमीज़ क़ब्र से निकल कर नहाने चला जाता है जब तक वो नहा कर आता है तब तक इमाम साहब भी वापस आजाते है !

"इमाम साहब आगये आप पुलिस नहीं आयी आप के साथ !"रमीज़ ने पूछा !

"हाँ बस वो मेरे पीछे ही थे लो आगये !" इमाम साहब ने क़ब्रिस्तान के मैन दरवाज़े की तरफ इशारा करते हुए कहा !

"अच्छा तो यह है बॉडी..! हाँ तो आप दोनों ऐसा करो अपने बयान दे दो मैं एक फोटो ले लेता हु इस लड़के की आप लोग इसे दफ़न कर दो फालतू के चक्करों में क्यों पड़ना !" पुलिस वाले ने कहा !

"मगर साहब ना जाने किस का बच्चा है इसके माँ बाप इसके लिए कितना परेशान हो रहे होंगे बिना किसी जांच के कैसे दफना दूँ ?" रमीज़ ने अजीजी से कहा !

"जितना कह रहा हूँ उतना करो वैसे भी हर रोज इस तरह के नाजाने कितने लास देखने को मिलते है किस किस जाँच करे हम हम और भी कई काम रहते है तुम ज्यादा बकवास ना करो वरना तुम्हारी भी क़ब्र इस लड़के के बगल में बना दूंगा चलो अब अपना ब्यान दो अंसारी तुम बयान लो इनका !" पुलिस वाले ने गुस्से में कहा !

"ठीक है साहब हाँ तो शुरू से बताईये क्या क्या देखा आप ने?" अंसारी कांस्टेबल ने पूछा ! तो रमीज़ सारे वाक़्यात उसे बता देता है !

"साहब इनका कहना है के इन्होने किसी औरत को भी देखा है जो इस लड़के की माँ है और इसे ढूंढ रही थी !" अंसारी ने कहा !

"ठीक है चलो अगर होगया होतो बारिश से मेरा दिमाग खराब हो रहा है सुनो तुम बुड्ढे कुछ देर देख लो सायेद वो औरत आ जाये अगर नहीं आती तो दफना देना इसे !" पुलिस वाला कहते हुए वहा से चला जाता है !

"अजीब दुनिया हो गयी है रमीज़ भाई इंसानियत लगभग खतम ही होगया है ऊपर से यह पुलिस वाले अपना काम भी सही से नहीं करना चाहते है !" इमाम साहब ने उदास लफ़्ज़ों में कहा !

"अब क्या करे इमाम साहब सपुर्दे ख़ाक करदे इसे !"रमीज़ ने पूछा !

"हाँ करना तो पड़ेगा इसकी माँ को कहा ढूंढेंगे हम इस बारिश में इसका नाम वगैरा भी तो हमे पता नहीं है !" इमाम साहब ने कहा !

"आप इजाजत दे तो मैं पास के इलाक़े में देख आऊं सायद वो औरत मिल जाये बिना इसके आखिरी दिदार के मैं इसे कैसे दफना दूँ !" रमीज़ परेशान होते हुए कहता है !

"मगर रमीज़ भाई आप कहा कहा ढूंढोगे उस औरत को इतना आसान नहीं है मेरी माने तो मैं इसकी नमाज़ जनाज़ा पढ़ा देता हूँ !" इमाम साहब ने कहा !

"ठीक है जैसा आप को सही लगे !" रमीज़ उदास अल्फ़ाज़ों में कहता है ! फिर दोनों मिल कर उस लड़के के आखिरी सफर की तैयारी में लग जाते है

इमाम साहब नमाज़ जनाज़ा पढ़ाने के बाद उस लड़के के हक़ में दुआ करते है फिर रमीज़ के साथ खटिया उठाये क़ब्र के पास जाते है !

"रमीज़ भाई क़ब्र में तो काफी पानी भर गया है आप ऐसा करो लकड़ी के पटरे बिछा दो पहले फिर उसके ऊपर मैय्यत को लेटाना !" इमाम साहब ने कहा !

"ठीक है अभी ले आता हूँ मैंने खुद के क़ब्र के लिए लकड़ियां भी रखी थी अभी मेरे मरने में टाइम है तो इस बेचारे के काम आजायेगी !" रमीज़ कहता हुआ अपने घर की तरफ जाता है और लकड़ी के तख्ते लेकर आता है फिर उसे क़ब्र के अंदर बिछा कर लड़के की मैय्यत को उसमे लिटाता ! इमाम साहब और रमीज़ मिटटी देकर क़ब्र को अच्छे से बंद करदेते है !

"इमाम साहब यह कुछ पैसे है आप मेरे तरफ से इस बच्चे के ईशाल सवाब के लिए क़रीबों को देदेना और हो सके तो कुरआन खानी करवा देना इस अनजान लड़के के लिए !" रमीज़ अपने पास से कुछ रूपए इमाम साहब को थमाते हुए कहता है !

"जी बिलकुल रमीज़ भाई अब चल कर कुछ खा लिजिए सुबह से आप परेशान है !"इमाम साहब ने कहा !

"देखता हूँ कुछ बना कर खा लेता हूँ आज तो किसी के घर से खाना नहीं आयेगा भला इतने बारिश में किसी याद रहेगा क़ब्रिस्तान आना !" रमीज़ कहता हुआ अपने घर की तरफ चल देता है !

वैसे तो हर रोज कोई ना कोई क़ब्रिस्तान में आता रहता था अपने अज़ीज़ के क़ब्र पर फातेहा पढ़ने मगर आज बारिश के वजह से क़ब्रिस्तान में अच्छा खासा सनाटा पसरा हुआ रहता है नमाज़ ज़ोहर के बाद जब रमीज़ मस्जिद से अपने घर आता है अभी वो अपने घर में चूल्हे को जला ही रहा होता है के दरवाज़े पर दस्तक होती है जब रमीज़ दरवाज़ा खोलता है तो उसे अपने घर के दरवाज़े पर खाना रखा हुआ मिलता है मगर दूर दूर तक कोई भी नहीं दिखता है ! रमीज़ थोड़ी देर इधर उधर देख कर खाना उठाकर घर के अंदर आजाता है !

रात का अँधेरा फ़ैल चूका होता है बारिश और बिजली का कहर आसमान में जारी रहता है अब्दुल रमीज़ हाथ में लालटेन लिए क़ब्रिस्तान के दोनों दरवाज़े को लगा कर घर की तरफ मुड़ते है तभी उसके कानो में किसी के रोने की आवाज़ पड़ती है ऐसी आवाज़ जिसमे बहुत ही दर्द भरा होता है जो क़ब्रिस्तान के माहौल को बेहद डरौना बना रही होती है रमीज़ का दिल बैठ सा जाता है उसकी नज़र उस लड़के की ताज़ा क़ब्र पर पड़ती है जहाँ पर वही नक़ाब पोश औरत बैठी रो रही होती है !

रमीज़ लालटेन लिए उस औरत के पास जाता है और कहता है !" माफ़ करियेगा मैंने आप को बिना बताये आप के बेटे को दफना दिया आप अगर सुबह में मुझे बिना बताये नहीं

जाती तो सायेद आप आखिरी बार अपने बेटे को देख पाती और इसके क़ातिलों को सजा भी दिला पाती मगर अब !"

" कौन सजा देगा मेरे बेटे के क़ातिलों को कोई नहीं , जिसको जाना होता है वो चले जाते है मेरे बेटे की तरह नाजाने कितने ही लोग हर रोज बिना मौत के मार दिया जाते है जिनके बारे में सवाल करने वाला कोई नहीं होता मैं बस इसलिए रो रही हूँ क्यों के मैं कभी भी अपने बच्चे को अपने सीने से नहीं लगा पायी और ना ही कभी दिल भर के इसे प्यार दिया !" कहते हुए नक़ाब पोश औरत बे इन्तेहाँ रोने लगती है !

उसको रोता देख रमीज़ का दिल भी भर आता है वो खामोश खड़ा काफी देर उस नक़ाब पोश औरत के सामने खड़ा रहता है बारिश धीरे धीरे तेज़ होने लगती है साथ में बिजली भी लगातार कड़क रही होती है जिससे रमीज़ का पूरा वजूद भीगने लगता है !

"सुनिए रात हो चुकी है और बारिश भी तेज़ हो रही इस वक़्त आप का यहां रहना सही नहीं है आप अपने घर चले जाये.., अब जो चला गया है वह तो वापस नहीं आ सकता है आप को सब्र से काम लेना चाहिए !" रमीज़ ने समझाते हुए कहा !

"कहा जाऊँगी मैं मेरा तो अब यही ठिकाना है सालों से अपने बेटे की तलाश में भटक रही थी !" नक़ाब पोश औरत ने कहा उसकी आवाज़ में अजीब और पुरइसरार (रहस्यमय) होती है रमीज़ को उस औरत की आवाज़ गूंजती हुई महसूस हो रही होती है ऐसा मालूम होरहा होता है मानो कई औरतें एक ही बात को एक साथ कह रही हो !

रमीज़ काफी देर वैसे ही भींगता हुआ खड़ा रहा उसकी लालटेन भी बारिश से बुझ चुकी होती है मगर वो औरत वैसे ही बैठी बस रो रही होती है रमीज़ सिवाये उसके रोने के आवाज़ के और कुछ भी नहीं देख पारहा होता है !

"मैं लालटेन जला कर दरवाज़े पर रख दूंगा आप चाहे तो वहां पर आकर बैठ सकती है !" रमीज़ कहता हुआ घर की सिमत चल देता है !

3

लेटते ही नींद आगयी-03

सुबह के बचे हुए खाने को खा कर रमीज़ अपने बिस्तर पर लेट जाता है दिन भर का थका रमीज़ फ़ौरन ही नींद के वादियों में खो जाता है जहा से शुरू होता है उसके खाव्बों का सफर !

"अम्मा भैया से कह कर कुछ रुपय दिला दो मुझे अपना खुद का कारोबार करना है !" रमीज़ ने अपने माँ के पैर दबाते हुए कहा !

"रमीज़ बेटा तुम तो जानता ही है अपने भाइयों को जब से इनकी मैंने शादी की है बस अपनी बीवी की सुनते है भला मेरी बात क्यों मानेंगे वो तू ऐसा कर कुछ दिन किसी के यहाँ नौकरी कर ले कुछ पैसे जमा कर ले फिर कर लेना खुद का कुछ !" अम्मा ने समझाते हुए कहा !

"अम्मा अगर मैंने कुछ नहीं किया तो वो नरगिस की शादी उसके घर वाले कही और करदेंगे , अम्मा मैं उसके बिना नहीं रह सकता बहुत पसंद करता हूँ मैं नरगिस को बस आप मेरी मदद करो !" रमीज़ ने परेशान होते हुए कहता है !

"रमीज़ बेटा एक लड़की के लिए इतना परेशान क्यों हो रहा ? होने दे उसकी शादी तेरे लिए तो मैं चाँद का टुकड़ा लाऊँगा मेरा लाडला बेटा है तू !" अम्मा ने प्यार करते हुए कहा !

"अम्मा यह आप अच्छे से जानती है के मैं नरगिस को बचपन से पसंद करता हूँ उसके एलावा मैं किसी से भी कभी शादी नहीं करूँगा !" रमीज़ ने कहा !

"हूँ... चाँद का टुकड़ा और इस निकम्मे के लिए तुम्हारे लाड़ प्यार ने ही इसे बिगाड़ रखा है उन्नीस- बिस साल का हो गया है और अभी तक अपने भाइयों के टुकड़ों पर पल रहा है बेशर्म कही का..!" रमीज़ के अब्बा ने गुस्सा होते हुए कहा !

"अब्बा आप भी तो मेरे भाइयों का बैठ कर खाते हो आप को शर्म नहीं आती है !" रमीज़ ने कहा !

"वो मेरे बेटे है और उनका फ़र्ज़ है बुढ़ापे में अपने माँ बाप की देखभाल करना जो तेरा भी फ़र्ज़ है जा निकल यहां से वरना मेरा हाथ उठ जायेगा !" अब्बा ने कहा !

"जा रहा हूँ जिसे देखो मुझे डांट लगाते रहता है मेरी कोई क़दर है ही नहीं इस घर मे !" रमीज़ कहता हुआ घर से बाहर चला जाता है ! उदास रमीज़ घर से निकल अपने दोस्त असलम के

पास जाकर खामोश बैठ जाता है ! जो के खेतों में बैठ कर हुक्का फूंक रहा होता है ! रमीज़ उसके हाथ से हुक्का लेकर कर खुद पीने लगता है !

"क्या हुआ मुँह क्यों लटकाये हुए है तू कम से कम पूछ लिया कर लेने से पहले अभी पहली बार हुक्का टाना ही था मैंने !" रमीज़ के दोस्त असलम ने कहा !

"क्या बताऊँ यार बहुत परेशान होगया हूँ मैं , घर में रुपय माँगता हूँ कारोबार के लिए तो कोई देना ही नहीं चाहता !" रमीज़ ने कहा !

"वो असल में तुझपर यक़ीन नहीं करते है इसलिए, नौकरी कर ले रमीज़ किया दिक्कत है ?" असलम ने कहा !

"दिक्कत ही तो है असलम, मुझसे किसी की गुलामी नहीं होती मुझे खुद का कुछ करना है !" रमीज़ ने कहा !

तुझे खुद का कुछ करना है ना तो चल मेरे साथ !" असलम ने कहा !

"कहाँ ?" रमीज़ ने सवाल किया !

"तुम चलो तो पहले फिर बताता हूँ !" असलम ने कहा तो रमीज़ उसके साथ चलने को तैयार हो जाता है ! असलम उसे अपने साथ उसी आम के बागीचे के दूसरी तरफ लेकर जाता है जहाँ वो अपनी नरगिस से सब से छुप कर मिलता था !

"तुम मुझे यहाँ क्यों लेकर आया है यहाँ कैसे पैसे कमायेंगे हम?" रमीज़ ने सवाल किया !

"गधे गर्मियों का मौसम चल रहा और तुझे यहाँ पेड़ों पर आम नहीं दिखता हम इसे ही बेच कर पैसे कमायेंगे !" असलम ने कहा !

"मगर असलम यह तो किसी और का बगीचा है चोरी करना मुझे सही नहीं लगता है !" रमीज़ ने कहा !

"देख भाई तुझे खुद का कुछ करना था सो मैंने तुझे तरकीब दी कौनसा हम हमेशा आम चोरी करने वाले है बस कुछ दिन फिर पैसे होजायेंगे तो कोई दूसरा काम शुरू करलेंगे !" असलम ने समझाते हुए कहा !

कही इस बागीचे का मालिक आगया तो और हमे चोरी करते पकड़ लिया तो ?" रमीज़ ने सवाल किया !

"रमीज़ देख भाई कही ना कही से तो शुरुआत करनी ही होगी वैसे मज़े की बात बताऊँ, मुझे तो जब भी जरूरत होती है मैं बाजार में आम बेच आता हूँ या कभी किसी की मुर्गी , बकरी , कुछ भी जो मेरे हाथ लगे !" असलम ने हँसते हुए कहा !

"असलम भाई तू तो छुपा रुस्तम निकला तभी मैं बोलूँ यह मोहल्ले में हमेशा किसी ना किसी के घर से यह सुनने को क्यों मिलता है के उनकी मुर्गिया नही मिल रही !" रमीज़ ने हँसते हुए कहा !

"चल अब आम तोड़ते है यह ले बोरा इसमे तुम कच्चे वाले तोड़ कर जमा कर मैं तब तक पक्के आम जमा करलूँ !"असलम ने कहा !

रमीज़ अपने दोस्त असलम के साथ मिल कर आम तोड़ कर उसे पास के ही शहर में बेचने के लिए चल जाता हैं ! इस तरह वो पूरे हफ्ते आम बेच कर अच्छे रुपये जमा कर लेता है !

''बोलो क्यों बुलाया है मुझे यहाँ !'' नरगिस ने गुस्से में कहा !

''नरगिस कब तक गुस्सा रहोगी एक हफ्ता होने वाले है ,ना तो तुम मुझसे मिलने आरही हो और ना ही कही दिख रही हो अच्छा छोड़ो यह देखो मैं तुम्हारे लिए क्या लेकर आया हूँ .?'' रमीज़ अपने पॉकेट से एक झुमके का जोड़ा निकाल कर नरगिस को देते हुए कहता है !

''माशाअल्लाह रमीज़ यह झुमके तो बहुत खूबसूरत है , कहाँ से चोरी किया तुमने इसे ?'' नरगिस झुमके लेते हुए कहती है !

''मेरी मेहनत के है मैंने खुद का काम शुरू किया है !'' रमीज़ ने कहा !

''सच में तुम मुझे मनाने के लिए कही झूठ तो नहीं कह रहे ना वैसे कौन सा काम शुरू किया है तुमने..?'' नरगिस ने कहा !

''नहीं बाबा सच कह रहा हूँ तुम चाहे तो असलम से पूछ लेना हम साथ मे मिल कर खुद का काम कर रहे फल बेचने बस अभी शुरूआत है वक़्त के साथ अच्छा कमाने लगूंगा !'' रमीज़ ने कहा !

''मुझे यक़ीन है तुम पर एक दिन तुम जरूर कामयाब होंगे अच्छा लो ये मुझे पहना दो !'' नरगिस ने उसे झुमके वापस थमाते हुए कहा !

''तुम्हारे घर वाले अभी भी रिश्ता देख रहे है किया ?'' रमीज़ नरगिस के कानो में झुमके पहनाते हुए शरारत से उसके गालो को चूमते हुए कहा !

''तुम नहीं सुधरोगे आज कुछ नही करना मुझे, वैसे अभी मेरे घर वालों ने रिश्ता देखना छोड़ दिया है एक दो रिश्ते देखे उन्होंने वो सारे लड़के मेरे भाइयों को पसंद नहीं आये सायेद तुम उन्हें पसंद आजाओ तो कब आरहे हो रिश्ता लेकर मेरे घर..?'' नरगिस ने झूले पर बैठते हुए कहा !

''हाँ बहुत जल्द ही आऊँगा थोड़ा टाइम और लगेगा !'' रमीज़ ने कहा !

"वैसे एक और अच्छी खबर है !" नरगिस ने रमीज़ के कंधों पर प्यार से हाथ रखते हुए कहा !

"हाँ बताओ ना किया बात है ?" रमीज़ ने कहा !

"मेरे भाइयों का जो दुकान था ना शहर में उसमे चोरी हो गयी है इसलिए अब उनके हालात ऐसे नही के वो मेरी शादी करेंगे इसलिए अभी कुछ दिन मैं आज़ाद हूँ और तुम्हारे पास भी वक़्त है तब तक कुछ अच्छा काम करलो जिससे हमारी शादी हो सके !" नरगिस ने कहा !

अचानक किसी तरह के आवाज़ से रमीज़ की आँख खुलती है वो हड़बड़ा कर उठ कर बैठ जाता है !

"या खुदा यह नरगिस और उससे जुड़े ख्वाब हमेशा मेरा पीछा क्यों करते रहते है !" रमीज़ खुद में बड़बड़ाता है तभी उसे फिर से कुछ खोदने की आवाज़ आती है ! रमीज़ आहिस्ता से दरवाज़ा खोल कमरे से बाहर निकलता है ,

आसमान से बारिश और तूफान का कहर लगातार जारी रहता है ! लगातार दिन भर की थकावट और अपने माजी के रोज के ख्वाब से रमीज़ का ज़ेहन बुझल रहता है वो पहले उस लड़के की क़बर की तरफ देखता है जिसे उसने कल दफनाया था वो नकाब पोश औरत भी अब वह मौजूद नही होती है तभी उसके कानों में फिर से मिट्टी खोदने की आवाज़ पड़ती है तो रमीज़ अपने बूढ़े कदमो को आवाज़ की सिम्त बढ़ा देता है , फिर रमीज़ को चलते हुए दूसरी आवाज़ सुनायीं दी वो दूसरी आवाज़ ऐसी थी मानो किसी चीज़ को काटा जारहा हो साथ मे कुदाल की से खोदने की आवाज़ रात को और भी ज्यादा खौफनाक बना रही होती है !

रमीज़ को अंधेरा और बारिश के वजह से कुछ भी साफ नही दिख रहा होता है ! तभी उसकी नज़र क़ब्रिस्तान के पिछले हिस्से में पड़ती है जहाँ एक आदमी काला रेन कोट पहने क़ब्र खोद रहा होता है तो दूसरा गुस्से में किसी इंसान के जिस्म को तेजधार हथियार से काट रहा होता है वो इंसानी वजूद किसी लड़की का मालूम होरहा होता है , ऐसा ख़ौफ़नाक मंजर देख कर रमीज़ का कलेजा मुँह को आजाता है ! वो एक क़बर के पीछे छुप कर सारा मंज़र देखने लगता है !

"तुझे क्या लगता है हमने जो किया वो सही है ?" क़बर खोद रहे आदमी ने अपनी कुदाल रोकते हुए कहा !

"हाँ सही है तुम ज्यादा सोच मत !" दूसरे आदमी ने कहा जो एक वहसी की तरह उस लड़की के लास को तेज़ धार हथियार से काट रहा होता है !

"हमे जो करना था इसके साथ वो तो करलिया था फिर इसे जान से मारने की जरूरत किया थी वैसे भी इसने कौनसा हमे देखा था अंधेरे में !" पहले वाले आदमी ने कहा !

"जरूरी था इसे मारना यार यह उन लड़कियों के लिए सबक है जो सोचती है उनको पूरी आजादी है दुनिया मे जीने की, औकात भूल जाती है साली यह अपनी अब तू ही बता क्या जरूरत थी रात में कूँआ पे पानी लेने आने की..? सुबह होती तब आती बेचारी रात में निकली और अपने ज़िन्दगी और इज्जत दोनो से हाथ धो बैठी !" दूसरा आदमी हँसते हुए कहता है !

"मगर मुझे यह सब सही नही लगता मूझे लगता है के मैंने तेरा साथ देकर बहुत बड़ी गलती कर दी सब को ज़िन्दगी जीने का हक़ है हमे भी और इन लड़कियों को भी कम से कम इसके जिस्म के साथ अब तो मत खेल छोड़ और डाल क़बर में !" पहले वाले आदमी ने कहा !

"ज्यादा बकवास मत कर चुप चाप से क़बर और गहरा खोद हमे इसे दफना कर निकलना भी है वरना तेरी क़बर भी यही खोद दूंगा !" दूसरे आदमी ने गुस्से से कहा !

"मैं तो बस ऐसे ही कह रहा हूँ यार चल अब मुझसे और ज्यादा खोदा नही जायेगा जल्दी से डाल दे क़बर में और चल क़ब्रिस्तान से मूझे खौफ महसूस होरहा !" पहले वाले आदमी ने कहा !

रात तूफान ,तेज़ बारिश कुत्तों की रोने की आवाज़ उसपर से यह दिल दहला देने वाला खौफनाक मंज़र रमीज़ खामोशी से यह देख रहा होता है ! तभी रमीज़ के दाएं कान में कोई सरगोशी करते हुए कहता है !

" रमीज़ क्या देख रहे हो एक बेकसूर को मार कर कोई अपना गुनाह छुपा रहा है और तुम खामोश बस देख रहे हो जाओ उस लड़की को कम से कम इज्जत से दफना दो !"

"मगर मैं क्या करूँ? , वो दो हट्टे कट्टे लोग है जिनके चाल ढाल से वहसत टपक रहा और मैं कहाँ बूढ़ा आदमी !" रमीज़ कहते हुए जैसे ही आवाज़ की सिम्त पलटता है वहाँ पर कोई भी मौजूद नही होता है जिससे रमीज़ घबरा जाता है ! घबराने की वजह से रमीज़ का पैर गिली मिट्टी से फिसल जाता है और वो गिर जाता है जिससे दोनों आदमी का ध्यान रमीज़ की तरफ जाती है !

4

लेटते ही नींद आगयी-04

रमीज़ को गिरता देख दोनों आदमी लपक कर रमीज़ की तरफ बढ़ते है , बारिश और अंधेरे की वजह से रमीज़ उनकी शकल नहीं देख पा रहा होता है उनमे से एक आदमी आगे बढ़ कर ज़मीन में गिरे हुए रमीज़ को कॉलर से पकड़ कर उठाता है और दाँत पिस्ते हुए कहता है !" बुड्ढे तुझे इस वक़्त यहाँ नहीं होना चाहिए था बता तू यहाँ क्या कर रहा..? बता तूने क्या देखा वरना हम तुझे भी जान से मार देंगे है..?"

"यह मेरा घर है और मैं यही रहता हूँ सालों से! तुम्हें यहाँ नहीं होना चाहिए , गुनाह गुनाह होता है तुम लाख इसे छुपाने की कोशिश करो सामने आ ही जाती है !" रमीज़ ने कहा !

"तू यहाँ का गोरकन है ना चल अपना फ़र्ज़ निभा और इन जिस्म के हिस्सों को ठिकाने लगा !" आदमी ने रमीज़ को कॉलर से घसीटते हुए उस जगह लेजाता है जहां वो दोनों मिल कर अपने गुनाह को छुपाने के लिए क़ब्र खोद रहे थे !

"तुम लोगों को शर्म नहीं आती है किसी बेगुनाह की आबरू को तार तार करने के बाद उसके मुर्दा जिस्म के साथ इतना घिनौना हरकत करने में अल्लाह का खौफ़्फ़ नहीं तुम्हे !" रमीज़ ने कहा !

"नहीं और हाँ ज्यादा तुमने बकवास की तो तुम्हे भी इसके साथ इसी क़ब्र में डाल देंगे चल ले कुदाल और गहरी क़ब्र खोद तब तक हम जरा सुस्तियाँ लेते है काफी "थक गए है क्यों भाई ?" दूसरे आदमी ने कहा !

रमीज़ खामोश हो जाता है वो सोचने लगता है के वो क्या करे..? भीगने के वजह से उसे ठण्ड भी लगने लगती है !

"मैं तुमलोगों के साथ इस गुनाह में शामिल नहीं होना चाहता हूँ ,तुम लोगों की बेहतरी इसी में है के तुम दोनों अपना गुनाह क़ुबूल करलो और खुद को पुलिस के हवाले कर दो !" रमीज़ ने कहा तो दूसरे आदमी ने एक जोर का तमाचा रमीज़ के गालों पर जड़ दिया जिससे वो मुँह के बल ज़मीन में गिर जाता है !

"बुड्ढे आज तेरी मौत मेरे ही हाथों लिखी है!" दूसरा आदमी कहता हुआ कुदाल उठा कर

रमीज़ को मारने के लिए आगे बढ़ता है!
"भाई छोड़ दे किया कर रहा है और कितने खून करेगा मुझे खुद भी यह सब अच्छा नहीं लग रहा तेरे बहकावे में आकर मैंने भी गुनाह कर डाला जो हुआ सो हुआ अब तू चल यहाँ से !" पहले वाला आदमी उसे रोकते हुए कहता है !
बारिश तेज़ होजाती है आसमान में बादलों की गड़गड़ाने के साथ साथ बिजली चमकने लगती है ! क़ब्रिस्तान के बाहर दरवाज़े पर एक साथ कई कुत्ते भौंकना शुरू कर देते है ! इससे पहले के वो दूसरा आदमी ज़मीन पर गिरे रमीज़ को कुदाल से मारता बिजली के चमक से होने वाली रौशनी में उन्हें एक निहायत ही भयानक शक्ल का इंसान अपने सामने दिखता है जो के कफ़न पहने खड़ा उन्हें अपनी लाल आँखों से घूर रहा होता है ! दोनों डर से चींखे मारते हुए गिरते पड़ते वो दोनों क़ब्रिस्तान की दिवार फलांग कर भाग जाते है !

"रमीज़ उठिये आप यहाँ क्या कर रहे है इतनी रात को?" अचानक रमीज़ के कानो से उसी नक़ाब पोश औरत की आवाज़ टकराती है! रमीज़ हैरान जब उठ कर देखता है तो वो औरत उसके सामने ही खड़ी होती है !
"मोहतरमा मैं तो गहरी नींद में सोरहा था तभी अचानक कुदाल चलाने की आवाज़ से मेरी आँख खुली तो इस सिम्त चला आया जहाँ दो बदमाश ना जाने किस की बच्ची की इज़्ज़त को तार तार कर के उसके जिस्म को हिस्सों में बाँट रहे थे वो मुझे भी अपने इस गुनाह में शामिल करना चाहते थे मैं ने इंकार किया तो उन्होंने मुझे मारा जिससे मैं गिर गया फिर ना जाने क्यों..? वो लोग चिल्लाते हुए भाग गए बाकी का मंज़र आप के सामने है! मैं बस उन लोगों के चेहरे को देख नहीं पाया पता नहीं कौन थे..?"रमीज़ ने ठण्ड से कांपते हुए कहा !

"यह दुनिया ऐसी ही है नाजाने कितने लोग अपने गुनाह के सबूत को रात के सन्नाटों में छुपा देते है ! बेक़सूर लोंगों को तड़पा कर मारना आजकल के क़ातिलों का रिवाज़ होगया है ! इंसानीयत तो वैसे भी मर चुकी है अगर पुलिस आप की बात मान कर थोड़ी सी जाँच पड़ताल करती तो शायद मेरे बेटे के क़ातिल भी पकड़े जाते खैर यह पास के ही गांव में रहने वाले एक किसान की बेटी है तुम इसके टुकड़ो में पड़े मैय्यत को फ़िलहाल ऐसे ही रहने दो सुबह इसके गांव जाकर खबर दे देना इसके बाप को वो इसे तलाश भी कर रहे है !" नक़ाब पोश खातून ने कहा ! उसके एक एक लफ्ज़ में रमीज़ को दर्द महसूस हो रहा होता है ! रमीज़ का दिल खुद यह सब देख कर अंदर से ग़मगीन हो चूका होता है !

"ठीक है मैं प्लास्टिक की तिरपाल लाकर इसके ऊपर रख देता हूँ ताके पानी से महफ़ूज़ रहे वैसे मोहतरमा आप इतनी रात को इस क़ब्रिस्तान में अभी तक क्या कर रही है..? मेरे ख्याल से आप को अपने घर में ही रहना चाहिए..!" रमीज़ ने कहा !
"मेरे बेटे के एलावा मेरा इस दुनिया में कोई नहीं था अब जब उसका ठिकाना ये क़ब्रिस्तान है इसलिए वो जहाँ रहेगा मैं भी उसके आस पास रहूंगी तुम मेरी फिक्र ना करो मुझे आदत है अंधेरो की..!" नक़ाब पोश औरत ने कहा !

"मैं खुद एक ऐसा इंसान बन चूका हूँ जिसका दिल ज़िन्दगी की सारी रंगीनियों से खाली है! मेरी ज़िन्दगी में क़ब्रिस्तान की तरह सन्नाटा पसरा हुआ है! मुझे ना कुछ खोने का डर ना कुछ पाने की ख़्वाहिश होती है एक पूर सुकून ज़िन्दगी जीता आदमी हूँ मैं इस आखिरी मंज़िल में !" रमीज़ ने बड़ी ही संजीदगी के साथ नक़ाब पोश औरत से कहा !

"जब आप को तन्हाइयों में सुकून मिलने लगे तो समझो आप अपने रब के क़रीब हो रहे हो ! तहज्जुद की नमाज़ अगर पढ़े तो मेरे और मेरे बेटे के साथ में क़ब्रिस्तान के सारे मकीनों के हक़ में दुआ जरूर करयेगा खास कर इस बेक़सूर बच्ची के लिए ! क्या पता किस की रूह को खुदा बख़्सदे आप की दुआ से !" नक़ाब पोश औरत ने कहा ! वो जब भी बोलती उसकी आवाज़ में एक अजीब तरह की खनक और पुर इसरारियत होती !

"इंशाल्लाह जरूर दुआ करूँगा बस अल्लाह मेरी दुआ क़ुबूल करे !" रमीज़ ने कहा !

"जिनके दिल कांच की तरह साफ़ होते है खुदा उनकी दुआ कभी रद नहीं करता बस आप को उस रब पर यक़ीन रख कर मांगना होगा के हमने माँगा है तो वो जरूर नवाज़ेगा !" नक़ाब पोश औरत कहते हुए चली जाती है !

आज यह दूसरी रात थी जब रमीज़ मुर्दा पड़े इंसान के वजूद को प्लास्टिक के तिरपाल से ढंक रहा होता है , रमीज़ का जिस्म पूरी तरह भीगा और कपड़े मिटटी से गंदे हो चुके होते है ! रमीज़ रात के आखिरी पहर में क़ब्रिस्ता के हैंड पंप से पानी भर कर नहाता है फिर तहज्जुद की नमाज़ अदा करने के बाद तस्बीह पढ़ता हुआ अपने घर के बरामदे में खटिया लगा कर बैठ जाता है नींद उसकी आँखों से अब कोंसो दूर होती है!

खटिया पर बैठा सामने वो से उस नक़ाब पोश औरत को देख रहा होता है जो इतने बारिश में भी अपने बेटे के क़ब्र के पास बैठी होती है रमीज़ को एक बात बहुत हैरत करती है वो यह के ना उस औरत के कपड़े बारिश में भीग रहे होते है और ना ही कही से गंदे दिखते है !

मस्जिद से अज़ान की आवाज़ आते ही वो नक़ाब पोश औरत क़ब्रिस्तान से बाहर चली जाती है रमीज़ भी जल्दी से वज़ू कर के मस्जिद की तरफ चल देता है !

नमाज़ अदा करने के बाद जब सभी लोग मस्जिद से चले जाते है तब रमीज़ इमाम साहब के पास जाता है और कहता है !

"अस्सलाम वालेकुम इमाम साहब !"

"वालेकुम अस्सलाम रमीज़ भाई कैसे हो आप ?" इमाम साहब ने कहा !

"मैं ठीक हूँ असल में रात में एक और वाक़्या पेश आया !" रमीज़ ने उदास लफ्ज़ो में कहा !

"कैसा वाक़या रमीज़ भाई? बताये जरा !" इमाम साहब ने कहा !

"कल रात में दो बदमाश किसी लड़की की आबरू लूट कर उसे मार कर क़ब्रिस्तान में दफ़नाने आये थे !" रमीज़ कहता है फिर वो रात का सारा वाक़या इमाम साहब को बता देता है !

"बड़ा ही दिल खरास बाते बतायी आप ने अल्लाह रहम करे उस बच्ची के घर वालों पर मालूम नहीं उनके दिल पर क्या गुज़रे गी जब वो यह सब जानेंगे चलिए मेरे साथ हम साथ में चल कर उसके घर वालों का पता करते है !" इमाम साहब ने कहा तो रमीज़ उसके साथ पास के गांव की तरफ चल देता है जहाँ का पता उसे उस नक़ाब पोश औरत ने बताया था !

"इमाम साहब मुझे लगता है पहले हमे पुलिस के पास जाना चाहिये उसके बाद उस बच्ची के घर !" रमीज़ ने चलते हुए कहा !

"कल वाली बात भूल गए रमीज़ भाई ना ना मैं तो तौबा करता हूँ इन पुलिस वालों का कोई भरोशा नहीं है अच्छा यही होगा पहले इसके घर वालों को बताये और वो खुद पुलिस को खबर करे !" इमाम साहब ने कहा ! दोनों बातें करते हुए बढ़ ही रहे होते है के सामने से उन्हें पुलिस जीप आती दिखायी देती है जो उनके पास आकर रुकती है !

"क्यों इमाम साहब सुबह सुबह कहा जारहे है इस गोरकन के साथ!" पुलिस इंस्पेक्टर ने दरवाज़ा खोल कर जीप से बाहर निकलते हुए कहा !

"जी वो हम बस कही जारहे है काम से!" इमाम साहब थोड़ा अटकते हुए कहते है !

"हाँ तो तुम दोनों इतना घबराये हुए क्यों हो ?" पुलिस इंस्पेक्टर ने सवाल किया !

"नहीं साहब हम तो बस ऐसे ही !" रमीज़ ने कहा !

"अच्छा यह बताओ तुम दोनों ने कोई लड़की को देखा है सावले रंग की सलवार कमीज पहने हुई कल रात से गायब है यह उसका बाप है जो उसे कल रात से ढूंढ रहा है!" पुलिस इंस्पेक्टर ने जीप में बैठे गुमशुदा लड़की के बाप की तरफ इशारा करते हुए कहा !

"आप कही पास वाले गांव के तो नहीं है ना जिसका घर कुआँ के पास है..!" रमीज़ ने जल्दी से लड़की के बाप के पास जाकर कहा !

"हाँ मैं पास के गांव में ही रहता हूँ पानी के कुँआ के पास, बताये क्या..? क्या आप लोगों ने मेरी बेटी को देखा है..? कल रात में मुझे खाना देने के बाद मटके में पानी खत्म होगया था तो उसने कहा अब्बा आप खाना खाओ मैं कुँआ से पानी भर कर लाती हूँ मगर काफी देर तक जब वो नहीं आयी तो मैं उसे ढूंढने निकला पूरा गांव छान लिया मगर वो कही नहीं दिख रही मेरा दिल बहुत घबरा रहा है !" लड़की के बाप ने बिलखते हुए कहा !

"भाई साहब संभालिये खुद को हम असल में आप के ही पास आरहे थे चलिये आप लोग मेरे साथ कुछ दिखाना है आप को दिल को जरा मजबूत कर लिजिए!" रमीज़ ने कहा !

"मेरी बेटी ठीक तो है ना उसके साथ कुछ बूरा तो नहीं हुआ ना बताइये?" लड़की के बाप ने रोते हुए कहा !

"देखये मैं आप को झूठी तसल्ली नहीं दूँगा बस अल्लाह आप को सब्र दे पहले चलिए आप सब हमारे साथ !" इमाम साहब ने कहा !

"तुम दोनों ने देखा है इनकी बेटी को ?" पुलिस इंस्पेक्टर ने पूछा !

"हाँ साहब !" रमीज़ ने कहा !

"तो फिर मुझे खबर क्यों नहीं दी और सीधा थाने आने के तुमलोग इस आदमी के गांव क्यों जारहे थे ?" इंस्पेक्टर ने उन्हें घूरते हुए कहा !

"साहब सायेद आप कल का वाक़्या भूल गए है , हम कल भी आये थे आप के पास किसी बेक़सूर लड़के की क़त्ल की खबर देने जिसके सर में बन्दूक से मारा गया था मगर आप ने बिना जांच के उसकी मिटटी करवादी इसलिए हमने दोबारा आप के पास आना सही नहीं समझा !"इमाम साहब ने साफ़ शब्दो में कहा तो पुलिस इंस्पेक्टर थोड़ा शर्मिंदा हो जाता है !

" ठीक है तुम दोनों जीप में बैठो चलते है क़ब्रिस्तान !" पुलिस इंस्पेक्टर ने कहा तो रमीज़ और इमाम साहब पुलिस की जीप में आकर बैठ जाते है और क़ब्रिस्तान की तरफ निकल जाते है !

पुलिस जीप आकर क़ब्रिस्तान के बाहर खड़ी होती है सब जल्दी से उतर कर उस सिमत दौड़ते हुए जाते है जिधर उस लड़की की टुकड़ो में मैय्यत पड़ी होती है ! अभी रमीज़ प्लास्टिक हटा कर पुलिस इंस्पेक्टर और उस लड़की के बाप को लड़की की बे तरतीब लास दिखा ही रहा होता है के क़ब्रिस्तान के सन्नाटों में एक और भयानक मंज़र सब के मुन्तज़िर रहता है !

5
लेटते ही नींद आगयी-05

बारिश की रफ्तार थोड़ी कम हो चुकी होती है बादलों ने भी चमकना और गर्जना बंद कर दिया था ! मगर क़ब्रिस्तान का सन्नाटा वैसे ही बरक़रार होता है ! लड़की का बाप इस तरह अपनी बेटी की लाश को देख बे इनतहाँ रोने लगता है ! जिस बेटी को लाल जोड़े में देखने की ख्वाहिश लिए उसने अपने ज़िन्दगी की पाई पाई जमा की थी आज वो सब बेकार हो चुके होते है !

रमीज और इमाम साहब रोते और बिलखते उस लड़की के बाप को संभालते है मगर उसके रोने का सिलसिला जारी रहता है ! तभी उन सब की नज़र सामने ही कुछ दूर पर मौजूद एक कुते पर पड़ती है जो कि एक पेड़ के नीचे बैठ कर रो रहा होता है ! पुलिस इंस्पेक्टर उस ओर जाता है तो उसे पेड़ से लटके बिना कपड़ों के एक 35 से 40 उम्र के आदमी की लाश दिखती है ! रमीज़ और इमाम साहब भी उस तरफ जाकर देखते है !

उस आदमी की लाश जगह जगह से नाखून से नोची हुई रहती है !

"साहब यह तो वही आदमी है जिसने इस बच्ची को मारा है!" रमीज़ ने उस आदमी की लाश को देखते के साथ कहा!

"यह बात तुम इतने यकीन से कैसे कह सकते हो?" पुलिस इंस्पेक्टर ने सवालिया नज़रों से रमीज़ की तरफ देखते हुए कहा!

"साहब क्यों के रात में उन दो आदमियों में से एक ने यही कपड़े पहने थे जो आप के सामने ही पेड़ के पास पड़े है यही है वो जो मुझे कुदाल से मारना चाहता था!" रमीज़ ने कहा!

"तुम इसे चेहरे से पहचानते हो?" पुलिस इंस्पेक्टर ने पूछा!

"नही साहब चेहरे पर इसने नक़ाब लगा रखा था और अंधेरे भी काफी था बस बिजली की चमक से इसके कपड़े को देखा था!" रमीज़ ने कहा!

"अंसारी तुम एक टीम बुलवा कर दोनी बॉडी को पहले पोस्टमॉर्टम के लिए भेजो फिर पूरे क़ब्रिस्तान की जांच करो शायद कुछ और मिल जाये और हाँ यह कुदाल और यह हथियार भी जाँच के लिए भेज देना!" पुलिस इंस्पेक्टर ने कांस्टेबल अंसारी से कहा!

"जी साहब मगर साहब एक बात है यह सारे वारदात क़ब्रिस्तान में ही क्यों हो रहे कही इसमे इस गोरकन रमीज़ का तो हाथ नही?" कॉन्स्टेबल अंसारी ने शक की नज़र रमीज़ पर डालते हुए कहा!

"वो सब तो जांच में पता चल ही जायेगा के किसने क्या किया है..? तुम पहले अपना काम करो!" पुलिस इंस्पेक्टर ने कहा!

"रमीज़ भाई मैं चलता हूँ मेरी जरूरत हो तो बताएगा आप भी आराम कर लो बाकी पुलिस अपना काम कर रही है!'' इमाम साहब ने कहा!

पुलिस अपने काम में लगी होती है पुलिस के साथ साथ खबर मिलते ही कुछ अख़बार वाले भी पहुँच चुके होते है आज सन्नाटे पड़े क़ब्रिस्तान में लोगों का आना जाना लगा होता है ! रमीज़ अपने कमरे में आकर चारपाई पर लेट जाता है भूख से उसका बुरा हाल रहता है मगर कुछ भी बना कर खाने का उसका दिल नहीं चाह रहा होता है !

धीरे धीरे नींद उसपर हावी होने लगती है और एक फिर वो अपने ख्वाबों की दुनिया में सफर करने लगता है !

''छोटी भाभी खाना लगा दो बहुत तेज़ भूख लगी है और यह अम्मा कहा गयी कही भी नज़र नहीं आरही है !'' रमीज़ ने मुँह हाथ धोते हुए कहा !

''मैं किसी की नौकर नहीं हूँ भूख लगी है तो खुद निकाल कर खा लो वैसे भी तुम्हे मुफ्त की रोटियाँ ही तोड़नी है मेहनत का एक रुपया तो तुम घर में कमा के देने से रहे!'' रमीज़ की छोटी भाभी ने ताना मारते हुए कहा!

''भाभी नहीं देना खाना तो मत दो मगर बेकार का ताना मारने की जरुरत नहीं है आप के मायके का नहीं खाता हूँ अपने भाइयों का खाता हूँ!'' रमीज़ ने कहा!

''हाँ तो तुम्हारा भाई हमारे शौहर लगते है उनका भी अपना खुद का परिवार है बीवी बच्चे है तुम्हे और तुम्हारे माँ बाप के पेट पोसने के चक्कर में हमारा खुद का बेड़ा गर्क होता रहता है वैसे भी माँ बाप की जिम्मेदारी सिर्फ इन दोनों भाईयों के सर थोड़ी है तुम्हारा भी कुछ फ़र्ज़ बनता है!'' रमीज़ की बड़ी भाभी ने कमरे से निकलते हुए कहा!

''यह लो खाना खा लो वरना कहते फिरोगे के भाभियों ने बातें सुना कर पेट भर दिया!'' रमीज़ की छोटी भाभी ने उसके सामने खाना रखते हुए कहा!

''पेट तो सच में भर गया मेरा भाभी आप दोनों की बातें सुन कर अब भूख नहीं है!'' कहते हुए रमीज़ चप्पल पहन घर से बाहर जाने लगता है तभी उसका बड़ा भाई आजाता है!

''निकम्मों को वैसे भी गुस्सा बहुत आता है एक तो बैठ कर हराम का खाना है उसपर से कोई अगर जायज़ बातें कह दे तो गुस्सा अलग चढ़ जाता है इन जनाब को !'' रमीज का बड़ा भाई कहता है.!

रमीज़ अपने बड़े भाई को बिना जवाब दिये घर से चला जाता है ! उसके कुर्ते की जेब में कुछ रुपय रहते है जो उसने अपने माँ को देने के लिए रखे होते है मगर उससे पहले ही उस के भाई और भाभियों ने उसका मिज़ीज़ खराब कर दिया होता है वो गुस्से में जाकर खेतों में

एक बैर के दरख्त के नीचे बैठ जाता है आँखे आँसुओ से भरी होती है ज़ेहन में हज़ारों तानों का शोर चल रहा होता है जो उसे हमेशा उसके भाई और भाभी दिया करते थे अचानक उस के सर पर अंगिनत बैर गिरने लगते है !

रमीज़ हैरान रहता है के पेड़ में तो एक भी बैर नहीं लगा हुआ है फिर इतने सारे बैर उसके ऊपर कहा से आ गिरे ! रमीज़ उठ कर चारो तरफ देखता है मगर उसे कोई भी दिखाई नहीं दे रहा होता है भूख तो लगी होती है तो वो पेड़ से टेक लगा कर गिरे हुए बैर उठा कर खाने लगता है !

बैर आकार में काफी बड़े और लज़ीज़ होते है रमीज़ बैर खा कर पेड़ के नीचे ही आँखे मूंदे आराम करने लगता है तभी उसके कानों में किसी लड़की की हँसी गूँजती है तो वो हड़बड़ा कर उठ बैठता है !

"का..! का..! कौन है..?" रमीज़ थोड़ा घबराते हुए कहता है ! मगर कोई भी उसे जवाब नहीं देता है ! रात का सन्नाटा चारों तरफ फ़ैल चूका होता है चाँद आसमान में अपने ताब में चमक रहा होता है ! रमीज़ सर खुजाते हुए चाँद की रौशनी ने चारों तरफ नज़रे दौड़ाता है तभी फिर उसे किसी लड़की के हँसने की आवाज़ सुनायी देती है !

"नरगिस यह तुम हो किया ? कहा छुपी हो और तुम मुझे दिख क्यों नहीं रही हो ?" रमीज़ ने इधर उधर देखते हुए कहा !

"कौन नरगिस..? मेरा नाम तो लाइबा है !" रमीज़ के सामने आती एक दोशीज़ा ने कहा जो सफ़ेद रंग का खूबसूरत लिबास पहने उसके बाल खुले और कमर तक लम्बे दिखने में निहायत खूबसूरत होती है ! रमीज़ कुछ वक़्त के लिए उसकी खूबसूरती में खो सा जाता है फिर उसे ख्याल आता है यह लड़की रात में इस वक़्त यहाँ किया कर ही ?

"लड़की तुम रात में इस वक्त यहाँ क्या कर रही हो?" रमीज़ ने सवाल किया!

"अभी बताया तो तुम्हे के मेरा नाम लाइबा है और मैं यही रहती हूँ ?" लाइबा ने कहा !

"मगर मैंने तो तुम्हे आज तक नहीं देखा इस गांव में मैं यहाँ रहने वाले हर शख्स को जानता हूँ !" रमीज़ ने भावे चढ़ाते हुए कहा !

"मैंने कब कहा के मैं गांव में रहती हूँ मैं तो इसे बेरी के दरख्त पर रहती हूँ और अक्सर तुम्हे इधर आते देखा करती थी आज तुम कुछ ज्यादा उदास लग रहे थे तो सोचा के तुमसे थोड़ी बात कर ली जाये !" लाइबा ने टहलते हुए कहा !

"तो तो क्या तुम इंसान नहीं हो ?" रमीज़ ने थोड़ा डरते हुए कहा !

"हाँ मैं तुम इंसानो में से नहीं हूँ बल्के मैं एक परी हूँ और मैं इस बेरी के दरख्त पर ही सालों से रह रही हूँ !" लाइबा ने रमीज के करीब आके कहा !

यह सुन रमीज़ की हालत नागवार सी होने लगती है के वो अभी जिस बला की खूबसूरत लड़की के सामने खड़ा है वो कोई इंसान नहीं बल्के एक दूसरी मखलूक में से है..!

रमीज़ डरते हुए अपना गाला साफ़ कर ते हुए कहता है !" सुनो तुम जो कोई भी हो मैं तुमसे माफ़ी मांगता हूँ मेरा इरादा तुम्हारे आराम में खलल डालना नहीं था मैं बस ऐसे ही

आकर यहाँ बैठ गया अब मैं चलता हूँ मुझे इजाजत दो !"

"मैंने कब कहा के तुमने मेरे आराम में खलल डाला..? बल्के मैं तो खुश हूँ के तुम इधर आये मैं तो कब से तुमसे मिलना चाहती थी तुम मुझे बेहद पसंद हो बोलो मुझसे दोस्ती करोगे ?" लाइबा ने अपने क़दम रमीज़ की तरफ बढ़ाते हुए कहा कहा !

"नहीं नहीं मुझे माफ़ करे मैं आप से किसी तरह का रिस्ता नहीं रखना चाहता !" रमीज़ ने अपने क़दम पीछे करते हुए कहा !

"अरे डरो नहीं मैं तुम्हे खा थोड़ी जाऊँगी कही तुम मुझे खून पीने वाली कोई चुड़ैल तो नहीं समझ रहे ?" लाइबा ने मुस्कुराते हुए कहा !

"तुम चुड़ैल हो या परी या कोई जिन हो तो एक गैर मखलूक ही ना इसलिए खुदा के वास्ते मुझसे दूर रहो!" रमीज़ ने हाथ जोड़ते हुए कहा !

"मैं कोई भी हूँ मगर दोस्ती करने में क्या हर्ज़ है ? रमीज़ हम दोस्त तो बन ही सकते है !" लाइबा ने अपना हाथ रमीज़ की तरफ बढ़ाते हुए कहा !

"आप को मुझसे दोस्ती कर के कुछ नहीं मिलने वाला मैं बहुत गरीब हूँ और पास के ही आम के बाग़ से आम चूरा कर बाजार में बेचता हूँ !" रमीज़ ने कहा !

"बाकी सब कुछ है मेरे पास मुझे तुमसे सिर्फ तुम्हारी दोस्ती चाहिए और अब तुम इंकार नहीं करोगे पिछले बार जब तुम यहाँ पर आये थे अपने दोस्त असलम के साथ तब मैंने पहली बार तुम्हे देखा था तब से तुम मुझे पसंद हो !" लाइबा ने कहा !

"देखो लाइबा मैं अपनी नरगिस से बेइन्तेहाँ मोहब्बत करता हूँ उसके एलावा मैं किसी और से रिश्ता कभी भी नहीं रख सकता समझी तुम !" रमीज़ ने गुस्से से कहा !

"दोस्ती मांगी है तुम्हारी मोहब्बत नहीं बातों को समझना सीखो वैसे मैं चाहूँ तो तुम्हे अभी के अभी अपने दुनिया में उठा कर ले जाऊँ मगर मुझे जबरदस्ती किसी पर अपना हक़ जताने की आदत नहीं है तो शराफत से मान रहे हो या मुझे कुछ और करना पड़ेगा..?" लाइबा ने कहा !

इस पहले के रमीज़ कुछ कह पाता उसे ढूंढते हुए उसके अब्बा और उसका दोस्त असलम वहाँ पर आ पहुंचते हैं..!

"कमज़र्फ हम यहाँ पूरे गांव में तुझे तलाश कर के थक गए और तू यहाँ है.., वहाँ तेरी अम्मा ने रो रो कर बुरा हाल कर रखा है !" रमीज़ के अब्बा ने आते ही उसे एक जोर का तमाचा मारते हुए कहा !"

दरवाज़े पर तेज़ दस्तक से रमीज़ की आँख खुल जाती है वो आँखे मसलता हुआ दरवाज़ा खोल कर बाहर निकलता है !

"एक क़ब्र खोदनी है मेरे वालिद साहब की है मगरिब की नमाज़ के बाद हम मैय्यत दफनाने के लिए लेकर आयेंगे आप क़बर तैयार रखना और हाँ यह कुछ रुपय और खाना भी है आप रख लो !" दरवाज़े के बाहर खड़े एक आदमी ने कहा !

"ठीक है मैं ज़ोहर की नमाज़ पढ़ कर क़बर तैयार कर दूँगा !" रमीज़ ने कहा !

"ठीक है आप खाना खा लो पहले गरम है !" आदमी कहता हुआ चला जाता है !

रमीज़ को वैसे भी सुबह से भूख लगी होती है तो पहले हाथ मुँह धो कर खाना खाने बैठ जाता है उस के ज़हन में उसके ख्वाबों का वाक़्या चलने लगता है उसे मालूम नहीं रहता है के आखिर उसे अपनी ज़िन्दगी से जुड़े हर बात ख्वाब में क्यों दिखाई देते है?

बारिश रुकी हुई रहती है रमीज़ क़ब्रिस्तान में एक जगह का इंतेखाब कर क़बर खोदने अपना कुदाल लेकर उस सिम्त चल देता है !

मगरिब की नमाज़ के बाद मैयत को लोग सुपुर्दे ख़ाक करने के बाद लोग अपने अपने घर की तरफ चल देते है रमीज़ सब के जाने के बाद क़बर की ऊपर अच्छे से मिटटी चढ़ाता है ! रात का अँधेरे धीरे धीरे क़ब्रिस्तान में फैलने के साथ साथ आसमान में बदल उमड़ने लगते है हलकी हलकी बारिश की बूंदे रमीज़ के ऊपर पड़ने लगती है वो जल्द से जल्द अपना काम खतम कर जाना चाह रहा होता है ! रमीज़ अपना काम खत्म कर के क़ब्रिस्तान के दोनों तरफ का दरवाज़ा लगा कर अभी अपने कमरे की तरफ जा ही रहा होता है के उसे एक औरत क़ब्रिस्तान के अंदर आती हुई दिखती है जो एक क़बर के पास जाकर खड़ी हो जाती है पहले वो चारो तरफ देखती है फिर आलती पालती मार कर बैठ जाती है ! बारिश तेज़ हो चुकी होती है और रमीज़ भीगता हुआ उस अनजान औरत को देख रहा होता है !

6

लेटते ही नींद आगयी-06

रमीज़ इतना थक चुका होता है के अब उसकी हिम्मत नही होती के वो क़ब्रिस्तान में क़बर के पास बैठी औरत के पास जाकर पूछे के वो इतनी रात को आखिर क्या कर रही है..? , एक वो नक़ाब पोश अब दूसरी यह औरत जो बैठी ना जाने क्या पढ़ रही होती है..?

रमीज़ अपने कमरे में आकर अपने गीले कुरते को उतार दूसरा कुरता पहन चारपाई पर लेट अपनी साँसे दरुस्त करने लगता है !

इससे पहले के रमीज़ की आँखे लगती उसके दरवाज़े पर दस्तक होती है ! रमीज़ सुस्त कदमों से उठते हुए दरवाज़े को खोलता है तो सामने बारिश के पानी से भीगी वही औरत होती है जो क़बर के पास बैठी थी !

"जी कहिये, कौन है आप और इस वक़्त इतने तेज़ बारिश में यहाँ क़ब्रिस्तान में क्या कर रही है?" रमीज़ ने कहा!

"मेरा नाम शबीना है और मैं यही पास में रहती हूँ मैं बस अपने किसी अजीज़ के क़बर पर इशाल ए सवाब के लिए आयी थी!" शबीना कहते हुए थोड़ी देर खामोश होजाती है! फिर कहती है !

"कल जिस लड़की के साथ हादसा हुआ क्या उसे दफना दिया गया है?"

"जी अभी नही मगर क्यों?" रमीज़ ने थोड़ा हैरान होते हुए कहा!

"जी कुछ नही बस ऐसे ही जानना चाहती थी.., ठीक है मैं अब चलती हूँ!" वो औरत शबीना कहते हुए चली जाती है!

"थका हारा रमीज़ औरत के जाते ही वापस दरवाज़ा बंद कर अपनी चारपाई पर लेट जाता है लेटते ही उसे नींद आजाती है फिर से वो ख्वाबों की दुनिया मे सफर करने लगता है !

"नाक में दम कर के रखा है अम्मा आप के इस लाडले बेटे ने किसी के यहाँ नौकरी नहीं करेगा मगर चोरी का कारोबार चलायेगा !" रमीज़ के बड़े भाई ने चिल्लाते हुए कहा !

"क्या कर दिया अब इसने ? अब तो यह घर में खर्च भी दे रहा है !" रमीज़ के अम्मा ने पूछा ! जो रमीज़ को बैठा कर खाना खिला रही होती है !

''आप का यह बेटा जमींदार के आम के बगीचे से आम चोरी कर बाजार में बेचकर पैसे कमा रहा है !'' रमीज़ के बड़े भाई ने कहा !

''हाँ तो क्या हुआ..? तुमसे कारोबार के लिए रुपय माँगे तो तुमलोगों ने तो दिए नहीं वैसे भी जमींदार के आम बागीचे में सड़ते रहते है अच्छा ही तो करता है यह बेच आता है!'' अम्मा ने समझाते हुए कहा!

''अम्मा आप के इसी लाड प्यार ने इसे इतना लापरवाह और आवारा बना दिया है!'' रमीज़ के बड़े भाई ने गुस्से में कहा!

''वो रुपय जमा कर रहा है जिस दिन पूरे हो जायेंगे कोई अच्छा काम शुरू कर लेगा तुम इसके पीछे ना ही पड़ो तो अच्छा होगा!'' अम्मा ने कहा!

''सही है और बिगाड़ो इसे कसम खा कर कह रहा हूँ अम्मा जिस दिन आप इस दुनियाँ से रुखसत हुई मैं इसे भी इस घर से निकाल दूँगा !'' रमीज़ का बड़ा भाई कहते हुए गुस्से में चला जाता है !

''अम्मा यह मेरे अपने भाई है या सौतेले ? हमेशा मुझसे इस तरह पेश क्यों आते है ?'' रमीज़ ने बड़े ही मासूमियत से पूछा !

''बेटा यह दुनिया ऐसी ही है यहाँ रिश्तों से ज्यादा लोग दौलत और शोहरत को अहमियत देते है जिस दिन तू भी अपने भाईयों की तरह कमाने लगेगा देखना उस दिन यही भाई तेरे तेरी इज्जत करेंगे !'' रमीज़ की अम्मा ने उसे बालों में हाथ फेरते हुए कहा !

''अम्मा मुझे ऐसी दौलत नहीं चाहिये जिससे मुझे इज्जत मिले मैं तो ऐसा काम करूँगा जिससे भले ही मैं गरीब रहूं मगर लोग मुझे देखे तो इज्जत से पेश आये !'' रमीज़ ने कहा !

''बिलकुल मेरे बच्चे अल्लाह तुझे हर ख़ुशी दे अब जा मैं जरा आराम कर लूँ दोपहर का वक़्त है तू भी जाकर अपने कमरे में सोजा !'' अम्मा ने कहा तो रमीज़ वहां से निकल कर नरगिस के घर की तरफ चल देता है !

गरमी की दोपहर में सन्नाटे पड़े अपने गांव की गलियों में छुपते छुपाते रमीज़ नरगिस के खिड़की के पास पहुँच कर झाँकता है तो नरगिस बे खबर अपने चारपाई पर सोई हुई उसे दिखती है ! रमीज़ बेहद ही मोहब्बत से सोते हुए उसके मासूम चेहरे को देखता है फिर पास से एक छोटी सी कंकरी उठा कर उसे मार कर छुप जाता है ! कंकरी लगते ही नरगिस उठ कर बैठ जाती है उसे कुछ समझ नहीं आता तो वो वापस सो जाती है ! रमीज़ दूसरे बार फिर से कंकरी उठा कर मारता है !

''कौन है ? कौन है ?'' नरगिस आवाज़ देती है !

''क्या हुआ नरगिस तुम इस तरह चिल्ला क्यों रही हो?'' नरगिस की भाभी ने पूछा!

''भाभी वो मैं सोयी हुई थी पता नहीं किसने मुझपर यह छोटे छोटे पत्थर मारे!'' नरगिस ने रमीज़ के फेंके हुए कंकरियों को दिखाते हुए कहा !

''होगी किसी की शरारत तुम ऐसा करो खिड़की बंद कर के सो जाओ!'' भाभी कहते हुए चली जाती है !

नरगिस अपने चारपाई से उठ कर जैसे ही खिड़की बंद करने के लिए हाथ बढ़ाती रमीज़ उसके सामने आकर खड़ा होजाता है !

" या अल्लाह रमीज़ तुम यहाँ ? मरवाने का इरादा है क्या ? " नरगिस ने धीमे आवाज़ में कहा !

"मर तो मैं रहा हूँ तुमसे मिलने के लिए बोलो कब आओगी आम के बगीचे में मैं जारहा हूँ तुम भी पीछे से आ जाओ!" रमीज़ ने कहा !

"भैया घर पर ही है उन्हें पता चला तो मुझे ज़िंदा गाड़ देंगे?" नरगिस ने कहा!

"मैं कुछ नहीं जानता मैं जारहा हूँ तुम आजाना !" रमीज़ कहते हुए आम के बाग़ में चला जाता है ! दोनों के मिलने के तय जगह पर जाकर घांस में बैठ जाता है !

"लो आगयी अब खुश रमीज़ एक दिन तुम्हारे वजह से मेरी जान चली जायेगी तुम्हे पता है कितने मुश्किलों से घर से सब की नज़रों से बचते हुए आयी हूँ !" नरगिस ने आते हुए कहा !

"मोहब्बत में छुप छुप कर मिलने का अपना अलग ही मज़ा होता है आओ बैठो मेरे पास !" रमीज़ ने नरगिस का हाथ पकड़ते हुए उसे बैठने का इशारा करते हुए कहा !

"मुझे अब इस तरह से मिलने में डर लगता है कही कुछ गड़बड़ हो गयी तो !" नरगिस ने रमीज़ के पास बैठते हुए कहा !

"कुछ गड़बड़ नहीं होगी हम इतने दिनों से मिल रहे कभी कोई गड़बड़ हुई जो अब होगी !" रमीज़ कहता हुआ नरगिस के ऊपर झुक जाता है फिर दोनों दुनिया जहाँ से बेखबर अपनी मोहबब्त की दुनिया में खो से जाते है !

"मैं अब चलती हूँ घर पर सब उठ जायेंगे तो मुझे ढूंढेंगे !" नरगिस ने अपने कपड़े ठीक करते हुए कहा !

"अभी कहा थोड़ी देर मेरे साथ बैठो और पहले यह बेर खाओ फिर तुम्हे कुछ बताता हूँ !" रमीज़ ने नरगिस के हाथों में बेर देते हुए कहा !

"कहो जल्दी क्या बताना चाहते हो !" नरगिस ने बैर खाते हुए कहा !

"तुम्हे वो खेतों में बेर का पेड़ याद है ?" रमीज़ ने कहा !

"यह बेर तो बहुत लज़ीज़ है कहा से लाया तुमने ! तुम वैसे किस पेड़ की बात कर रहे वो जो गांव के सबसे आखिर में जो खेतों के बीच में एक बेर का पेड़ है वही ?" नरगिस ने कहा !

"हाँ वही। तुम्हे पता है वहाँ मुझे कौन मिली ?" रमीज़ ने कहा !

"कौन ?" नरगिस ने भावे चढ़ाते हुए कहा !

"वो एक परी है जो उसी पेड़ पर रहती है और जो तुम यह बेर मज़े लेकर खा रही हो यह उसी ने मुझे दिए है !" रमीज़ ने मुस्कुराते हुए कहा !

"तुम्हारा दिमाग तो सही है ना तुम्हे एक परी ने बेर दिये..? बहुत ही घटिया मज़ाक है रमीज़ !" नरगिस ने कहा !

''मैं सच कह रहा हूँ !'' रमीज़ कहता है फिर वो लाइबा परी के बारे में सारी बातें नरगिस को बताता है !

''या अल्लाह एक परी मेरी सौतन बनेगी !'' नरगिस ने कहा !

''अरे नहीं.., मैं पागल थोड़ी हूँ जो उस परी से मोहब्बत करूँगा तुम मेरे लिए किसी परी से कम थोड़ी हो !'' रमीज़ ने मोहब्बत से नरगिस को अपनी बाँहों में भरते हुए कहा !

तभी उन्हें किसी के क़दमों की आवाज़ सुनायी देती है रमीज़ जल्द से अपने जगह से उठ कर देखता है तो उसका दोस्त असलम नरगिस के भाई के साथ बाग़ के अंदर आरहा होता है !

''तुम्हारा दोस्त असलम मेरे भैया को लेकर इधर क्यों आरहा है ? अब क्या होगा ?'' नरगिस ने डर से घबराते हुए कहा !

''तुम घबराओ नहीं और उधर जाकर छुप जाओ मैं जाकर देखता हूँ क्या बात है ? मैं उनको दूसरी तरफ लेकर जाता हूँ तब तक तुम मौका देख कर यहाँ से चले जाना !'' रमीज़ कहता है तो नरगिस थोड़ी दूर झाड़ियों में जाकर छुप जाती है !

''अरे रमीज़ तुम इस वक़्त यहाँ बाग़ में क्या कर रहा है ?'' असलम ने अपने सामने से आते रमीज़ को देख कर कहा !

''अस्सलाम वालेकुम भाई कुछ नहीं घर में गर्मी बहुत लग रही थी तो यहाँ पर पेड़ो की छाव में आराम कर रहा था ! तुम इधर कैसे ?''रमीज़ ने पूछा !

''कुछ नहीं मैं बस इधर टहलने आरहा था तो रमजान भाईजान रस्ते में मिल गये तो हम इस तरफ साथ टहलते हुए चले आये !'' असलम ने कहा !

''हाँ चलो उस तरफ टहलते है !'' रमीज़ कह ही रहा होता है के उसे सामने ज़मीन पर नरगिस के पायल गिरे हुए दिखते है जिसके ठीक सामने नरगिस के रमजान भाई खड़े होते है !

''भाईजान चलिए ना मैं आप को उस तरफ के बाग़ दिखाता हूँ वहाँ पर तो मैंने गुलाब के कई पौधे भी लगा रखा है!'' रमीज़ कहते हुए हल्का सा झुकता है और पायल को झट से उठा कर अपने कुर्ते के जेब में डाल लेता है !

"तुमने किसी और के बाग में गुलाब लगा दिए !" रमज़ान ने कहा !

हाँ बस ऐसे ही लगा दिये किया हर्ज़ है फूल तो फूल ही होते है कही भी खिले !" रमीज़ सिर खुजाते हुए कहता है !

"चलो फिर एक गुलाब तुम्हारी भाभी के लिए तोड़ लूँ दूँगा तो खुश हो जाएगी क्यों असलम..?" रमज़ान ने हंसते हुए कहा !

"हाँ रमज़ान भाई !" असलम ने भी गर्मजोशी से कहा !

"वैसे रमीज़ तुम शादी कब कर रहे हो !"रमज़ान ने रमीज़ की पीठ थपथपाते हुए कहा !

"जी जब आप राजी हो जाये !" रमीज़ ने कहा !

"मतलब ?"रमज़ान ने कहा !

"मतलब आप के नज़र में कोई लड़की हो तो बतायेगा मैं कर कर लूंगा !

"हाहाहा.., जरूर मेरे भाई !" रमज़ान ने कहा !

तीनों बातें करते हुए आम के बाग के दूसरे तरफ जाने लगते है तभी नरगिस मौका देख कर बाग से बाहर निकल जाती है !

फजर की अज़ान के आवाज़ से रमीज़ की आँखे खुलती है ! ज़हन में माज़ी की याद लिए वो नमाज़ पढ़ता है नमाज़ और क़ुरआन की तिलावत के बाद वो अपने कपड़ो के बैग से एक चांदी का पायल निकालता है उसे देख उसके आँखों से बे इख्तियार आँसू बहने लगते है ! वो बार बार रोते हुए बार बार अपने लबों से उस पायल को चूमता है आज उसे अपनी मोहब्बत नरगिस बेहद याद आरही होती है ! जो नजाने उसके ज़िन्दगी की गली से कहा गुम होगयी !

सूबह दस बजे लड़की का बाप और कुछ लोग लड़की के मैय्यत को कफन में लपेट लिए मयूश क़ब्रिस्तान में दाख़िल होते है!

"आप ने खबर दे दिया होता तो मैं क़बर खोद कर रखता !"रमीज़ ने उनको आते देख कहा !

"उसकी कोई जरूरत नही है रमीज़ भाई इसकी क़बर तो पहले ही खोद चुके थे वो बदमाश चलिए नमाज़ जनाज़ा में आप भी शरीक होजाये !"लड़की के बाप ने रोते हुए कहा !

नमाज़ जनाज़ा के बाद उस लड़की के टुकड़ों में पड़े जिस्म को लोग सपुरदे ख़ाक कर के लौट जाते है! उस लड़की का बाप थोड़ी देर वही पर रुक दुआ पढ़ता रहता है !

आसमान में बदल गर्जना शुरू होजाते है मौसम सही ना देख कर रमीज़ उस लड़की के बाप को क़ब्रिस्तान से जाने का कहता है !

"रमीज़ भाई हमे कभी पता नही होता है के कब हमे हमारे अपने छोड़ कर चले जायें , एक बच्ची जिसके दुनिया मे आने का मैंने और मेरी बीवी ने नौ महीने इंतेज़ार किया , फिर वो हमारी दुनिया मे आयी हमे पूरा किया ,जब वो पहली बार चल रही थी तो हम बहुत ध्यान रखते थे के कही हमारी बच्ची गिर ना जाए.., कही उसे चोट ना लग जाये फिर उस बेटी को मैने रात के सन्नाटे में रमीज़ भाई पानी लाने कैसे भेज दिया आखिर कैसे ? मैं खुद को माफ नही कर पा रहा हूँ जब से उसे टुकड़ो में देखा है मैं बेचैन हूँ बहुत !" लड़की के बाप ने रोते हुए कहा !

"खुद को संभाले जो होना था सो तो होगया आप की बेटी तो अब वापस नही आयेगी मगर आप उसके लिए दुआ करते रहे ! फिलहाल आप घर जाये बारिश तेज़ होने वाली है !" रमीज़ ने समझाते हुए कहा !

"जा रहा हूँ बस मेरी बच्ची का आखिरी सफर था सो सोचा थोड़ा सा ठहर जाऊं उसे अच्छा लगेगा और मुझे भी ! ठीक है चलता हूँ आता रहूंगा अब तो जब तक जिंदा हूँ!" लड़की का बाप कहते हुए चला जाता है !

रमीज़ हाथ में लालटेन लिए एक हारे हुए बाप को जाते हुए देख रहा होता है !

7

लेटते ही नींद आगयी-07

"आज मोहब्बत को किसने मेरे घर का पता दे दिया, जो वो मेहरबान कदमों से चल कर मेरी तरफ आगये !" बेर के पेड़ के नीचे खड़े रमीज़ को देख लाइबा परी ने मुस्कुराते पेड़ के डाल पर बैठे हुए कहती है!

"देखो मैं यहाँ तुमसे कोई मोहब्बत निभाने नही आया हूँ मैंने तुम्हें पहले ही बता दिया था के मेरी मोहब्बत कोई और है मैं तो बस!" रमीज़ कहता हुआ खामोश हो जाता है !

" हम्म.. तो बताओ कैसी मदद चाहिये तुम्हे मुझसे?" लाइबा पेड़ से उतर कर रमीज़ के पास आकर उसके कानों में धीमे से कहा !

"तुम्हे कैसे पता चला के मुझे तुमसे मदद चहिये?" रमीज़ ने फिर सवाल किया !

"तुम्हारे दिल ओ दिमाग मे जो भी बात चल रही मैं सब बता सकती हूँ ! और तुम्हारे यहाँ मेरे पास आने का मक़सद भी अच्छे से पता है मुझे ! खैर यह सब छोड़ो मुझे यह बताओ तुम फल ही बेचने का काम क्यों करना चाहते हो..? और भी बहुत कुछ है तुम्हारी दुनिया मे करने को , खुद का काम करना ही है तो कुछ बड़ा काम करो वैसे तुम चाहो तो बिना मेहनत के मैं तुम्हे दौलत मंद बना सकती हूँ एक ऐश वाली ज़िन्दगी दे सकती हूँ जिसमे बेसुमार प्यार दौलत सुकून सब होगा !" लाइबा ने मोहब्बत से रमीज़ को देखते हुए कहा उसकी आँखों में रमीज़ खुद के लिए प्यार देख रहा होता है !

"कोई भी काम छोटा नही होता वैसे भी हम तुमलोगों की तरह अच्छी ज़िन्दगी नही जीते हमे ज़िन्दगी गुज़ारने के लिए मेहनत करनी पड़ती है तुम्हारी तरह नही और हाँ मुझे दौलत की कोई भूख नहीं है और ना ही बिना मेहनत के ऐश वा आराम की मैं तो बस इतना चाहता हूँ के इतना कमा लूँ के अच्छे से गुज़ारा हो जाये!" रमीज़ कहता हुआ रुक जाता है!

"तुम्हे किस ने कह दिया के हमारी ज़िंदगी आसान होती है ? और हम बिना मेहनत के खाते है इस दुनिया में रहने की किमत हर कोई अपने अपने तरिके से अदा कर रहा है!" लाइबा ने घूरते हुए रमीज़ से कहा !

"कौन कहेगा मुझे सब पता है कम से कम तुम भूतों या चुड़ैल की ज़िन्दगी हम इंसानो की तरह मुश्किलों से भरी हुई नहीं होती है अब सवाल जवाब ही करोगी या मदद भी करोगी ?" रमीज़ ने कहा !

"पहले तो मैं कोई भूत या चुड़ैल नहीं हूँ मेरा वास्ता जिन्नातों के क़ाबिले से है और मैं एक परी हूँ और मैं भला तुम्हारी मदद क्यों करू ? कौन लगते हो तुम मेरे ? वास्ता क्या है मेरा और तुम्हारा ?" लाइबा ने रमीज के बेहद करीब आके कहा ! रमीज उसके सांसों की गर्माहट को अपने चेहरे पर महसूस कर पा रहा होता है..!

"दोस्त लगती हो तुम उस दिन तुमने ही कहा था ना के तुम मुझसे दोस्ती करना चाहती हो और दोस्त तो दोस्त के काम आते है बिना किसी मतलब के हैं ना !" रमीज़ हल्का सा मुस्कुरा कर कहता है!

"कारोबार करने अच्छे से आगया है तुम्हे इसलिए दोस्ती के बदले मदद मांग रहे हो !" लाइबा ने कहा !

"इसमे गलत क्या है ? तुम्हे मेरी दोस्ती चाहिये और मुझे तुम्हारी मदद ! देखो अब और बहस नही मुझे नरगिस से शादी करने के लिये जल्द ही कुछ अच्छा काम शुरू करना होगा वरना उसकी शादी कही और होजायेगी !" रमीज़ ने थोड़ा परेशान होते हुए कहा !

" अच्छा तो मसला यहां दिल का भी है! ठीक है जाओ तुम्हारा काम बन जायेगा मगर हाँ वादा करो के मुझे कभी नही भूलोगे अगर भूले तो मैं सब कुछ वापस ले जाऊंगी तब तुम आज से ज्यादा परेशान रहोगे !" लाइबा ने कहा !

"मैं क्यों भूल जाऊंगा तुम्हे अब यह बताओ तुम मेरी मदद कैसे करोगी ?" रमीज़ ने कहा !

"यह लो और इसे अपने पास संभाल कर रखना सारे काम बनते जायेंगे खुद बा खुद!" लाइबा ने एक कपड़े की पोटली रमीज़ को थमाते हुए कहा!

"इसमे क्या है ? " कहते हुए रमीज़ उसे खोल कर देखता है !

''तुम्हारे काम की चीज़ है !'' लाइबा ने मोहब्बत भरी गहरी नज़र रमीज़ पर डालते हुए कहा !

"बेर के बीज मगर मैं इन बीजों का क्या करूँगा ?" रमीज़ ने कहा !

"बड़े बेसबरे हो तुम, इसे तुम बस अपने पास रखना फायदा तुम्हे खुद ब खुद समझ आजायेगा !" लाइबा ने कहा !

"रमीज़ तू यहाँ क्या कर रहा है..? मैं ना जाने कब से तुझे तलाश कर रहा हूँ जल्दी घर चल तेरी अम्मा की तबीयत अचानक खराब होगयी है वो तुझे याद कर रही!" रमीज़ का दोस्त असलम दौड़ते हुए रमीज़ के पास आकर कहता है तो रमीज़ उसके साथ घर चल देता है !

"इंसान बड़े अजीब होते है, मतलब ना हो तो हिरे को भी फेंक देते है और मतलब हो तो कोयले को भी जेब मे संभाल कर रख लेते है यह नही जानते कभी कभी बे मतलब की चीज़ें भी सही होती है और कभी कभी मतलब की चेज़ें नुकसान दायक !" लाइबा ने हंसते हुए कहा

!

रमीज़ घर पहुँचाता है तो अपनी माँ को अपने मुन्तज़िर पाता है उसके भाई भाभी और अब्बा साइड में खड़े होते है !

"अम्मा क्या होगया आप को यह अचानक से?" रमीज़ अपने अम्मा के पास उनके हाथ पकड़े रोते हुए कहता है!

"मेरे बच्चे मुझे माफ़ करदे मैं इस तरह से तुझे छोड़ कर जा रही हूँ !" अम्मा ने रमीज़ के हाथ को चूमते हुए कहा !

"अम्मा आप ऐसी बातें क्यों कह रही हो ? भला आप क्यों मुझे छोड़ कर जाओगी ? कुछ नही होगा आप को ?" रमीज़ ने कहा !

"मेरे बच्चे एक ना एक दिन सब को इस दुनिया और इस ज़िन्दगी को छोड़ कर जाना पड़ता है सब का एक वक़्त मुक़र्रर है ! मुझे ला इलाज मर्ज है मैंने तुझे नही बताया था क्यों के तू सुन कर सह नही पाता ! मेरे पास अब वक़्त बहुत कम है देख मेरे जाने के बाद अपना ख्याल रखना मेरी दुआ हमेशा तेरे साथ है मेरे बच्चे यह दुनिया की रंगीनियाँ महज़ एक धोखा है..! मेरे बच्चे तू खुद को इससे महफूज़ रखना यहाँ खुदा के सेवा कोई भी अपना नहीं होता अपना परिवार भी नहीं तेरे ये भाई बहन मेरे बाद तेरे रिश्तेदार बन जायेंगे और हाँ मेहनत कर के कमाना किसी से भी दुश्मनी मत रखना, ना ही कोई गलत काम करना जिससे लोग तुझे गलत कहे एक आखिरी बात उस नरगिस को मेरी बहु जरूर बनाना मुझे वो बहुत पसंद है! वादा कर मेरी कही बात तू मानेगा और बोल के इस वादे की लाज रखेगा !" अम्मा ने अधूरी साँसे लेते हुए कहा !

"वादा करता हूँ सब कुछ छोड़ दूंगा हर वो काम करूँगा जो आप कहोगी मगर... मगर आप मुझे छोड़ कर मत जाओ आप के बिना बहुत अकेला हो जाऊँगा मैं!" रमीज़ ने रोते हुए कहा मगर उसकी अम्मा तो अब उससे वादा ले कर जा चुकी होती है!

जिस मजबूती के साथ उन्होंने रमीज़ का हाथ थामा था अब उसकी पकड़ ढेली पड़ चुकी होती है और अम्मा का हाथ रमीज़ के हाथों से छूट कर बेजान सा खटिये से लटकने लगता है !

"अम्मा।.....!" रमीज़ रोते हुए एक जोर दार चींख मारता हुआ उठ बैठता है उसकी आँखों से अब नींद दूर चली जा चुकी होती है पसीने से सरा बोर रमीज़ ऐसा महसूह कर रहा होता है जैसे उसने अभी जो कुछ भी ख्वाब में देखा उसे सच में जिया हो ! अपने चेहरे पर आये पसीने को पूछते हुए वो अपनी अम्मा को याद कर फूट फूट कर रोने लगता है !

भारी मन और नम आँखों के साथ रमीज़ अपनी चारपाई से उठ कर घड़ी में वक़्त देखता है , घड़ी की सुई इस वक़्त उसमे तीन बजा रही होती है ! रमीज़ वज़ू कर तहज्जुद की नमाज़ पढ़ने बैठ जाता है , तहज्जुद की नमाज़ पढ़ने के बाद रमीज़ तस्बीह पढ़ते हुए अपने माँ बाप की क़बर के पास जाकर उनके लिए मगफिरत की दुआ करने लगता है ! आज के ख्वाब ने उसके अम्मा के साथ बिताये हुए पल उसे याद दिला दिया होता है ! अभी रमीज़ रो रो कर

दुआ पढ़ ही रहा होता है के उसकी नज़र क़ब्रिस्तान के उस छोर की तरफ जाती है जहाँ कल ही उन्होंने उस लड़की को दफनाया था ! उस लड़की के क़बर के पास रमीज़ को वही औरत शबीना दिखती है जो कल उस लड़की के क़ब्र के बारे में पूछ रही थी !

"अब यह क्या माज़रा है यह औरत आधी रात को क़ब्रिस्तान में उस मासूम लड़की के क़बर के पास क्या कर रही है ? हो सकता है यह इसकी कोई अपनी हो मगर इस वक़्त यहा ?" रमीज़ खुद में बड़बड़ाता हुआ उस औरत की तरफ बढ़ता है इससे पहले के रमीज़ उस औरत शबीना तक पहुँचता वो उठ कर क़ब्रिस्तान के पिछले दरवाज़े से बाहर निकल जाती है !

रमीज़ वापस अपने कमरे की तरफ मुड़ता है तो उसे सामने नक़ाब पोश खातून खड़ी दिखती है जो अपने बेटे के क़ब्र के पास बैठ कर रो रही होती है !

"या अल्लाह ये क्या माज़रा है..? यह औरत क़ब्रिस्तान में ही क्यों आकर रोती है? कुछ दिनों से तो यह गायब थी और आज फिर अचानक !" रमीज़ खुद मे कहता हुआ उस नक़ाब पोश औरत की तरफ बढ़ता है !

"बहुत कुछ घटने वाला है इस क़ब्रिस्तान के दर_ओ_दिवार के अंदर अभी तो बहुत कुछ तुम्हे देखना बाकी है !" नक़ाब पोश औरत ने कहा !

"जी मैं समझा नहीं आप क्या कहना चाहती है?" रमीज़ नक़ाब पोश औरत के सामने थोड़ी दुरी पर खड़ा होकर पूछता है!

"समझ जाओगे सब एक दिन! आखिर में सब पता चल जाता है मगर उस वक़्त हम किसी को वो सभी बातें बताने के लायक नहीं रहते है!" नक़ाब पोश औरत ने कहा !

"क़ब्रिस्तान जैसी जगह पर पुर इसरार वाक़ियों का होना आम बात है अब तो मुझे इन सब की आदत है !" रमीज़ ने कहा !

"सही कहा तुमने क़ब्रिस्तान में नाजाने कौन कौन से राज दफन हो और ना जाने कितने राज दफन होने वाले है खैर आज तुम्हारी अम्मा की बरसी है जाओ उनके लिए दुआ करो आज भी फिक्र मंद है वो तुम्हारे लिए!" नक़ाब पोश औरत ने कहा!

"जी मुझे याद नहीं था तभी मैं सोचूँ आज अम्मा ख्वाब में क्यों आयी?" रमीज़ ने कहा !

"ख्वाब हकीकत का आईना होते है रमीज़ ख्वाबों पर गौर किया करो के वो किया समझाना चाहते है शायद तुम्हे तुम्हारे सवालों का जवाब मिल जाये !" नक़ाब पोश औरत ने कहा !

"मगर आप को मेरी अम्मा के बरसी के बारे में कैसे पता है मैं तो आप को जानता भी नहीं और आप को कैसे पता चला के वो मरने के बाद मेरे लिए फिक्र मंद है..? भला मरने के बाद किसे दुनिया के लोगों की फिक्र होती है सब अपने अपने आमाल का हिसाब देने में मसगूल होजाते है उनकी रूहे क़यामत तक आलम बरजख में चली जाती है!" रमीज़ ने हैरान होते हुए कहा !

"कभी कभी कुछ बातें किसी के बिना बताये ही हमें मालूम हो जाती है , इसमें हैरत करने वाली कोई बात नहीं है तुमने सही कहा के मरने के बाद इंसान की रूह आलम बरजख में चली जाती है तब तक के लिए जब तक क़यामत ना क़ायम होजाये मगर कुछ रूहे वापस आती है

अपने अपनों के लिए अपने अधूरे वादों के लिए , अपने अधूरे काम को अंजाम देने के लिए!" नक़ाब पोश औरत ने कहा !

"आप की बातें सही है खातून मगर आप को इस वक़्त यहाँ नहीं होना चाहिये आप दिन के उजाले में आया करे मुझे मालूम है के आप को अपने बेटे से बहुत मोहब्बत है फिर भी रात का वक़्त आप के लिए सही नहीं है आप को पता है ना यहाँ आये दिन कई क़तल हो रहे है !" रमीज़ ने समझाते हुए कहा !

" दिन के उजालों में आउंगी तो लोग बातें बनायेंगे इसलिए रात का आखिरी पहर बहतर समझती हूँ और मैं सिर्फ अपने बेटे से मिलने नहीं आती हूँ और भी वजह है मेरे यहां आने का जो कभी सही वक़्त आने पर तुम्हे बतादूंगी , रात के सन्नाटे में एक अलग ही सुकून होता है !" नक़ाब पोश औरत ने कहा !

तभी मस्जिद से फज़र की अज़ान की आवाज़ आती है रमीज़ अज़ान की आवाज़ के सिम्त पलट कर देखना है दोबारा जब वो वापस उस नक़ाब पोश औरत की तरफ अपनी गर्दन मोड़ता है वो औरत वहां पर मौजूद नहीं होती है !

8

लेटते ही नींद आगयी-08

नक़ाब पोश औरत के अचानक चले जाने के बाद रमीज़ वापस अपने काम में लग जाता है , पूरे क़ब्रिस्तान में झाड़ू देकर वो अपने अम्मा- अब्बा के क़बर की मिटटी को सही कर के नहाने चला जाता है और मस्जिद में ही अपने अम्मा अब्बा के मगफिरत के लिए इमाम साहब से क़ुरआन खानी करवाता है !

माज़ी की यादें उसके ज़हन में ताज़ा रहती है के कैसे उसके अम्मा के मरते ही उसके भाइयों ने उसके साथ और भी बुरा रवैया अख्तियार कर लिया था ज़िन्दगी की रौनके अम्मा के मरते ही ख़ाक होगयी थी ! सोचते हुए रमीज़ की आँखों से बेइन्तेहाँ आँसूं बहने लगते है!

""रमीज़ भाई क़ुरआन खानी तो होगयी आज आप की अम्मी के बरसी के मौके पर..., अरे रमीज़ भाई यह क्या..? आप के आँखों में आँसू ?" इमाम साहब ने रमीज़ को रोते देख कहा !

" कुछ नहीं इमाम साहब बस ऐसे ही अपनों की याद आगयी खैर यह कुछ रुपय है आप मेरे तरफ से मस्जिद के लिए और कुछ गरीबों को दे दीजिएगा मेरे अम्मा अब्बा के ईसाल सवाब के लिए!" रमीज़ ने आँसू पोछते हुए अपने कुर्ते की जेब से कुछ रुपय निकाल कर इमाम साहब की तरफ बढ़ाते हुए कहा !

"मैं गरीबों में यह रुपय तकसीम करदूँगा.., आप यह बताओ अब तो कोई ऐसा वैसा वाक़िया क़ब्रिस्तान में पेश तो नहीं आरहा..?" इमाम साहब ने पूछा !

"इमाम साहब क़ब्रिस्तान अन गिनत राज अपने अंदर दफ़नाये हुए है आज तो फ़िलहाल कुछ भी ऐसा वैसा नहीं हुआ हाँ आगे और क्या क्या होने वाला है..? यह हम नहीं जानते यह तो बस उस ऊपर वाले को ही पता होता है वैसे आप की बेटी की शादी का क्या हुआ आप कह रहे थे ना के उसका रिस्ता लग गया है !" रमीज़ ने कहा !

"बस इंतजाम में लगा हूँ कुछ रुपय घट रहे है आप तो जानते ही है के बिना दहेज़ लिये कोई भी रिश्ता नहीं करना चाहता !" इमाम साहब ने परेशान होते हुए कहा !

''आप परेशान ना हो अल्लाह बहतर मदद अता करेगा मुझसे अगर कुछ होगा तो मैं भी आप की मदद जरूर करूँगा अच्छा अब मुझे इजाजत दिजीए मैं चलता हूँ बारिश की वजह से क़ब्रिस्तान में काफी घांस उग आये है साफ़ करना है उन्हें!'' रमीज़ ने कहा !

''आप का शुक्रिया मगर रमीज़ भाई जाने से पहले एक बात तो सुनते जाईये ?'' इमाम साहब ने रमीज़ को रोकते हुए कहा !

''जी इमाम साहब कहिये क्या बात है ?'' रमीज़ ने पूछा !

''उस लड़की को मारने वाले दूसरे आदमी ने खुद को पुलिस के हवाले कर दिया है.., उसकी दिमागी हालत कुछ सही नहीं है बार बार कहता है के उसके साथी को क़ब्रिस्तान में रहने वाली रूहों ने मारा है और अब वो उसे भी मार देंगी वो जब भी सोता है उसे एक साथ कई रूहे ख्वाब में डराती है बिलकुल ही पागलों की तरह बातें कर रहा था वो !'' इमाम साहब ने कहा !

''जैसी करनी वैसी भरनी मगर इमाम साहब आप को यह सब किसने बताया !'' रमीज़ ने पूछा !

''उस मरहूम लड़की के बाप ने बताया, जो भी बोलो रमीज़ भाई भले ही उनलोगों को उनके किये की सजा मिल गयी मगर एक बेक़सूर माँ बाप ने तो अपनी औलाद को खो दिया उनके उस दर्द का हम अंदाज़ा भी नहीं लगा सकते बस खुदा सभी की बच्चियों की हिफाजत करे!'' इमाम साहब ने कहा !

''इमाम साहब क़ुदरत अपने तरीके से सजा देना जानती है उन गुनाहगारों को सजा मिलनी ही थी चलिये अब मुझे इजाजत दिजिये बाद में आता हूँ वरना अँधेरा हो जायेगा और काम अधूरा रह जायेगा !'' रमीज़ कहता हुआ चला जाता है !

बादल फिर से उमड़ने लगते है , हवायें भी तेज़ रफ़्तार से चलने लगते है हलकी हलकी बारिश शुरू होजाती है ! मस्जिद से मगरिब की नमाज़ पढ़ कर रमीज़ तस्बीह पढ़ते हुए अपने कमरे की तरफ बढ़ रहा होता है तभी उसकी नज़र फिर से उस औरत शबीना पर पड़ती है जो उस लड़की के क़ब्र पर बैठ फिर से कुछ पढ़ रही होती है इस बार रमीज़ को थोड़ा गड़बड़ का एहसास होता है तो वो सीधा उस औरत के पास ही थोड़ी दूर जाकर एक पेड़ के पीछे छुप कर देखता है के आखिर वो किया कर रही है !

''इस तरह छुप कर क्या देख रहे हो आप मेरे सामने आओ !'' अचानक से शबीना ने कहा !

''जी आप इस तरह इस बच्ची की कबर के पास बैठ कर क्या कर रही हो?'' रमीज़ ने औरत शबीना के सामने आकर पूछा!

'' सच बताऊँगी तो आप मुझे मेरा काम करने नहीं दोगे और मुझे यह भी खबर थी की आप एक ना एक दिन मेरे लिए रास्ते का कांटा बनोगे इसलिए सच बताने से पहले क्यों ना एक सौदा कर ले हम आपस में!'' शबीना ने शैतानी मुस्कराहट अपने लबों पर सजाते हुए कहा !

''कैसा सौदा और आप क्या करना चाहती है आखिर?'' रमीज़ ने हैरत से उस औरत को देखते हुए कहा !

"हम्म.. कुछ खास नहीं माज़ी के कुछ सवालात तुम्हारे ज़हन में चलते है ना उन सब के जवाब दे दूंगी तुम्हे और हाँ मस्जिद के इमाम साहब आप से अपनी बेटी की शादी के लिए मदद का कह रहे थे ना अगर आप अपना मुँह बंद रखोगे तो मैं इतना दौलत दे सकती हूँ के आप उनकी मदद कर सकते हो !" शबीना ने कहा !

"मेरे माज़ी के बारे में और इमाम साहब और मेरे बीच की बात तुम्हे कैसे मालूम हुई ?" रमीज़ ने हैरत से पूछा !

"और भी बहुत कुछ पता है मुझे कहो तो गांव में ये बात आम करदूँ के कोई नक़ाब पोश खातून क़ब्रिस्तान के मोजाबीर से मिलने रोज रात के सन्नाटों में क़ब्रिस्तान में आती है !" शबीना ने धमकाते हुए सख्त लहज़े में कहा !

रमीज़ इज्जत पर आंच आने वाली बात सुन कर खामोश होजाता है फिर कहता है !" ठीक है तुम जैसे बेगैरत लोगों के मुँह लगने का कोई फायदा नहीं है जो सही लगे करो बेकार का इनसब में मुझे मत घसीटो रही बात उस औरत की तो वो क़ब्रिस्तान मुझसे मिलने नहीं बल्के अपने बेटे के क़बर पर आती है !"

"यह सही बात है वैसे बिना तुम्हारी मदद के मैं अपना काम पूरा नहीं कर सकती हूँ !" औरत शबीना ने कहा !

"पहले यह बताओ तुम क्या करना चाहती हूँ कहीं मैं तुम्हारे साथ साथ किसी गुनाह में शरीक ना होजाऊं !" रमीज़ ने कहा !

"मैं बस अमल के ज़रिये औलाद पाना चाहती हूँ दस बरस होगये मेरे शादी को आज तक मुझे कोई औलाद नहीं है अब वाहिद यह अमल ही है सहारा वरना मेरे शौहर किसी और से निकाह कर लेंगे !" शबीना ने झूठा दुःख दिखाते हुए कहा !

"औलाद किस्मत से होती है अगर आप को अल्लाह ने औलाद नहीं दिया अभी तक जरूर उसके पीछे कोई आप का ही फायदा छुपा हो ! इस का मतलब यह नहीं के आप गलत रास्तों को चुने आप किसी यतीम को माँ का प्यार दे सकती है हो सकता है आप के नसीब में यही लिखा हो!" रमीज़ ने समझाते हुए कहा !

"आप मुझे सही गलत ना समझाये तो ही बेहतर है यह कुछ रुपय रख ले और मेरी बात ध्यान से सुने मैं अगले कुछ दिनों तक अपना अमल जारी रखूंगी आखिरी दिन बस आप को यह करना है के इस लड़की की लाश को क़ब्र से निकाल कर दूसरे क़ब्र में रखना है जो के ठीक इसी के बगल में खोदना होगा आप को !" शबीना ने रमीज़ की हाथों में नोटों की गड्डी थमाते हुए कहा !

"आखिर आप ने यह सब करने के लिए इसी बच्ची के क़बर का इंतेखाब क्यों किया ? मुझे आप की दिमागी हालत सही नहीं लगती है !" रमीज़ हैरान होते हुए कहता है !

"मेरी दिमागी हालत बिलकुल सही है और हाँ अपनी टांग दूसरों के काम में नहीं अड़ाना चाहिये आप अपने काम से मतलब रखे बस वैसे काफी बहस मिज़ाज़ रखते हो आप मैं चलती हूँ कल आऊँगी खुदा हाफिज !" शबीना कहते हुए चली जाती है रमीज़ हैरान वा परेशान उसे

जाते हुए देख रहा होता है !

''अल्लाह ही रहम करे ऐसे लोगों से खैर कम से कम इमाम साहब की मुश्किलें थोड़ी हल होजायेगी इन रुपयों से कल ही उन्हें दे दूँगा !'' रमीज़ खुद में बड़बड़ाता हुआ अपने कमरे की तरफ चल देता है !

रात सुकून से गुज़र जाती है कोई भी ख्वाब रमीज़ को नहीं आता है अगले दिन फज़र की नमाज़ के बाद रमीज़ इमाम साहब को रुपय थमा देता है !

''रमीज़ भाई आप ने तो हमे अपना क़र्ज़ दार बना दिया है मैं कैसे आप का एहसान चुकाऊंगा !'' इमाम साहब ने आँखे नम करते हुए कहा !

''कोई क़र्ज़ नहीं है इमाम साहब आप को यह पैसे लौटाने की कोई जरुरत नहीं है आप की बेटी मेरी भी तो बेटी है !'' रमीज़ ने कहा !

''फिर इतने सारे रुपय की मदद भला कौन करता है रमीज़ भाई आज कल के ज़माने में !'' इमाम साहब ने कहा !

''मेरे जैसे लोग जिनको दुनियाँ की ऐश वा आराम से कोई मतलब नहीं है बस जीने के लिए दो वक़्त की रोटी साल भर में पहनने के लिए दो जोड़ी कुर्ते मिल जाते है वो बहुत है मेरे लिए !'' रमीज़ ने मुस्कुराते हुए कहा !

''अल्लाह आप को खुश रखे वैसे रमीज़ भाई अकेला इंसान भी खुश रह सकता है क्या ? चलिये चाय पीते है साथ में !'' इमाम साहब ने हँसते हुए कहा !

''क्या मैं आप को दुःखी लगता हूँ ? इमाम साहब मेरा दिल अब ख़ुशी गम उदासी इन सब एहसासों से वास्ता नहीं रखता है एहसास तब होते जब मेरे अपने मेरे साथ होते है अकेले किस बात की ख़ुशी और गम ?'' रमीज़ ने कहा !

शबीना हर रोज अपने तय वक़्त पर आकर अपना अमल जारी रखती है इसी तरह शबीना के अमल का आखिरी दिन भी आजाता है जिस दिन रमीज़ को उस लड़की के क़ब्र के बगल में दूसरी क़ब्र खोदनी रहती है ! हलकी हलकी बारिश होरही होती है रमीज़ शाम के वक़्त क़ब्र खोद कर नहा धो कर अपने कमरे में चारपाई पर लेट जाता है लेटते ही उसे नींद अपने आगोश में लेलेती है तभी वो ख्वाब में देखता है के वो नदी के बीचों बीच में एक नाव के किनारे पर बैठा है जिसके दूसरे किनारे पर सफ़ेद कफ़न पहने एक खूबसूरत सी लड़की बैठी रो रही होती है ! नाव से दूर दूर तक सिर्फ और सिर्फ पानी ही दिख रहा होता है !

"यह कौन सी जगह है, बेटा तुम कौन हो और इस तरह तुम रो क्यों रही हो ?" ख्वाब में रमीज़ ने उस कफ़न पहने लड़की से पूछा !

"चाचा मैं वही लड़की हूँ जिसको कुछ दिन पहले उन दो हैवानो ने अपनी हवस का शिकार बनाया था और मेरे मुर्दा जिस्म को हिस्सो में बांट दिया था !" कफन पहने हुए लड़की ने दर्द भरी आवाज़ में कहा !

"तुम तो मर चुकी हो फिर तुम यहाँ क्या कर रही हो ? तुम्हे तो आलमे बरजख में होना चाहिये !" रमीज़ ने सवाल किया !

"हाँ मैं मर चुकी हूं और मैं एक रूह हूँ और इस वक्त आप के ख्वाब में किसी खास मक़सद से आयी हूँ , दुनियाँ और आखरत के बीच का वो मुकाम जिसे आलम_ऐ _बरज़ख कहते है जहाँ इंसानी रूह मरने के के बाद क़यामत तक रहती है मैं वही थी मगर उस औरत ने अपने काले अमल के जरिये मेरे रूह को मज़बूर कर दिया है वापस इस दुनिया में आने को वो गलत कर रही फिर भी आप उसका साथ दे रहे है आप को पता भी है उसके काले जादू की वजह मेरी रूह कितनी बेचैन है !'' लड़की की रूह संजीदगी के साथ कहती हुई खामोश होजाती है !

''मगर वो औरत तो औलाद पाने के लिये अमल कर रही है भला वो तुम्हारे रूह को अज़ीयत क्यों देगी ? मैंने उसपर नज़र रखी है वो बस खामोश बैठ कर वज़ीफ़ा पढ़ती है !'' रमीज़ ने कहा !

''उसे औलाद की कोई ख्वाहिश नहीं है उसने झूठ कहा है आप से, चाचा वो मेरी रूह को अपना गुलाम बनाना चाहती है ताके उसके बाद मेरी रूह का क़त्ल कर वो हमेशा जवान और हसीन बनी रही उसे हमेशा जवान और खूबसूरत रहने की बेहद खवाहिश है वो कब से इस तलाश में थी के कोई जवान लड़की की किसी भी तरह हादसे में मौत हो और वो अपने गंदे अमल को अंजाम दे सके और मेरी मौत के बाद उसे यह मौका मिल चूका है आज रात में वो मेरे मुर्दा जिस्म के हिस्सों पर अमल करेगी चाचा आप मुझे बचा ले आप के वजह से मुझे मौत के बाद अपने इस्लामिक तरीके से दफनाया गया वरना वो वहशी तो बिना गुसुल और नमाज़ जनाज़े के मुझे दफना देते और मेरे माँ बाप ज़िन्दगी भर मुझे ढूंढते रहते है !'' वो लड़की कहते हुए रोने लगती है !

''मुझे माफ़ करना बेटी मैं उस औरत के इरादों से अनजान था तुम्हारी मदद के लिए मुझे क्या करना होगा ?'' रमीज़ ने पूछा !

''उसकी मौत ही मेरे रूह को उसके क़ैद से रिहा कर सकती है वैसे में अगर वो ज़िंदा रही तो जाने कितने ही और मासूम रूहें उसके क़ैद में होगी !'' कफ़न पहने हुई लड़की ने कहा !

''देखो बेटा मैं तो तुम्हे बचा लूँ मगर किसी को क़त्ल करना मेरे बस की बात नहीं मैंने अपनी पूरी ज़िन्दगी अल्लाह के सपुर्द कर रखी है गुनाह मुझसे नहीं होगा कोई और उपाय है तो बताओ !'' रमीज़ ने इंकार करते हुए कहा !

''किसी बेगुनाह को बचाना भी अल्लाह की रज़ा में शामिल है चाचा बाकी आप की मर्ज़ी या तो आप मेरे टुकड़ो में पड़े जिस्म और इस रूह को काले अमल का शिकार होने देंगे या जो क़ब्र आप ने आज खोदी है उसमे उस औरत को दफना देंगे !'' लड़की की रूह कहती हुई नाव से गायब होजाती है!

लड़की की बातें सुन कर रमीज़ सोच में पड़ जाता है ! वो सर झुकाये नाव में बैठे बस पानी को देख रहा होता है ! तभी नाव नदी में उल्ट जाती है !

रमीज़ हड़बड़ा कर उठ बैठता है उसका पूरा वजूद पसीने में नहाया हुआ होता है घड़ी में रात के एक बज रहे होते है तभी रमीज़ को सिसकियों की आवाज़ सुनायी देती है रमीज़ जल्दी से उठ कर दरवाज़ा खोल कर उस सिमत बढ़ता है जिधर शबीना बैठ कर अमल कर रही होती

है! पुरे क़ब्रिस्तान में चारो तरफ अगरबत्ती की खुश्बू फैली हुई रहती है!

शबीना लड़की की क़ब्र के पास ही ढेर सारी मोमबत्तियाँ और अगरबत्तियाँ जला रखी होती है साथ में कई अजीबो गरीब चीज़ें रखी होती है जिनके पास ही एक कपड़े की गुड़ियाँ बनी होती है जिसको उसने कफ़न का कपड़ा पहना कर रखा होता है !

रमीज़ काफी देर तक इधर उधर हैरान वा परेशान देखता है के आखिर सिसकियों की आवाज़ किधर से आरही है तभी उसे अपने ही क़बर के पास कफ़न पहने बैठी वही लड़की रोते हुए दिखती है ! जो रमीज़ को देख कहती है !"चाचा आगये आप देखिए इसका काम मुकम्मल होने वाला है आप कुछ करिये इसके अमल से मेरे रूह को तकलीफ होरही है !"

"हाँ कुछ करता हूँ तुम परेशान ना हो !" रमीज़ कहता है !

" किसे कह रहे हो आप के परेशान ना हो ?" शबीना अपनी जगह से उठते हुए कहती है !

"किसी को नहीं !" रमीज़ ने मुख़्तसर सा जवाब दिया !

"चलो अच्छा ही हुआ के आप खुद आगये अभी मैं आप को बुलाने ही वाली थी कुदाल लाये हो ना साथ में चलो अब जल्दी से इस लड़की की क़बर खोद डालो मुझे चार बजे से पहले सारे काम पूरे करने है !" शबीना ने कहा !

रमीज़ को समझ नहीं आरहा होता है के वो क्या करे ? क़ब्रिस्तान और उसके रोज रोज के मामलात रमीज़ परेशान हाल अपने कमरे से कुदाल लेने चला जाता है उसके कानों में बार बार एक ही आवाज़ गूंज रही होती है !

चाचा मुझे बचा लिजिये यह औरत मेरी रूह को भी नहीं छोड़ेगी।, चाचा मुझे बचा लिजिये !

9

लेटते ही नींद आगयी-09

क़ब्रिस्तान में सन्नाटा चारों ओर फैला होता है ! शबीना वापस आलती पालती मार कर बैठ अपना अमल पढ़ना शुरू कर देती है ! रमीज़ कुदाल अपने हाथ मे लिये शबीना के पास पहुँचता है !

"चलो अब जल्दी से क़बर खोद कर लड़की की मैय्यत निकालो मुझे अपना काम करना है !" शबीना ने अमल के बीच मे हि रुक कर कहा !

"हाँ करता हूं !" रमीज़ ने मुख्तसर सा कहा !

रमीज़ खामोश खड़ा चारों तरफ पहले देखता है फिर आसमान की तरफ नज़र करता है और अपने दिल ही दिल मे फैसला करने लगता है के आखिर उसे क्या करना चाहिये !

तभी उसके कानों में किसी की धीमी सी आवाज़ पड़ती है !" अपने दिल की सुनो क्यों के तुम्हारा दिल बेहद खूबसूरत और सच्चा है ! किसी बेकसूर को बचाने के लिए लिया गया गलत कदम भी गुनाह नही होता जरा देखो अपने सामने उस बच्ची की रूह को जो तुमसे मदद की उम्मीद लगाये हुए है पूरी करदो उसकी उम्मीद आज़ाद करा दो उसे इस जालिम औरत के क़ैद से !"

रमीज़ इधर उधर देखता है मगर उसे वो शख्स कही नही दिखता जिसकी आवाज़ उसकी कानों में अभी अभी पड़ी थी ! फिर रमीज़ उस लड़की की रूह को देखता है जो अपने ही क़बर के पास बैठी उससे मदद की सदाये लगा रही होती है ! बेचारा उलझनों में फसा रमीज़ खामोश खड़ा रहता है !

काले बादलों से छाये हुए आसमान हल्की हल्की बारिश की बूंदें रमीज़ के चेहरे पर गिराने लगते है ! रमीज़ दिल ही दिल मे खुदा से माफी मांगता है फिर कुदाल उठा कर बिना कुछ सोचे समझे सीधा शबीना के सर पर मार देता है जिससे वो बिना कुछ कहे एक बार मे ही मर जाती है ! उसके मरते ही पूरे क़स्ब्रिस्तान में अजीब_ओ_गरीब आवाज़ चीख़ पुकार फैल जाती है !

"चाचा शुक्रिया आप का...! इस औरत को मार कर आप ने मुझे ही नही बल्के कई रूहों को बचा लिया जो इसका शिकार बनने वाली थी अब आप इसके जिस्म को उस क़बर में डाल दो जिसे इसने आप से खुदवाया था साथ मे यह सारे इसके अमल के समान भी !" उस लड़की के रूह ने कहा तो रमीज़ जल्दी से शबीना के जिस्म को घसीट कर खाली क़बर में उसके समान के साथ डाल कर कुदाल से मिट्टी डाल देता है और क़बर को अच्छे से मिट्टी से बंद करदेता है !

बारिश जोर पकड़ लेती है साथ साथ बादलों के गरजने की आवाज़ माहौल को ओर भी खौफनाक बना रही होती है ! रमीज़ कुदाल साइड में रख कर थका हारा अपने चारपाई पर जा लेटता है , चारपाई पर लेटते ही उसे नींद अपनी आगोश में ले लती है जहाँ से फिर एक खवाब का सफर शुरू होजाता है ! ख्वाबों का यह सफर आज रमीज़ के लिए लम्बा होने वाला रहता है बहुत सी बातें जिनसे वो बेखबर रहता है आज उसे पता चलने वाली होती है !

''रमीज़ कब तक अपने अम्मा के जाने का गम मनाते रहो गे , एक ना एक दिन हम सब को ही इस दुनियाँ से रुखसत होकर अपने परवरदिगार के पास जाना है ! तो तुम अब यह बच्चो की तरह रोना बंद करो और यह बताओ अपनी अम्मा का वादा कब पूरा कर रहे हो ?'' नरगिस ने रमीज़ के सर को अपने गोद में रख कर सहलाते हुए कहा !

''मैं अपनी अम्मा का वादा भला कैसी भूल सकता हूँ मेरी शादी अगर किसी से होगी तो वो तुम हो नरगिस ?'' रमीज़ ने कहा !

''और अगर मुझसे नहीं हुई तो फिर ?'' नरगिस ने मोहब्बत से रमीज़ की तरफ देखते हुए कहा !

''अगर मेरी शादी तुमसे नहीं हुई तो फिर मैं पूरी ज़िन्दगी कुवाँरा रह जाऊँगा मगर किसी और कभी तुम्हारी जगह नहीं दूंगा !'' रमीज़ ने कहा !

''इतनी मोहब्बत करते हो मुझसे ?'' नरगिस ने कहा !

'' हाँ बहुत ज्यादा इतना के तुम्हे यक़ीन ना हो.., वादा करो के तुम कभी मुझे अकेले छोड़ कर नहीं जाओगी ?'' रमीज़ ने नरगिस के गोद में लेटे हुए उसके कमर को पकड़ते हुए कहा !

''वादा करती हूँ जीते जी और अगर मर गई तो मरने के बाद भी मैं सिर्फ और सिर्फ तुम्हारी रहुंगी और तुम्हारे साथ रहूँगी वैसे आज जनाब को इश्क़ फरमाने का इरादा नहीं है किया कई दिन गुज़र गए हम एक दूसरे के करीब नहीं आये है !'' नरगिस ने थोड़ा शरारत से कहा !

''चलो तो अभी हो जाते है करीब देर किस बात की भला ऐसे मौके भी कोई आशिक़ छोड़ता है ?'' रमीज़ ने नरगिस को अपने बाहों में जकड़ते हुए कहा !

फिर दोनों दुनियाँ जहाँ से बेखबर मोहब्बत की दुनियाँ में खो से जाते है जहाँ सिर्फ और सिर्फ उनके एक दूसरे के लिए सच्चे और वफ़ा से भरे जज़्बात होते है !

''मैं सोच रहा हूँ के कुछ दिनों के लिए शहर चला जाऊँ फिर वहाँ से वापस आकर तुम्हारे भाइयों से रिश्ते की बात करूँगा !'' रमीज़ ने कुरता पहनते हुए कहा !

"शहर क्यों ? नहीं नहीं तुम्हे जो करना है यही करो मैं तुमसे दूर नहीं रह सकती है एक गांव में रह कर भी कई कई दिन बाद मिलते है हम शहर चले गये पता नहीं कब तुमसे मिलना हो ?" नरगिस ने घबराते हुए रमीज़ के गले लग कर कहा !

"मेरी जान तुम परेशान क्यों होती हो..? मैं जल्द ही वापस आऊँगा तुम देखना तुम्हे दुल्हन बना अपने घर ले जाऊँगा फिर हमे इसतरह छुप छुप कर एक दूसरे से मिलने की जरूरत नहीं पड़ेगी !" रमीज़ ने नरगिस को गले लगाये हुए कहा !

"वैसे कब जारहे हो तुम शहर ?" नरगिस ने पूछा !

"कल सुबह की बस से ही !" रमीज़ ने कहा !

"क्या ? कल सुबह ही मगर इतनी जल्दी क्यों ? कुछ दिन रुक जाओ फिर चले जाना !" नरगिस ने नम आँखों से कहा !

"जल्दी जाऊँगा तभी तो जल्दी आऊंगा और हाँ शहर से तुम्हारे लिए शादी का जोड़ा लेकर आऊँगा उसे ही पहनना तुम निकाह के वक़्त !" रमीज़ ने कहा !

" मुझे कुछ नहीं चाहिये बस तुम वापस आजाना !" नरगिस ने कहा !

"हाँ आजाऊंगा अब चलो खाना खिला दो भूख लगी है वैसे खाना लेकर आयी हो ना मेरे लिए के भूल गयी !" रमीज़ ने भोवे चढ़ाते हुए नरगिस से कहा !

"हाँ लायी हूँ वो उधर चलो आज अपने हाथों से तुम्हे खिलाऊंगी !" नरगिस ने कहा !

तुम्हे घर नहीं जाना ..? आज देर नहीं हो रही ?" रमीज़ ने पूछा !

"जाना है मगर थोड़ा वक़्त और तुम्हारे साथ बिताना चाहती हूँ पता नहीं कब वापस आओ तुम तुम्हारे जाना का सुन कर ही मेरा दिल घबरा रहा है !" नरगिस ने रमीज़ को खिलाते हुए कहा !

" बेकार का घबरा रही हो बहुत जल्द वापस आजाऊंगा अच्छा यह बताओ सुबह बस स्टैंड आओगी ना मुझे रुखसत करने के लिए !" रमीज़ ने कहाँ !

"हाँ आजाऊँगी.., सिर्फ आखिरी बार तुम्हे देखने के लिए !" नरगिस ने उदास लहजे में कहा !

"नरगिस तुम बहुत ज्यादा बेकार की बातें करती हो..., क्या आखिरी बार आखिरी बार लगा रखा है...? कहा ना मैं आऊँगा वापस अब दोबारा कहा तो मैं तुम्हे छोड़ उस बैर वाली जिन से शादी कर लूँगा !" रमीज़ ने नरगिस को छेड़ते हुए कहा !

"खबरदार जो तुमने किसी और का नाम लिया तो मर जाऊँगी मगर तुम्हे किसी और का होते नहीं देख सकती चाहे वो इंसान हो या कोई जादी !" नरगिस ने नाराज़ होते हुए कहा !

"नरगिस मेरी जान भरोसा रखो मुझपर और ख़ुशी ख़ुशी जाने दो जहाँ भी जा रहा हूँ.., वैसे अम्मा के बाद तुम्ही मेरी सब कुछ हो भाई तो अम्मा के जीते जी ही पराये हो चुके थे !" रमीज़ ने उदास लहजे में कहा !

"कोई साथ दे ना दे मैं हमेशा तुम्हारा साथ दूंगी चाहे वक़्त जैसा भी हो !" नरगिस ने रमीज़ का हाथ थामे हुए कहा !

आम के बगीचे में दोनों घंटो एक दूसरे के साथ मोहब्बत , वफ़ा , सुकून वाले पल बिताते है ! नरगिस को बस बार बार ऐसा महसूस हो रहा होता है के रमीज़ के साथ आज उसकी आखिरी मुलाक़ात है ! उसके बरअक्स रमीज़ खुश रहता है के वो शहर से वापस आकर नरगिस को अपनी दुल्हन बनायेगा !

ठीक है अब मैं चलती हूँ तुम अपना ख्याल रखना !'' नरगिस ने खड़े होते हुए कहा !

''सुनो मेरे पास आओ जरा !'' रमीज़ ने नरगिस का हाथ पकड़ते हुए कहा !

''हाँ कहो !'' नरगिस ने कहा ! तो रमीज़ बिना कुछ कहे अपने लबों को नरगिस के लबों से लगा देता है !

''अब जाने दो मुझे शाम हो गयी है मेरे घर वाले ढूंढेंगे मुझे !'' नरगिस खुद को रमीज़ के बाहों के गिरफ्त से छुड़वाते हुए कहती है !

"अच्छा ठीक है जाओ बस एक बार और गले लग जाओ पता नही अब कब तुम्हे इस तरह से प्यार करना नसीब हो !" रमीज़ ने इतनी मोहब्बत से यह बात कही के नरगिस रोते हुए उसके गले लग जाती है !

"अपना ख्याल रखना और जल्द वापस आना मैं इनतेज़ार करूँगी तुम्हारा खुदा हाफिज !" नरगिस रमीज़ की पेशानी चुम कर भरे दिल और आँखों के साथ वहाँ से चली जाती है !

नरगिस उसकी जिंदगी का इकलौता सहारा होती है जिससे उसे कुछ दिन के लिए ही सही मगर बिछड़ना पड़ेगा ! उसे जाता देख रमीज़ की आँखे भी नम हो जाती है !

सुबह की बस में बैठ कर रमीज़ शहर के लिए निकल जाता है ! रमीज़ को रुखशत कर नरगिस उदास बोझल क़दमों से अपने घर की तरफ बढ़ती है ! जहाँ उसके भाई उसका इंतज़ार कर रहे होते है !

"आगयी तू कहा गयी थी इतनी सुबह सुबह !"नरगिस के बड़े भाई ने उसे घर मे आते देख पूछा !

"जी.. जी वो भाईजान मैं बस ऐसे ही बाहर टहलने के लिए गयी थी !" नरगिस ने अटकते हुए जवाब दिया !

''तुम्हारे और उस रमीज़ के बीच में किया चल रहा है ,आज ही मुझे मेरे एक दोस्त ने बताया के तुम और वो रमीज़ अक्सर आम के बगीचे में एक दूसरे से मिलने जाते थे !'' नरगिस के बड़े भाई रमजान ने गुस्से में आँख बड़ी करते हुए कहा !

''नहीं.., नहीं.., भाईजान ऐसी कोई बात नहीं है आप के दोस्त को जरूर कोई गलत फहमी हुई है मैं भला रमीज़ से मिलने क्यों जाउंगी मुझे उससे क्या वास्ता ?'' नरगिस घबराते हुए अटकते हुए कहती है !

''मुझे तुम पर यक़ीन है मगर मेरी एक बात याद रखना अगर मुझे जरा सा भी ये लगा के ये सारी बातें सही है उस दिन तुम्हारी खैर नहीं हमे अपनी इज्जत हर चीज़ से अजीज़ है समझी तुम !'' नरगिस के भाई ने उसे ऊँगली दिखा कर समझाते हुए कहा !

"जी.., जी.., मैं समझ गयी मैं ऐसा कोई भी काम नहीं करुँगी जिससे आप की इज्जत खराब हो !" नरगिस ने धीमे से कहा !

"ठीक है अब जाओ और अपना काम करो और हाँ आज के बाद तुम घर से बाहर नहीं जाओगी ये मेरा हुक्म है !" नरगिस के भाई रमजान कहते हुए चले जाते है !

आठ महीने बाद

देख नरगिस हमने किसी तरह इस बात को कई महीनों तक सब से छुपा कर रखा है मगर मुझे नहीं लगता के अब यह बात छुप पायेगी ऊपर से गांव की औरतों का भी घर में आना जाना लगा रहता है खुदा ही जाने अब क्या होगा ?महीने पूरे हो गये है अब तेरे अगर तुम्हारे भाइयों को पता चला के यह बात छुपाने में हमने तुम्हारी मदद की है तो वो तुम्हारे साथ साथ ना जाने हमारा क्या हश्र करेंगे !" नरगिस की बड़ी भाभी ने फिक्र मंद होते हुए कहा !

"भाभी मुझे माफ़ करदो गलती हो गयी मुझसे अब क्या होगा ? मैं और रमीज तो कई बार एक दूसरे के करीब आये मगर कोई भी ऐसी बात नही हुई मगर इस बार उसके जाने से पहले जो रिश्ता बना वो गहरा रंग छोड़ गया! " नरगिस ने रोते हुए कहा !

"तुझे इन सब बातों का ध्यान रखना चाहिये था क्या जरूरत थी तुझे जिस्मानी रिस्ते बनाने की..? , इज्जत तो हमारी जायेगी ना !" नरगिस की छोटी भाभी ने नाराज़ होते हुए कहा !

"भाभी इंसान जब इश्क़ में होता है तो उसे कुछ भी सही और गलत समझ नही आता उसे तो बस अपने मोहब्बत का साथ चाहिए होता है , नशा इश्क़ का तब उतरता है जब कोई ग़लती हो कर देर हो जाती है और मुझे भी अब समझ आरही अपनी गलती अब आप ही लोग बताये मैं क्या करूँ ? गलती तो होगयी जिसे मैं आठ महीने से सह रही हूँ! " नरगिस ने रोते हुए कहा !

"अब जो होगा देखा जायेगा तुम फिल्हाल अपने कमरे मे ही रहो बाहर नही निकलना तब तक जब तक हम मे से कोई एक ना आये तुम्हारे पास ! "नरगिस की बड़ी भाभी कहते हुए चली जाती है!

रात के वक़्त अचनांक नरगिस की तबियत बिगड़ने लगती है और उसे हमल का दर्द शुरू हो जाता है !

10

लेटते ही नींद आगयी-10

अचानक अज़ान की आवाज़ कानों में पड़ते ही रमीज की आँख खुलती है आज का ख्वाब उसे हैरान करने वाला होता है पेसानी पर पड़े पसीने को पोछते हुए अपनी तेज चलती सांसो को दुरुस्त कर वो वज़ू कर के फ़ज़र की नमाज़ अदा करता है ! बारिश का मौसम अपने जोरों पर रहता है साथ में नरगिस की यादें उसके जहन में शोर मचाने लगते है !

नमाज़ के बाद तस्बीह वा खुदा का ज़िक्र कर वो वापस आकर अपने चारपाई पर आँखे मूंद सोने की कोशिश करता है !वो दोबारा सो कर उस ख्वाब को मुकम्मल देखना चाह रहा होता है! मगर नींद उसकी आँखो से मिलो दूर होती है!

"रमीज़ भाई उठिये नमाज़ पढ़ ली क्या आप ने ? आज आप को फुरसत नही मिलने वाली है !" इमाम साहब ने रमीज़ को आवाज़ देते हुए कहा !

"अस्सलाम वालेकुम इमाम साहब.., मैं अभी नमाज़ पढ़ कर ही लेटा था कहिये क्या होगया..? आप मस्जिद के बजाय आज क़ब्रिस्तान में क्या कर रहे ?" रमीज़ अपनी चारपाई से उठते हुए कहता है !

"वालेकुम अस्सलाम रमीज़ भाई किया बताऊँ बात ही ऐसी है बारिश के कारण गाँव के एक घर का छत गिरने की वजह से एक ही घर के पाँच लोगों की मौत हो गयी है मुश्किल से दो लोग बचे है अल्लाह उनको सब्र दे बस ! उन पाँच लोगों की क़बर तैयार करनी है आप को चलिये चाय वगैरा पी लिजीये फिर काम मे लग जाइये !" इमाम साहब ने अफसोस जताते हुए कहा !

"ठीक है आप उनके क़बर की नाप लेकर आये हैं तो मुझे देदो और उनको मिट्टी कब पड़ेगी यह भी बता दो मैं क़बर तैयार करदेता हूँ फ़ौरन ही !" रमीज़ ने पूछा !

"यह रही उनके नामों की पर्ची उनके क़बर के नाप के साथ ज़ोहर बाद मिट्टी होनी है उनकी उससे पहले चलो आप मेरे साथ कुछ खा लो फिर वापस आकर क़बर खोद लेना आज मैं घर से आप के लिए चाय नास्ता लेकर आया हूँ !" इमाम साहब ने कहा !

"ठीक है चलिये !" रमीज़ मुँह हाथ धो कर उनके साथ चल देता है !

कुछ लोगों की भीड़ पांचो मैयत को खाट में लिये क़ब्रिस्तान के ईदगाह में दाखिल होती है हल्की बारिश सभी के वजूद को भिगो रही होती है ! बेहद ही गमगीन माहौल बना हुआ रहता है !

दोपहर में नमाज़ जनाज़ा के बाद पांचों मैयत को क़बर में दफनाने के बाद सभी लोग वापस चले जाते है रमीज़ क़बर की मिट्टी को सही कर वापस अपने घर की तरफ मुड़ता है के उसे शबीना के क़बर की याद आती है तो वो उस सिम्त मुड़ता है और अच्छे से जायज़ा लेता है के कही कुछ निशान उसके बाहर तो नही पड़े जिससे उसपर किसी को शक हो ! सब सही होने का तसल्ली कर वो वापस अपने कमरे की तरफ चल देते है आज उसका मन अंदर से बेहद गमगीन रहता है वो बस ख्वाब में आगे के वाक़्यात देखना चाह रहा होता है ! उसके ज़ेहन में उसकी नरगिस की यादें बसी होती है ! कमरे की सिम्त जाते वक़्त उसे क़ब्रिस्तान के एक पेड़ के पास वो नक़ाब पोश खातून दिखती है जो रमीज़ को ही देख रही होती है ! रमीज़ उसे अनदेखा कर के जल्दी से अपने कमरे की तरफ बढ़ जाता है ! वो काफी थक चुका होता है जिससे चारपाई पर लेटते ही उसे कुछ ही देर बाद नींद उसे अपनी आगोश में लेलेती है फिर से उसके ख्वाबों का सफर शुरू हो जाता है!

"रमीज़ ख्वाब में खुद को शहर में इधर उधर काम की तलाश में भटकते हुए देखता है ! उसके बदन के कपड़े मैले हो चुके होते है , भूख से उसका बुरा हाल हो रखा होता है उसके पास इतने पैसे नही होते है के वो खुद के लिये खाना खरीदे ! सड़कों पर इधर उधर मारा फिरता रहता है वो, तभी उसे एक होटल के बाहर रखे झूठे बर्तनों में लोगों के छोड़े हुए खाने दिखते है रमीज़ उन बर्तनों में पड़े खाने को उठा कर खाने लगता है जिससे उसके थोड़ा सुकून मिलता है!

"ऐ लड़के क्या कर रहा है तू ? भागता है के नही इधर से !" होटल के मालिक ने चिल्लाते हुए रमीज़ के हाथ से खाना छीनते हुए कहा कहा !

"भैया बहुत भूख लगी है और मेरे पास खाना खरीदने के लिये पैसे नही है इसलिए इन झूठे खानों को उठा कर खा रहा था माफ करदो अगर आप को बुरा लगा हो तो वैसे भी यह खाना आप फेंक ही दोगे इससे अच्छा है के मैं खा लूँ!" रमीज़ ने बेबसी से खाने की तरफ देखते हुए कहा !

"ठीक है चल चल अब निकल इधर से वरना धक्के देकर भगाऊंगा ना जाने कहा कहा से आजाते है मुफ्त की रोटी खाने काम वाम तो करना नहीं है इन्हे!" होटल के मालिक ने चिल्लाते हुए कहा !

काम की तलाश में ही हूँ साहब मैं खुद मुफ्त की रोटी खाना पसंद नहीं करता वो तो बस मेरा वक़्त बुरा चल रहा फ़िलहाल !" रमीज़ कहता हुआ खामोशी से वहाँ से चला जाता है !

"नही नही यह नही देखना है मुझे , मुझे तो अपनी नरगिस को देखना है !" रमीज़ ख्वाब में खुद में ही बड़बड़ाता हुआ उठ कर बैठ जाता है ! अपनी सांसों को दरुस्त कर वो घड़े से पानी निकाल कर एक सांस में गटक जाता है वापस दोबारा सोने की कोशिश में लग जाता है

वो काफी थका हुआ रहता है इसलिए उसे फ़ौरन ही नींद आजाती है !

धीरे धीरे वो खवाबों की दुनियाँ में क़दम रखने लगता है इस बार ख्वाब में वो नरगिस के घर के बरामदे में खड़ा होता है जहाँ नरगिस के भाई और भाभियाँ परेशान खड़े एक दूसरे से बहस कर रहे होते है ! अंदर कमरे से नरगिस की दर्द में लिपटी कराहने की आवाज़ आरही होती है !

"कहा था तुम लोगों को मैंने के इसे घर से बाहर मत जाने दो मगर तुम लोगों ने मेरी बात नही मानी और आज अंजाम सामने है दिल तो करता है के इसके साथ साथ तुम सब का गला दबा दूँ! सब ने मिल के इज्जत खराब कर दी..! किसी को भी मुँह दिखाने लायक नही छोड़ा है इन बदजातों ने !" नरगिस के बड़े भाई ने गुस्से में इधर उधर टहलते हुए सीधा आकर अपनी बीवी का गला दबाते हुए कहा!

"भाई जान ये क्या कर रहे हो आप..? भाभी की इसमे क्या गलती है गलती इसमे सिर्फ और सिर्फ नरगिस की है जिसने हमारे तरफ से दि हुई आज़ादी का गलत फायदा उठाया , भाभी को छोड़ो और यह बताओ के अब आगे क्या करना है ?" नरगिस के छोटे भाई ने अपने भाई का हाथ अपने भाभी के गले से हटाते हुए कहा!

सारी उम्र हम इज्जत इज्जत करते रहते है और इन लोगों ने एक पल में सब ख़तम कर दिया ! गुस्सा तो मुझे इन दोनों पर आरहा के जब इन्हे मालूम हो चुका था के नरगिस हमल से है फिर इन्होने उसी वक़्त हमें क्यों नहीं बताया ? उस वक़्त हम कोई रास्ता निकाल सकते थे मगर नहीं.. इन्होने आठ महीने यह राज हमदोनो से छुपा कर रखा अब तुम्ही बताओ भाई इन्हे जान से मारने का मन होगा के नहीं..? सब बर्बाद करदिया इन्होने !" नरगिस के बड़े भाई ने सर पिटते हुए कहा !

"इसमें हम दोनों की भी कोई गलती नहीं है ,चार महीने पूरे होने पर हमे पता चला के तुम्हारी बहन के पेट में किसी का बच्चा पल रहा है और उस वक़्त हमल गिरा भी नहीं सकते थे ! हमने तो बात छुपा कर बस आपलोगों की इज्जत बचायी है ! अच्छे संस्कार दिये होते आप लोगों ने अपनी बहन को तो वो आम के बगीचे में रंगरेलियाँ नहीं मनाती और ना ही पेट से होती उस लड़के का वो तो मज़े कर के शहर चला गया थोड़ी ना वो अब वापस आयेगा !" नरगिस की छोटी भाभी ने तीखे स्वर में जवाब दिया !

"बकवास मत कर ज्यादा वरना तेरा मुँह तोड़ दूँगा कैंची की तरह ज़ुबान चलती है तेरी और भाई आप इन औरतों की बातों पर ध्यान मत दो इन्हे बकवास करनी आती है बस !" नरगिस के छोटे भाई ने अपनी बीवी को डांट लगाते हुए कहा !

"तुम दोनों हमारी शक़्ल क्या देख रही हो..? जाओ जाकर अंदर देखो बच्चा हुआ के नही और हाँ उसके मुँह पर कपड़ा बांध दो ताके बाहर आवाज़ ना जाये और बच्चे के पैदा होते ही उसे मार देना वरना मैं मार दूँगा सुबह होने से पहले इन सब बातों को रफा दफा करना है हमें ! "नरगिस के बड़े भाई ने कहा तो नरगिस की भाभिया डर से वापस नरगिस के कमरे में आती है जहाँ वो दर्द से तड़प रही होती है!

"छोटी जा तु गरम पानी लेकर आ नरगिस तुम कोशिश करो सब बहतर होगा ! " नरगिस की बड़ी भाभी ने कहा!

"भाभी बहुत डर लग रहा है, मुझे नही लगता के अब भैया मुझे जिंदा छोड़ेंगे बस तुम मेरे बच्चे को बचा लेना इन सब में इस मासूम की कोई गलती नही है ! खुदा के वास्ते भाभी बचा लेना मेरे बच्चे को इसे रमीज़ को दे देना !" नरगिस दर्द से करहाते हुए रोते हुए कहती है !

"नरगिस फिलहाल तुम शांत रहो वरना आस पास के लोगों को भनक लग जायेगी फिर ना जाने कैसी कैसी बातें बनेंगी !" नरगिस की बड़ी भाभी ने उसे चुप कराते हुए कहा !

काफी दर्द सहने के बाद आखिर कार नरगिस एक खूबसूरत से बेटे को जन्म देती है जो दिखने में बिलकुल रमीज़ की तरह होता है! रमीज़ ख्वाब में खड़ा सब देख रहा होता है उसकी आँखे आँसू से भरी होती है वो ख्वाब में ही अपने बच्चे को गोद लेने की कोशिश करता है मगर उसके हाथ आर पार हो जाते है उसे अपनी बेबसी पर और भी रोना आता है !

बच्चे की रोने की आवाज़ सुन नरगिस के बड़े भाई दौड़ते हुए कमरे में आते है और अपने हाथों से रोते हुए बच्चे के मुँह दबा कर मारने लगते है ! रमीज़ उसे बचाने की नाकाम सी कोशिश करने लगता है!

"नही भाईजान नही छोड़ दिजीये मेरे बच्चे को इन सब में इसका कोई कसूर नही है खुदा के वास्ते छोड़ दिजीये ! आप इसे मस्जिद के बाहर रख दे कोई ना कोई इसे उठा लेगा इसे मार कर गुनाह ना करे खुदा के लिए !" नरगिस रोते हुए कहती है !

"बदतमीज़ आवाज़ बंद कर अपनी पूरे मौहल्ले को उठा देगी क्या ? रंगरेलियाँ मनाने में तो बड़ा मज़ा आरहा था तुझे हराम की पैदाइश है इसे मारना बहतर होगा !'' नरगिस के बड़े भाई ने कहा !

''मैंने कहा ना छोड़ दिजीए मेरे बच्चे को वरना मुझसे बुरा कोई नहीं होगा ! बहुत सह लिया मैंने आप लोगों का जुल्म !'' नरगिस अपने बेटे को अपने भाई के हाथों से छुड़ाते हुए अपने सीने से लगाते हुए कहती है !

''ठीक कहा तुमने इस गुनाह में इसकी गलती नहीं है तो पहले तेरा काम तमाम करूँगा फिर तेरे बच्चे का चल छोटे पकड़ इसके हाथों को !'' नरगिस बड़े भाई ने कहा !

''भाभी खुदा के लिये मेरे बच्चे को बचा लो कही भी इसे छोड़ आओ किसी के भी दहलीज पर भाभी मेरी आखिरी ख्वाहिश जहाँ इतना किया मेरे लिए एक काम और कर दो फिलहाल मेरे बच्चे को बस बचा लो बाकी मेरी रूह इसकी हिफाज़त करेगी !'' नरगिस ने अपने बेटे को अपनी बड़ी भाभी की गोद में थमाते हुए कहा !

''मैं किसी को कुछ नहीं होने दूँगी छोड़िये आप क्या कर रहे है..? मासूम बच्चा है वो !'' नरगिस की बड़ी भाभी कहते हुए उसके बच्चे को गोद में लेकर घर से दौड़ते हुए बाहर चली है !

''नरगिस दर्द और आँसुओ से भरी आँखों से अपने जिगर के टुकड़े को खुद से दूर जाते हुए देख रही होती है ! तभी उसके भाई उसके मुँह को कपड़े से बाँध कर उसका गाला बे रहमों

की तरह दबाने लगते है !समाज और इज्जत के आगे वो अपने और अपनी बहन के बीच की मोहब्बत को भूल चुके होते है ! बेचारी नरगिस काफी देर तक अपने हाथ पैर पटकते रहती है अभी अभी उसने हमल के दर्द को सहा था अभी हमल का खून बहना बंद भी नहीं हुआ होता है के उसके भाई उसकी ज़िन्दगी छीनने के लिए उसका गला दबाते जारहे होते है ! सामने रमीज़ खड़ा अपने खवाब में यह सब देख नरगिस को बचाने की नाकाम सी कोशिश करता रहता है ! वो काफी चींखता चिल्लाता है मगर कोई भी उसे नहीं सुनता है ! और उसकी नरगिस उसके सामने धीरे धीरे मर रही होती है ! नरगिस ने जब आखिरी साँस ली तो रमीज़ को यूँ महसूस हुआ जैसे वो उसे देख रही है और कह रही है रमीज़ मेरा सफर मुकम्मल हुआ !

11

लेटते ही नींद आगयी-11

नरगिस के सांसों ने चलना छोड़ दिया होता है आधी खुली आंखे उसकी बेबसी झलका रही होती है ! फिर भी उसका भाई एक जुनूनी की तरह उसका गला दबा रहा होता है !

रमीज़ अपने ख्वाब में यह हौलनाक मौत का मंजर देख चिंखे मार मार कर रो रहा होता है मगर उस वक़्त ना कोई उसे सुन रहा होता है और ना ही देख रहा होता है !

"भैया छोड़ दो अब यह मर गयी है !" नरगिस के छोटे भईया ने बड़े भाई का हाथ नरगिस के गले से हटाते हुए कहा !

"छोटे यह क्या कर दिया हमने अपनी नरगिस को मार दिया.., अब..?" नरगिस का बड़ा भाई सर पर हाथ रख कर दीवार से टेक लगा कर बैठ जाता है !

"अब जो होना था सो होगया वैसे से भी इसका जिंदा रहना हमारे लिए बहतर नही था सालों से बनायी हुई इज्जत पल भर में खाक हो जाती! बस समझ लेना के हमारी कोई बहन नही थी! अब इसकी मैय्यत को ठिकाना लगाना होगा , भैया क्यों ना हम ऐसा करे के इसकी लाश को उसी आम के बगीचे मे पेड़ से लटका देते है जहाँ यह हमारी इज्जत को बर्बाद करती आरही थी ! इसकी तरह दूसरी लड़कियों के लिये एक सबक होगा " नरगिस के छोटे भैया ने बड़े भाई के बगल में बैठते हुए कहा !

"मगर छोटे लोगों को क्या जवाब देंगे और इतनी दूर आम के बगीचे तक इसे लेकर जायेंगे कैसे ?" नरगिस के बड़े भाई ने पूछा !

"हमें किसी से कुछ कहने की जरुरत नही है लोग सुबह में खुद हमे इसके मरने की खबर दे जायेंगे ! और रही बात के इसके लाश को आम के बगीचे में कैसे लेकर जाये उसका भी उपाय है मेरे पास..! रात काफी हो रही है सभी बेखबर अपने अपने घरों में सो रहे होंगें मैं आराम से कांधे पर डाल कर नरगिस को लेजाता हूँ आप साथ मे रस्सी लेलो फिर रस्सी के सहारे टांग देंगे ठीक है !" नरगिस के छोटे भाई ने बड़े आराम से सारे प्लान बड़े भाई को बता दिया !

"शर्म आनी चहिये आप दोनों को किसी बेकसूर को जान से मार कर उसके मुर्दा जिस्म को ठिकाने लगाने की बात बड़े ही आराम से कर रहे हो ! अरे सगी बहन थी वो आप की !" नरगिस की बड़ी भाभी ने गुस्से से कहा फिर वो नरगिस की तरफ मुड़ती है !

"नरगिस ऐ नरगिस उठ देख मैं आगयी तेरे बेटे को किसी की हिफाज़त में रख कर वो उसे किसी अच्छे खानदान को गोद दे देंगे और हाँ उसका नाम रमीज़ रखने को कह दिया है मैंने देखना तेरा बेटा एक अच्छी ज़िन्दगी बसर करेगा मुझपर यकीन है ना तुझे !" नरगिस की बड़ी भाभी ने उसके मुर्दा पड़े जिस्म को झंझोड़ते हुए कहा ! मगर नरगिस अब कहा उठने वाली होती है वो तो जा चुकी थी इस दुनिया से!

"तू समझायेगी मुझे के क्या सही और गलत है ? बता किस के हवाले कर के आयी है तू इसके नाजायज़ बच्चे को, बता नही तो तेरी भी मौत मेरे हाथों लिखी है आज !" नरगिस के बड़े भाई ने अपनी बीवी को सर के बालों से पकड़ कर उठाया फिर थप्पड़ मारते हुए कहा !

"मर जाऊंगी मगर नही बताऊँगी जो करना है करलो !समाज, आस-पड़ोस, रिस्तेदार क्या कहेंगे? अरे कहने देते जिसे जो कहना होता गलतियाँ कौन नही करता मोहब्बत में अक्सर नादानियाँ हो जाती है इसका मतलब क्या के हम अपने अपनो को जान से मार देंगें ! क़ातिल हो आप लोग क़ातिल.., नफरत और घिन आरही मुझे आप से !" नरगिस की बड़ी भाभी ने रोते हुए कहा ! तो उसके बड़े भैया बुरी तरह से फिर से उसे पिटने लगते है !

"रमज़ान भाई आप पागल होगये हो आस पड़ोस वाले सब उठ जायेंगे , भाभी को छोड़ो पहले इसे ठिकाने लगाते है , आप लोग जल्दी से इसके कपड़े बदल दो जिससे किसी को यह पता ना चले के इसका हमल हुआ है एक और बात सुबह में कोई भी कुछ ऐसा नही करेगा जिस्से किसी को भी हम पर शक हो ! पहले सब शांत हो जाओ हमे जो करना है मिल कर करना है!" नरगिस के छोटे भैया ने कहा !

"मुँह मत ताको जाओ जो छोटे ने कहा है चुप चाप करो वरना बची कूची कसर भी पूरी करदूँगा !" नरगिस के बड़े भाई ने गरजते हुए कहा तो उसकी दोनो भाभियाँ मिल कर उसके मुर्दा पड़े जिस्म की साफ सफाई कर के दूसरा लिबास पहना देती है !

नरगिस के छोटे भैया उसके लाश को चादर में लपेट कर अपने कंधे पर लिये आम के बागीचे की तरफ चल देता है उसके साथ उसके बड़े भाई रमज़ान भी हाथों में रस्सी लिए चल देते है ! उसके पीछे घर में उसकी बड़ी भाभी फूट फूट कर रो रही होती है! छोटी वाली को कोई मतलब ही नही रहता वो अपने कमरे में जाकर आराम करने लगती है!

इधर रात के सन्नाटे में नरगिस के दोनो भाई आम के बाग़ीचे में नरगिस की लाश को इस तरह लटका देते है जिससे लोगो को यह लगें के इसने फाँसी लगायी हो फिर वो दोनों चुप चाप वहाँ से निकल जाते है! अचानक उसकी नज़र ख्वाब में अपने दोस्त असलम पर पड़ती है जो छुप कर नरगिस का पेड़ पर लटकाये जाना हैरत से देख रहा होता है !

"असलम असलम देख यार इन्होंने मार दिया था मेरी नरगिस को और तूने यह सब देखा था फिर भी मुझे नही बताया था तूने मूझसे झुठ क्यों कहा था के नरगिस की शादी कही और

हो गयी है तूने धोखा दिया मुझे मेरे दोस्त ! " रमीज अपने दोस्त असलम से कहता है मगर वो कोई जवाब नही देता क्यों के रमीज अपने ख्वाबों के एक ऐसे सफर पर होता है जहाँ सिर्फ वो सब कुछ देख सकता है महसूस कर सकता है सुन सकता है मगर कोई भी उसे ना ही देख सकता है और ना ही सुन सकता है!

रमीज कुछ देर फटी फटी आँखों से पेड़ से लटकी नरगिस की लाश को देखता रहता उसका मन अंदर से बेचैन सा होने लगता है तो वो नरगिस के पैरों के पास खड़ा जोर जोर से दहाड़े मार कर रोने लगता है !

"रमीज भाई रमीज भाई क्या हुआ आप को? आप इस तरह नींद में जोर जोर से क्यों रो रहे हो? " इमाम साहब ने रमीज को उठाते हुए कहा !

रमीज बिना कुछ कहे खटिये से उठ कर अपने कमरे के समाने बने चबूतरे पर चेहरे को हाथों की हथेलियों में रख कर बैठ रोने लगता है! इमाम साहब को रमीज का इस तरह रोना थोड़ा अजीब लग रहा होता है! वो रमीज के पास कुछ देर खड़े उसे रोता हुए देखते रहते है फिर रमीज के काँधे पर हाथ रख कर नरमी के साथ पूछते है!

"वो तो मैं अचानक किसी काम से इधर से गुज़र रहा था के आप के रोने की आवाज़ मेरे कानों में पड़ी तो मैं इधर चला आया ! रमीज भाई अगर आप कुछ बताओगे नही और इस तरह बस रोते रहोगे तो मुझे कैसे पता चलेगा के आखिर बात किया है ? "

"कुछ नही इमाम शाहब बस माज़ी के कुछ कड़वे सच पता चले आज , जिसे मैं सोचता था के जिंदा है अपनी जिंदगी में खुश है वो असल में सालों पहले मेरे वजह से मारी जा चुकी है! " रमीज ने भरे गले से कहा!

"मैं कुछ समझा नही रमीज भाई कैसा सच माज़ी का खुदा के वास्ते आप सारी बातें तफ़सील से बताये सायेद मैं आप का दुःख कुछ कम कर सकु! " इमाम साहब ने समझाते हुए कहा!

"मैं ने जो भी देखा है महसूस किया है अगर मैं आप को बताऊंगा आप यक़ीन नही करोगे! " रमीज ने जवाब दिया!

"क्यों नही करूँगा यक़ीन ? आप कह के तो देखो मुझे !"इमाम साहब ने रमीज़ के करीब बैठते हुए कहा !

"इमाम साहब आप हमेशा पूछते थे ना के मैंने शादी क्यों नही की..? आज मैं उसकी असल वजह शुरू से आप को बताऊंगा !"रमीज़ ने कहा !

"हाँ रमीज़ भाई बताये !" इमाम साहब ने कहा !

"मैं जब जवां था तब मुझे अपने ही गांव की एक प्यारी सी लड़की पसंद आगयी थी जिसका नाम नरगिस था मैं उससे पहली बार आम के बागीचे मे मिला था ! उसे कच्चे आम बहुत पसंद थे इसलिए अकसर वो हमारे गांव के ही एक सुनसान पड़े आम के बगीचे में गर्मियों में आम चुनने आती थी !अपने घर वालों से छुप कर! और मैं अक्सर तन्हाई और सुकून के पल गुज़ारने के लिए आम के बगीचे में पेड़ो के नीचे सो जाया करता था ! एक रोज

की बात है के मैं गहरी नींद में सोया हुआ था के एक छोटी सी ईंट मेरे सर पर जोरों से जा लगी मैं सर सहलाते हुए जब उठा यह देखने के लिए के आखिर मुझे पत्थर किसने मारी है तो देखा के वो बड़े ही मासूमियत के साथ कच्चे आम उठा उठा कर अपने दुपट्टे में जमा कर रही होती है! उसे देखते ही मैं अपने चोट का दर्द भूल गया और बस उसे देखता रह गया! " रमीज ने आहे भरते हुए कहा!

"फिर क्या हुआ था रमीज भाई आगे बताये! " इमाम साहब ने कहा!

"फिर क्या? मैं खुशी खुशी उसकी मदद करने लगा आम तोड़ने में, मैं पेड़ पर चढ़ कर पेड़ की डाली को जोर जोर से हिलाता जिससे अंगिन्त आम ज़मीन पर बिखर जाते और वो खुशी खुशी सभी आमों को समेट अपने घर चली जाती इस तरह हमारी दोस्ती प्यार में बदलती गयी फिर एक रोज मैंने खुद के ही गुलाब के लगाये पौधे से गुलाब तोड़ कर उससे अपनी मोहब्बत का इज़हार करदिया! " रमीज कहता हुआ रुक जाता है!

"आप तो आशिक़ मिज़ाज़ थे रमीज़ भाई और आप अपनी नरगिस को याद कर रो रहे थे! " इमाम साहब ने पूछा!

'हाँ..! आज मैं उसी को याद कर के रो रहा था.., कुछ दिनों से मेरे साथ कुछ अजीब सा हो रहा है ! मतलब यह के जब भी मैं सोता हूँ मुझे मेरे माजी के पल ख्वाब में आते है कुछ ऐसे वाक्यात् भी जो मैं नही जानता था के मेरे पीछे मेरे अपनो के साथ हुआ है! " रमीज ने हैरान होते हुए कहा!

"मतलब आप यह कहना चाहते हो के आप के सामने सपने में वो सारे पल दिखते है जो आप ने जिये है और वो भी जो आप नही देख पाये! " इमाम साहब ने हैरान होते हुए कहा!

"हाँ इमाम साहब मैं वही कह रहा आप मुझे बता सकते हो इस तरह के ख्वाब आने की वजह ! " रमीज ने पूछा ! रमीज़ की बातों को सुन इमाम साहब परेशान से हो जाते है!

"हाँ.., हाँ.., जरूर बताऊंगा और आप की और नरगिस की कहानी भी सुनूँगा फिल्हाल मगरिब की अज़ान का वक़्त हो चुका है मैं जाता हूँ अज़ान देने आप भी वज़ू कर के आजाओ नमाज़ के लिए! " इमाम साहब कहते हुए उठ कर चले जाते है!

12

लेटते ही नींद आगयी-12

अपने ख़्वाबों से बेचैन रमीज़ मगरिब की नमाज़ पढ़ वापस इमाम साहब के पास बैठ जाता है और सवालियां नज़रों से उनकी तरफ देखता है !

"रमीज़ भाई क्या होगया है ? आप इस तरह मुझे क्यों देख रहे हो ? सब खैरियत तो? " इमाम साहब ने पूछा !

"आप से मेरे ख़्वाबों से मुतालिक जवाब का तलब गार हूँ आप यक़ीन नही करेंगे मगर इन ख्वाबों ने कई रोज से मुझे परेशान कर रखा है..! जब सोता हूँ कुछ ना कुछ देखता हूँ ऐसा लगता है जैसे मैं हक़ीक़त से ज्यादा अपने ख़्वाबों में जी रहा हूँ.., बस अब आप ही मेरे सवालों का जवाब दे सकते हो आप को मालूम है ना इस दुनिया में वाहिद आप ही मेरे दोस्त, हमदर्द और मेरे आपने हो !" रमीज़ ने एक लम्बी सांस लेते हुए कहा !

"बेशक रमीज़ भाई हमदोनों ही एक दूसरे के अपने है मगर देखियें रमीज़ भाई यह तो मुझे भी सही से नही मालूम के आप को ऐसे ख्वाब क्यों आरहे..? मगर मैं फिर भी तफसील से पता कर के आप को बताऊंगा फिलहाल आप परेशान ना हो और घर जा कर आराम करें जैसे ही मुझे पता चलेगा मैं आप को बता दूँगा !" इमाम साहब ने समझाते हुए कहा !

उनकी बातों से रमीज़ को साफ समझ आरहा होता है के वो कुछ उससे छुपा रहे है फिर भी वो बिना कुछ कहे मस्जिद से निकल कर क़ब्रिस्तान कि तरफ चल देता है!

रमीज़ के सवालों का जवाब ना देकर इमाम साहब भी दुःखी होजाते है मगर वो बेचारे कुछ भी ऐसा नही कहना चाहते है जिससे रमीज़ को परेशानी हो !

दिन का सूरज डूब चुका था , धीमी धीमी चलती सर्द हवाये रमीज़ के वजूद को एक हल्की सी सर्द लहर दे जा रही होते है बादल का उमड़ना अपने उरूज पर होता है ! हमेशा सन्नाटा रहने वाले क़ब्रिस्तान में आज लोगों की चहल पहल लगी होती है सभी अपने अपने अज़ीज़ों के क़बर के पास खड़े फातिहा और उनकी मगफिरत की दुआ पढ़ने में मशगूल रहते है ! रमीज़ भी कुछ वक्त के लिये जाकर अपने माँ बाप की क़बर के पास बैठ जाता है और उनकी मगफिरत के लिये दुआ करने लगता है ! आज उसने सही से खाना भी नही खाया होता है

भूख की शिद्दत उसे अब महससू हो रही होती है ! मगर आज उसने खाने के लिए कुछ भी नही बनाया होता है !

"आज बहुत परेशान लग रहे हो रमीज़ लगता है सवालों के जवाब अधूरे है अभी भी..! वैसे एक बात बताऊं कुछ सवालों का जवाब ना मिलना ही बेहतर है मेरा मतलब है के कुछ सवाल बस सवाल बन कर रहे उनके जवाब हासिल ना हो तो ही बेहतर होता है हमारे लिए..!" अचानक नक़ाब पोश औरत रमीज़ के सामने आते हुए कहती है !

"जी बिल्कुल नही मैं भला परेशान क्यों होने लगा मैं बिल्कुल ठीक हूँ और हाँ सही कहा आप ने कभी कभी जरूरी नही होता सवालों के जवाब मिलना !" रमीज़ ने फौरन जवाब दिया !

"आप के चेहरे से परेशानी साफ झलक रही है और रही बात सवालों के जवाब की वो एक रोज तुम्हे जरूर मिलेगा! खैर कोई बात नही मैं आप की मुश्किलें बढ़ाना नही चाहती! वैसे मैंने आप के कमरे के बाहर खाना रख दिया है भूख लगी है आप को जा कर खा लो वरना खाना ठंडा होजायेगा तो स्वाद नही आयेगा !" नक़ाब पोश औरत ने कहा !

"आप को कैसे पता चला के मुझे भूख लगी है? क्या आप मुझपर नज़र रखती है ? मतलब मुझसे जुड़ी हर बात आप को कैसे मालूम हो जाती है !" रमीज़ ने सवाल किया !

"कुछ बातें समझ आजाती है इसमें नज़र रखने वाली कौनसी बात है आज आप ने एक साथ पाँच क़बर खोदे हैं ऊपर से बारिश की वजह से गांव के लोग आप को खाना भेजना भूल जाते है , और मैं तो अक्सर क़ब्रिस्तान आती जाती रहती हूँ इसलिए मुझे सब पता रहता है तो आज घर से आते वक़्त अपने साथ तुम्हारे लिए खाना ले आयी !" नकाब पोश औरत ने कहा !

वो जब जब कुछ कहती उसकी आवाज़ में अजीब सी खनक होती जो गूँजती हुई महसूस हो रही होती है !

"जी बहुत बहुत शुक्रिया आप का मैं ईशा की नमाज़ के बाद खा लूँगा , अंधेरा होने को है सभी अपने घर को जारहे आप भी चली जाए बारिश भी होने वाली है !" रमीज़ ने चारों तरफ देखते हुए कहा !

"रमीज़ आप को तो पता है ना मैं अक्सर रात में ही अपने बेटे के क़बर के पास ठहरती हूँ ! मेरी फिक्र ना करे आप जाये जाकर खाना खा ले !" नक़ाब पोश औरत ने कहा !

"ठीक है जाता हूँ मुझे पता है आप मेरी बात नही मानेंगी खैर पहले मैं जरा क़ब्रिस्तान के दोनों तरफ के दरवाजे लगा लूँ !" रमीज़ कहता हुआ चला जाता है ! पहले वो सामने का मैन गेट बंद करता है फिर दूसरी तरफ जाता है ! चलते हुए अचानक उसकी नज़र क़ब्रिस्तान के आखिरी छोर पर पड़ती है जिधर शबीना और उस लड़की की क़बर होती है !

तभी रमीज देखता है के शबीना भयानक शकल में अपने ही कबर पर बैठी सिसकियां लेती हुई उसे ही देख रही होती है! उसके बाल खुले और काफी लंबे होते है !

"रमीज..! रमीज..! इधर आओ .....मैंने कहा इधर.. आओ, सुनो मेरी बात तुमने तो मुझे धोखा दे दिया क्यों मारा मुझे..? बताओ क्या गलती थी मेरी..? मैं तो बस हमेशा जवान दिखना चाहती थी इसलिए मैंने काले जादू का सहारा लेना चाहा और मैं कमयाब भी होजाती मगर तुमने सब खराब कर दिया बताओ रमीज क्यों किया तुमने ऐसा..? बिना गुसुल और नमाज़ जनाजा के मुझे दफना दिया तुम्हारी वजह से मुझे अब तो आलम बर्जख में भी जगह नही मिलेगी अब क्यामत तक मुझे भटकना पड़ेगा इस दुनिया में सिर्फ और सिर्फ तुम्हारे वजह से !" शबीना की भटकती हुई रूह ने रोते चिल्लाते हुए रमीज से कहा !

रमीज तो बस फटी फटी आँखो से उसके भयानक शकल और लंबे बिखरे बालों को देख रहा होता है! उसे समझ नही आरहा होता है के वो आखिर क्या कहे..? क्या करे .?

"इसमे मेरी गलती नही है अगर मैं तुम्हे नही मारता तो तुम उस मासूम बच्ची के रूह को भी नही छोड़ती और मुझे तुम दोनों में से किसी एक को चुनना था.., सो मैंने उस बच्ची की रूह को निजात दिलाना सही समझा, वैसे भी जीते जी उसके जिस्म के साथ बहुत बुरा हो चुका था मरने के बाद भी उसके रूह के साथ बुरा होने देता तो इंसानियत शर्मशार होजाती..! बस इसलिए मुझे तुम्हे मारना पड़ा बाकी तुम अगर मोमिन होती तो इस तरह नही भटकती अल्लाह तुम्हे आलम-ऐ-बरजख में जगह जरूर देता मगर तुम्हारी तो नियत ही सही नही थी! " रमीज ने थोड़ा हिम्मत करते हुए कहा ! तो शबीना की रूह अजीब सी भयानक आवाज़ में घुटनो में सर रख कर रोने लगती है !

"यह अब इसी तरह भटकते रहेगी इसकी गलतियों की यही सजा है रमीज़ आप जाओ अपना काम करो यह अपने कबर से आगे कही नही जा सकती ना ही अब ये किसी का कुछ बिगाड़ सकती है इसकी जगह बस इसकी कबर तक महदूद है! यह मरने के बाद खुद के बिछाये काले जादू के जाल में फस गयी है! "नक़ाब पोश औरत ने रमीज के पास आकर कहा !

"तो क्या यह आप को भी दिख रही है..? और ...और आप को कैसे पता चला के यह बस अपनी क़बर तक क़ैद है अपने काले जादू के आमाल के वजह से !" रमीज़ ने सवाल किया !

"हाँ मैं भी इसे देख पा रही हूँ मुझे पता है के इसे कल रात को ही आप ने मारा है और वजह भी मुझे मालूम है आप ने जो किया सही किया कुछ लोगों का मर जाना ही सही होता है ! वरना ना जाने वो कितने लोगों की ज़िंदगी के साथ गंदा खेल खेल जाये और हाँ आप बे फिक्र रहिये मैं इस शबीना के बारे में किसी को नही बताने वाली हूँ यकीन रखिये मुझपर इसे यही पर रहने दे चलिये हम चलते है ! "नक़ाब पोश औरत ने मुस्कुराते हुए कहा !

" हाँ ठीक है यकीन है मुझे आप पर ... चलिये अब चलते है ! आप अपने जगह और मैं अपनी वैसे क़ब्रिस्तान में तो हर रोज कुछ ना कुछ वाक़या पेश आता ही रहता है., मैं तो धीरे धीरे इन सब का आदी होता जा रहा हूँ !" रमीज़ ने चलते हुए कहा !

अपनी बातों का जवाब ना पाकर जब वो पीछे मुड़ता है तो उसे ना शबीना की रूह दिखती है और ना ही वो नक़ाब पोश औरत ! अपनी पेशानी पर आरहे पसीने को कुरते की आस्तीन में

पोछते हुए रमीज़ कमरे की तरफ चल देता है ! हाथ मुँह धो कर दरवाज़े की दहलीज पर रखे खाने के बर्तन को उठा कर खाना खाने बैठ जाता है! रमीज जैसे ही खाने का बर्तन खोलता है तो उसमे उसके पसंद के छोले बटुरे होते है जिसे देख उसकी आँखे नम होजाती है क्यों के पसंद का खाना खाये उसे एक आर्शा हो चुका होता है! रमीज खाने का निवाला जैसे ही मुँह में लेता है उसे नरगिस के हाथ के बने छोले बटुरे की याद आजाती है!

"कितने प्यार और शफकत से वो मुझे मेरे पसंद के खाने बना कर खिलाया करती थी अकसर कहती थी रमीज़ तुम मेरी पसंद हो तो मैं तुम्हारी पसंद का हमेशा ख्याल रखूंगी..! और हमेशा मेरा ख्याल भी रखती थी काश के मैं अच्छे काम के तलाश में शहर में ना भटका होता तो आज मेरी नरगिस ज़िंदा होती ! वो मेरी ना भी होती मगर ज़िंदा होती इस दुनिया मे एक अच्छी ज़िन्दगी जी रही होती मेरे वजह से उसे बेरहमी से मार दिया गया और मुझे आज तक खबर तक नही थी के मेरी नरगिस कब का मर चुकी है वो भी मेरी वजह से..! किस तरह से उसे बेरहमो की तरह मार दिया !" रमीज़ खुद से ही रोते हुए कहता है ! पसंद का खाना होते हुए भी उसके गले मे वो अटक रहा होता है ! तभी एक नुस्वानी आवाज़ रमीज़ के कानों से टकराती है!

"रमीज़ मेरे साथ जो भी हुआ उसमें तुम्हारी कोई गलती नही हर एक के मौत का वक़्त और वजह तय है सब को उसी तय वक़्त में यह दुनियां छोड़ कर जाना पड़ता है ! मेरी ज़िंदगी उतनी ही थी बस दुःख इस बात का था के तुम्हे खबर नही थी के तुम्हारी नरगिस अब इस दुनिया में नही रही , मैं जहाँ भी हूँ हमेशा तुम्हारे साथ हूँ गम ना करो और खा लो खाना !"

रमीज़ खाना छोड़ दौड़ते हुए आवाज़ की सिम्त दौड़ाता हुआ कब्रिस्तान में चारो तरफ तलाश करने लगता है मगर उसे कोई नही दिखता है !

"मुझे तलाश मत करो रमीज़ अब मैं खाकी नही हूँ बस एक हवा हूँ जो महसूस तो होता है मगर दिखता नही है जहाँ भी हूँ तुम्हारे क़रीब हूँ !"

रमीज़ को फिर निस्वानी आवाज़ सुनायी देती है वो पागलों की तरह क़ब्रिस्तान में नरगिस नरगिस आवाज़ लगाते हुए ढूंढ़ने लगता है मगर उसे कुछ भी नही दिखता है..! थक हार कर वो वापस आकर अपने कमरे के बाहर बने चबूतरे पर आकर बैठ जाता है और नम आँखों से फिर से कब्रिस्तान में चारो तरफ नज़रे दौड़ाता है तो उसे वो नक़ाब पोश औरत अपने बेटे के क़बर के पास दिखती है तो रमीज़ उठ कर उसके पास जाता है !

"सुनिये क्या आप ने अभी अभी यहाँ पर किसी लड़की को देखा है या किसी लड़की की आवाज़ सुनी है..?" रमीज़ ने पूछा !

"जी नही मैंने ना किसी लड़की को देखा है और ना ही किसी की आवाज़ सुनी है आखिर क्या माज़रा है? आप बता सकते हो मुझे..?" नकाब पोश औरत ने पूछा..!

"जी.. जी वो कुछ नही बस ऐसे ही मुझे लगा किसी ने मुझे आवाज़ लगायी है बस इतना ही!" रमीज़ ने कहा !

"मैंने तो आप को कहा था यह क़ब्रिस्तान है यहाँ पुर इशरार वाकियों की कमी नही है ! इस तरह अनजान आवाज़ों के पीछे जाना सही नही होता जाये अपने कमरे में और खाना खा कर सो जाये अभी तो ख्वाबों का सफर अधूरा है!" नक़ाब पोश औरत ने कहा !

''जी ठीक है जाता हूँ आप भी जाये अपने घर !'' रमीज़ कहता हुआ अपने कमरे में चला जाता है खाना खा कर अपनी चारपायी पर लेट जाता है..! लाल आँसुओ से भरी आँखे अपनी वो धीरे धीरे बंद करता है जिससे लेटते ही उसे नींद आजाती है नींद की गहराईयों में डूब कर वो फिर से ख्वाबों की दुनियाँ में सफर करने लगता है !

13

लेटते ही नींद आगयी-13

ख्वाब में आम के बागीचे में नरगिस के मैय्यत के पास खड़ा रमीज़ एक भीड़ को देखता है जो किसी को बुरी तरह पिट रहे होते है !

"बता तूने उस बेकसूर लड़की के साथ क्या किया ? क्यों मारा उसे ? जब तक तू सच नही बतायेगा इस बच्ची की मैय्यत इसी आम के बगीचे में पड़ी रहेगी यही इसके क़बर के साथ साथ तेरी क़बर भी बना देंगे !" भीड़ में से किसी शख्स ने कहा !

"मैंने नही मारा उसे उसके खुद के भाइयों ने मारा है और इल्जाम मेरे सर डाल दिया मैं तो रात में पेशाब करने के लिये उठा था तब इनको आम के बगीचे में चादर में अपनी बहन की मैयत को ले जाते हुए देखा इन्होंने ही नरगिस के गले मे रस्सी डाल कर उसे पेड़ से लटकाया था मेरी गलती यही है के मैंने इनका पीछा किया और फस गया !" भीड़ के बीच में से रमीज़ के दोस्त असलम की दर्द में कराहती हुई आवाज़ रमीज़ के कानों से टकराती है तो वो ख्वाब में जल्दी से दौड़ता हुआ भीड़ के बीचों बीच जा पहुँचता है जहाँ उसका दोस्त असलम खून से लतपत रोते हुए अपनी बे गुनाही का सबूत चींख चींख कर दे रहा होता है !

"असलम असलम क्या हुआ मेरे दोस्त ? और .... और नरगिस को तो इन लोगों ने मारा है फिर तुझपर इल्जाम कैसे आगया !" रमीज़ ख्वाब में अपने दोस्त असलम से कहता है मगर वो कोई जवाब नही देता तो रमीज़ बेचैन इधर उधर देखने लगता है तभी उसकी नज़र नरगिस के दोनों भाई पर पड़ती है जो दहाड़े मार मार कर रो रहे होते है ! रमीज़ उनके तरफ लपक कर जाता है !

"बंद करो यह मगरमछ के आँसू बहाना तुम दोनों ने मिल कर कल मेरी नरगिस को बेरहमी से मार दिया और आज मेरे बेकसूर दोस्त को झूठे इल्जाम में फंसा रहे हो कुछ तो खुदा का खौफ करो जालिमों !" रमीज़ ने ख्वाब में नरगिस के भाइयों से कहा मगर कौन उसको देखने और सुनने वाला होता है !

"रमज़ान भाई आप खामखा परेशान हो रहे थे यहाँ तो साँप भी मर गयी और अपनी लाठी भी सही सलामत है !" नरगिस के छोटे भाई ने बड़े भाई से दबी मुस्कुराहट के साथ कहा !

"हाँ छोटे सही कहा तुमने इस असलम ने गलत वक़्त पर आकर हमारे सामने खुद को फसा लिया अब ये मर भी जाये तो हमे क्या ? हम बच गए वही बहुत है हमारी बरसों की बनायी इज्ज़त सलामत है वही बहुत है !" नरगिस के बड़े भाई ने छोटे भाई के जवाब में धीमे से मुस्कुराते हुए कहा !

"यह खुद नही आया भाईजान हमारी अच्छी किस्मत इसे रात में हमारे सामने लेकर आयी वरना हम यह सोच सोच कर परेशान थे के सुबह जब नरगिस की लाश लोग पेड़ से टंगा देखंगे तो हम क्या जवाब देंगे सब को ?" नरगिस के छोटे भैया ने कहा !

''बात तो तुमने सही कही है छोटे बस दुःख है के एकलौती छोटी बहन को अपने हाथों से मारना पड़ा जिसे बचपन मे इन्हीं हाथों से गोद में लिए गाँव में घुमाते थे हाथों से खाना खिलाते थे और शायद अगर सब सही होता तो इसी हाथों से उसे विदा करते दुल्हन बना कर !'' नरगिस के बड़े भाई ने अफसोस करते हुए कहा !

"ओहो भाईजान आप फिर बेकार की बातें लेकर बैठ गए यह सब छोड़िये चलिए चल कर थोड़ा हम भी इस असलम पर हाथ साफ़ कर लेते है वरना हम इस तरह खड़े रहेंगे तो लोगों को शक ना होने लगे !'' नरगिस के छोटे भैया ने दबी मुस्कराहट के साथ कहा !

''तुम जाओ मैं यही ठीक हूँ !'' नरगिस के बड़े भाई ने जवाब दिया !

रमीज़ आंखे फाड़े उनकी बातें सुन रहा होता है ! कोई इतना भी गिर सकता है उसे यकीन नही हो रहा होता है वो कभी चादर से ढकी नरगिस की मैय्यत को देखता तो कभी भीड़ में पिटते अपने एकलौते दोस्त को देखता ऐसे हालात को देख उसका कलेजा मुँह को आरहा होता है !

"बता क्यों मारा मेरी बहन को ? क्या रिश्ता था तेरा उसके साथ? ...बता? बोल बताता क्यों नही है..? अगर कोई बात थी तेरे और उसके बीच तो पहले बताता निकाह करा देते उसकी इज्जत के साथ खेल कर उसे जान से क्यों मार दिया ?" नरगिस के छोटे भैया ने असलम को थप्पड़ पे थप्पड़ मार रोते हुए कहा !

"भैया खुद अपनी बहन को मार कर मुझे क्यों फसा रहे हो ? मैंने क्या बिगाड़ा है आप सब का ? मैं तो नरगिस को अपनी बहन मानता था भला मैं उसकी इज्जत के साथ क्यों खेलने लगा !" असलम ने रोते गिड़गड़ाते हुए कहा !

"एक तो मेरी बहन को मार दिया ऊपर से कमीना हमपे इल्जाम लगाता है जान से मार दूँगा तुझे अभी तूने मुझे पहचाना नही है !" नरगिस के छोटे भैया ने असलम को मारते हुए कहा !

"देखये आप लोग को जरूर कोई गलत फहमी हुई है मेरे बेटे को छोड़ दिजीये खुदा के वास्ते !" असलम के बाप ने रोते हुए कहा !

"चल जा बूढ़े यहाँ से वरना तेरे बेटे के साथ साथ तेरी भी जान चली जायेगी इसे तो हम छोड़ने वाले है नही ! मौत के बदले मौत मिलेगी इसे क्यों भाइयों मार दो इसे जान से जैसे इसने मेरी मासूम बहन को मारा था !" नरगिस के भाई ने गुस्सा जाहिर करते हुए कहा !

"हाँ मार दो इसे जान से ताके दोबारा गांव में किसी की हिम्मत ना हो किसी की बहन बेटी की इज्जत के साथ खेलने का !" भीड़ से एक आदमी ने चिल्लाते हुए कहा तो सभी लोग उसकी हाँ में हाँ मिलाते हुए उसे इतना मारते है के आखिर के असलम की ज़िंदगी मौत को गले लगा लेती है !

खून में सनी असलम की बेजान जिस्म पड़ा छोड़ लोग नरगिस के भाइयों को तसल्ली दे रहे होते है ! असलम के घर वाले रोते पीटते उस की लाश को गले लगाये सभी लोगों पर गुस्सा जाहिर करते हुए रो रहे होते है यह सारे मंज़र देख रमीज़ बेचैन सा होने लगता है ! तभी रमीज़ के कानों में किसी की आवाज़ गूँजती है !

"रमीज़ देखा तुमने तुम्हारे चले जाने से हमारे साथ कितना बुरा हुआ मुझे मार दिया गया क्यों के मैं बिन बियाही माँ बन गयी थी और मुझे मार दिया गया क्यों के इनके पास खुद को बेगुनाह साबित करने का जरिया मैं बन गया था !"

रमीज़ जैसे ही पलट कर देखता है उसके दाये और बाएं नरगिस और उसके दोस्त असलम की रूह खड़ी होती है !

"तू ...तू तुम दोनों यहाँ , क्या तुम दोनों मुझे देख सकते हो ? मुझे सुन सकते हो ?" रमीज़ ने घबराते हुए कहा !

''हाँ..! हम तुम्हे देख सुन सकते है मेरे दोस्त !'' असलम की रूह ने कहा तो रमीज़ अपने जज़्बातों को काबू में नहीं रख पाता है और रोते हुए जैसे अपने दोस्त असलम से गले मिलने की कोशिश करता है वो उसके आर पार चला जाता है ! फिर वो नरगिस के हाथ को पकड़ने की कोशिश करता है मगर पकड़ नही पाता ! उसे इस तरह देख नरगिस और असलम की रूह एक साथ हल्का सा मुस्कुराती है !

"रमीज़ तुम अब हमें छू कर महसूस नही कर सकते हो क्यों के अब हम ख़ाकी नही रहे हम एक रूह है और तुम अभी जिस जगह हो वो तुम्हारी ख़्वाबों की दुनिया है जहाँ तुम्हे वो वाक़्यात दिख रहे या यूं कहो दिखाये जा रहे जिससे तुम अनजान थे तुमने जो भी देखा हम दोनों ने उसे सहा है रमीज़..!" नरगिस की रूह ने दर्द भरे लहज़े में कहा !

रमीज़ तेज़ तेज़ साँसे लेते हुए कभी नरगिस तो कभी असलम की रूह को देख रहा होता है !

''ऐसे क्या देख रहे हो मेरे दोस्त हकीकत तो यही है तुमने एक साथ अपने ज़िन्दगी के दो प्यारों को खो दिया था और जिसका इल्म तुम्हे आज तक नहीं था के उनकी मौत कैसे हुई थी और नरगिस के मौत का तो तुम्हे इल्म भी नहीं था !'' असलम की रूह ने रमीज़ से कहा !

''मगर...... मगर असलम जब मैं वापस आया था तो तुम मुझे क़ब्रिस्तान के दरवाज़े पर मिले थे फिर उस वक़्त यह सब क्यों नहीं बताया था और मैं तो नरगिस के भाइयों के पास रिश्ता भी लेकर गया था मगर उन्होंने कहा के नरगिस की शादी उन्होंने करदी है जिसे सुन कर मेरा दिल टूट सा गया था और अम्मा और अब्बा के एलावा एक नरगिस ही थी मेरी अपनी इसलिए मुझे नरगिस की शादी की बात बहुत चुभ गयी और मैं किसी और से बिना

मिले वापस शहर चला गया था !" रमीज़ उदास लहज़े में कहता है !

"तुम वापस आये ही नहीं और उस रोज मैं तुम्हे सच बताता उससे पहले तुम वापस चले गये ! चलो अब हमारे जाने का वक़्त होगया है आज के लिए इतना काफी है !" नरगिस की रूह ने कहा !

"मुझे माफ़ करदो तुम दोनों मैं तुम दोनों का गुनाह गार हूँ !" रमीज़ ने ख्वाब में हाथ जोड़ते हुए कहा !

"माफ़ी मत माँगो रमीज़ और खुद को हमारे मौत का जिम्मेदार मत समझो हमारी इतनी ही ज़िन्दगी और ऐसी ही मौत लिखी थी तक़दीर में !" नरगिस की रूह फिर से रमीज़ को समझाते हुए कहती है !

रमीज़ ख्वाब में खड़ा कभी सामने पड़ी अपने दोस्त असलम तो कभी अपनी पहली और आखिरी मोहब्बत नरगिस की मैय्यत को देख बिलख बिलख कर रो रहा होता है ! धीरे धीरे उसकी नज़रों से सब गायब होता जा रहा होता है !

अचानक आसमान में तेज़ बिजली की कड़क से रमीज़ की आँखे खुलती है उसकी दिल की धड़कने काफी तेज़ रफ़्तार से चल रही होती है! अपने हवास दुरुस्त कर वो माथे पर आये पसीने पोछता हुआ अपनी चारपाई से उतर कर मटके से पानी निकाल कर पीता है फिर कमरे का दरवाज़ा खोल बाहर बरामदे में आकर बैठ जाता है !

उसकी बूढी आँखों में नदामत के आँसू होते है ! जिसे वो बार बार अपने कुर्ते में पोछ रहा होता है ! तभी उसकी नज़र उस तरफ पड़ती है जिधर वो नक़ाब पोश औरत खड़ी उसे ही देख रही होती है ! रमीज़ उसे अनदेखा कर बस बैठा रो रहा होता है!

"आप इस क़दर क्यों रो रहे है..? लगता है आज फिर किसी ख्वाब ने आप को परेशान कर दिया है !" नक़ाब पोश औरत रमीज़ के पास आकर कहती है !

"हाँ आज मैं अंदर से टूट चूका हूँ..! यह जानने के बाद के मेरे बेपरवाह रवैये से मैंने अपने दो अज़ीज़ों को खो दिया था ! उनको बड़ी ही बे रहमी से मार दिया गया था ! और .... और इतने सालों तक मैं ला इल्म रहा इन सब बातों से अगर यह ख्वाब नहीं आते तो मुझे पता ही नहीं चलता के हकीकत क्या है ? या अल्लाह मैं कैसे इतना बे परवाह होगया था मुझे माफ़ करदे! मुझे माफ़ करदे !" रमीज़ रोते हुए कहता है !

"रोने से अब कुछ भी हासिल नहीं होगा आप बुरा ना माने तो मेरा एक मसवरा मानेंगे ?" नक़ाब पोश औरत ने बड़े ही शफकत से कहा !

"कैसा मसवरा खातून ?" रमीज़ ने कुरते के आस्तीन से अपने आँसू पोछते हुए कहा !

"क्यों ना पुराने जगहों पर जाकर हकीकत पता किया जाये ! मेरे कहने का मतलब के अगर आप को लगता है के आप के ख्वाब के वाक़्यात जो आप देखते हो वो सही है या नहीं उसकी सच्चाई पता करने लिए वापस घर की तरफ जाओ शायद सच सामने आजाये..! वैसे भी सच जानने का हक़ तुम्हारे दोस्त के घरवालों को भी है !" नक़ाब पोश औरत कहती हुई चली जाती है !

''रमीज़ उसे जाता देख सोच में पड़ जाता है के आखिर वो क्या करे ? वो वापस उठ अपने चारपाई पर जाकर लेट जाता है मगर अब नींद उसकी आँखों से कोशो दूर होती है..! वो रहता तो अपने गाँव में ही था मगर कभी वो अपने घर या गांव उस रोज के बाद से नहीं गया था ! आज तन्हाई उसे सता रही होती है ! साथ साथ नदामत के आँसू उसके आंखों से लगातार बह रहे होते है !

14

लेटते ही नींद आगयी-14

दरवाज़े पर हो रहे लगातार दस्तक से रमीज़ की आँख खुलती है वो आँखे खोल घड़ी की तरफ नज़र डालता है घड़ी उस वक़्त सुबह के सात बजा रही होती है ! रात के ख्वाब की वजह से वो सही से सो नहीं पाया था जिससे उसके सर में तेज़ दर्द हो रहा होता है साथ में उसे इस बात का अफ़सोस होता है के उसने आज फज़र की नमाज़ क़ज़ा कर दी थी ! रमीज़ चारपाई से उतर कर दरवाज़ा खोलता है ! सामने एक नौजवान लड़का खड़ा होता है !

''अस्सलाम वालेकुम '' लड़के ने सलाम किया !

''वालेकुम अस्सलाम। . हाँ बेटा कहो !'' रमीज़ ने सलाम का जवाब देते ही पूछा !

''जी चाचा मेरे अब्बा का इंतेक़ाल होगया है उनकी क़बर खोदनी है ! यह रहा उनका नाम और क़बर की लम्बाई आज ज़ोहर बाद उनकी मिटटी है आप जगह का इनतेख़ाब कर क़बर तैयार रखियेगा !'' लड़के ने रमीज़ को एक कागज़ की पर्ची और कुछ रुपय थमाते हुए कहा !

''ठिक है मैं वक्त पर कबर तैयार करदूंगा !'' रमीज़ ने पर्ची खोलते हुए कहा !

''ठीक है अब मैं चलता हूँ !'' लड़का कहता हुआ वहा से चला जाता है !

तभी रमीज़ की नज़र पर्ची पर लिखे नाम पर पड़ती है जिसपर लिखा होता है !

''' रफ़ीक़ (वालिद - सफ़कत खान)

उम्र 65 साल ,

कद - 5 फूट 11 इंच

पर्ची पढ़ते ही रमीज़ की आँखे नम हो जाती है ! वो कुदाल उठाये क़ब्रिस्तान में एक जगह का इंतेखाब कर मैय्यत के कद के हिसाब से क़बर खोदना शुरू करदेता है !

''रमीज़ भाई ओ रमीज़ भाई किधर हो आप ?'' इमाम साहब आवाज़ लगाते हुए कहते है !

''इधर हूँ इमाम साहब !'' रमीज़ ने जवाब दिया तो इमाम साहब रमीज़ के आवाज़ की सिमत चले जाते है ! उनके हाथ में ट्रे में दो कप चाय और कुछ बिस्कुट होते है !

"आज कल आप तो वक़्त पर मेरे साथ चाय पीने आते ही नहीं है ! तो आज मैंने सोचा क्यों ना आप के पास ही चल कर दोबारा चाय पि ली जाये !" इमाम साहब रमीज़ के पास पहुँचते हुए कहते है !

" असल में इमाम साहब आज मेरी आँख नहीं खुली थी जैसे उठा क़बर खोदने का आर्डर मिल गया !" रमीज़ ने माथे पर आये पसीने को अपने कुर्ते की आस्तीन में पोछते हुए चाय की कप उठाते हुए कहता है !

"वैसे किसकी मैय्यत हुई है आज ?" इमाम साहब ने पूछा तो रमीज़ उदास सा होजाता है !

"अरे रमीज़ भाई बताये खामोश क्यों हो गये आप ?" इमाम साहब ने दोबरा कहा !

" मेरे बड़े भाई रफ़ीक की है ! " रमीज़ गहरी सांसें लेते हुए आहिस्ते से कहता है !

"आप को कैसे पता चला रमीज़ भाई के यह जो क़बर आप तैयार कर रहे हो वो आप के बड़े भाई की है !" इमाम साहब ने पूछा !

"जो लड़का क़बर खोदने के लिए कह गया था उसने उसने कुछ रुपयों के साथ एक पर्ची दी थी जिसमे मेरे भाई का नाम लिखा था अब्बा के नाम के साथ !" रमीज़ मायूस होते हुए कहता है !

"हम्म। .. सुन कर अफ़सोस हुआ रमीज़ भाई तो आप घर जा रहे हो ना आज ?" इमाम साहब ने कहा !

" मैं कहा जाऊँगा इमाम साहब सुबह में मेरे सामने मेरा अपना खून मेरा भतीजा था ना मैंने उसे पहचान पाया ना उसने मुझे पहचाना, जब मेरे घर वालों ने उन्हें यह तक नहीं बताया के उनका चाचा कब्रितान का मुजाबीर है जब मेरे खून के रिश्तों में सफेदी आगयी तो अब मैं क्यों अपने भाइयों से वापस रिस्ता जोड़ने जाऊँ? वैसे भी अब मेरे बड़े भाई तो रहे नहीं..! " रमीज़ वापस कुदाल उठा कर कबर खोदते हुए कहा !

"रमीज़ भाई उन्होंने जो किया वो उनका रद्दे अमल था आप क्यों गुनाह गार बन रहे हो..? मेरी मानों तो क़बर तैयार करने के बाद आप घर से हो आओ !" इमाम साहब ने समझाते हुए कहा तो रमीज़ मान जाता है !

कबर तैयार कर रमीज़ नहा कर तैयार होकर सालों बाद वो गांव में अपने घर की तरफ निकल जाता है ! सालों बाद गांव की सड़के और गालियाँ रमीज़ को बिते वक़्त की याद दिला रहे होते है ! रस्ते पक्के जरूर होगये थे मगर रमीज़ रास्तों को भूला नहीं था वो चारों तरफ नज़रे दौड़ाता हुए घर के पास पहुँचता है उसके सामने मिटटी के घर के बजाय एक आलीशान मकान होता है ! घर के अंदर से लगातार आरहे रोने की आवाज़ सुन रमीज़ का दिल भर आता है ! रमीज़ घर में दाखिल होता है तो देखता है उसका घर पहले के मुक़ाबले अंदर और बाहर दोनों काफी बहतर हो चूका होता है ! सामने बरामदे में ही उसके भाई की मैय्यत एक लकड़ी के तख्ते पर रखी होती है आस पास बहुत से लोग जमा रहते है रमीज़ भी एक अनजान की तरह भीड़ में जाकर खड़ा होजाता है ! रमीज़ की भाभी और बाकी घर वाले रो रहे होते है !

तभी रमीज़ की नज़र सामने खड़े नरगिस के बड़े भाई पर पड़ती है जो रमीज़ के दूसरे भाई को हिम्मत दे रहे होते है ! उसके दूसरे बड़े भाई की नज़र उसपर पड़ती है मगर वो रमीज़ को अनदेखा कर मैयत में आये लोगो से बातें करने में लग जाते है!

आज सालों बाद वो घर आया होता है मगर आज भी उसे अपना घर पराया ही लग रहा होता है ! रमीज़ को दुःख इस बात का हो रहा होता है के उसके अम्मा -अब्बा के मौत के बाद उसके भाइयों से किस तरह उसे पराया कर दिया..! इतना पास रह कर भी कभी किसी ने उससे अपना पन नहीं जताया और ना ही उसे कभी घर बुलाया ! दिमाग में आरहे दुःख से भरे अपने ख्यालों को झटकते हुए रमीज़ चेहरे से कफ़न हटा अपने भाई को एक नज़र नम आँखों से देखता है फिर एक साइड जाकर खड़ा हो जाता है !

ज़ोहर का वक़्त होते ही लोग मैय्यत को उठा कलमा पढ़ते हुए क़ब्रिस्तान की तरफ चल देते है उनके पीछे पीछे रमीज़ भी चल देता है ! चलते हुए उसे अपने घर के पास थोड़ी दूर पर ही वही बेरी का पेड़ दिखता है जिस पर लाइबा परी रहती थी ! तभी एक रौशनी सी रमीज़ को उस पेड़ के पास दिखता है मगर रमीज़ उसे नज़र अंदाज़ करता हुआ चला जाता है ! नमाज़ जनाज़ा इमाम साहब पढ़ाते है उसके बाद रमीज़ के बड़े भाई को तदफीम (दफ़न) करदिया दिया जाता है !

"आज तो आगये थे घर तक दोबारा हिम्मत मत करना घर आने की हम नहीं चाहते के किसी को पता चले या हमारे बच्चे जाने के तुम हमारे सगे भाई हो..! हमे शर्म आती है तुम्हे अपना भाई कहते हुए तुम आज भी वैसे हो जैसे कल थे निकम्मे कोई काम नहीं मिला तो क़बर खोदने का काम करने लगे एक बार भी खानदान की इज्जत का ख्याल नहीं आया तुम्हे ! ना बदन पर ढंग का कपड़ा है और ना ही हालात सही पुराना और फटा कुरता घिसी हुई चप्पल..!" रमीज़ के दूसरे भाई ने रमीज़ को धीरे से दुत्कारते हुए कहा ताके कोई सुन ना ले !

"भैया वैसे भी भाई कहने का हक़ खो चुके हो आप सब मुझे ! अम्मा के मरते ही मेरे सारे रिश्ते मर चुके थे और किस खानदान के इज्जत की बात कर रहे हो आप अपने छोटे भाई को सहारा देने के बजाये आप लोगों ने उसे बेघर कर दिया था ज़माने की ठोकरे खाने के लिए..! और रही बात क़ब्रिस्तांन में काम करने की तो भाईजान एक बात आप के दिमाग में डाल दूँ भले ही आप अपने महल में रहते है मगर आखिरी ठिकाना तो यही होना है जैसे आज बड़े भाई का हुआ अभी आप ने भले ही कीमती लिबास पहन रखा है मगर मौत के बाद तो आखिर के कफ़न ही पहननी है जैसे आज बड़े भाई पहन गहरी नींद सो चुके है ! आखिर के दुनिया की चीज़ें यही धरी रह गयी किस बात का गरूर मेरे भाई मिटटी का शरीर मिटटी होजायेगा!" रमीज़ ने जवाब दिया तो उसके भाई चिढ़ जाता है !

"तुम्हारी यही औक़ात है तुम्हारी वही छोटी सोच इसलिए तुम आज तक गरीब रह गए !" रमीज़ के भाई ने चिढ़ते हुए कहा !

"औक़ात की बात आप ना ही करे ! अगर क़ब्रिस्तान और अपने जैसे सगे भाई को दफ़नाने के बाद भी अगर आप की आँखे नहीं खुल रही तो अब अल्लाह ही खैर करे !" रमीज़

कहता है ! इससे पहले के रमीज़ का भाई कुछ कहता उनका बेटा उन्हें ढूंढ़ता हुआ वहाँ आजाता है !

"अब्बा आप क्या बातें कर रहे इतनी देर से , बातें होगयी है तो घर चले ?" रमीज़ के भाई के बेटे ने पीछे से आते हुए कहा !

"वो मैं बस मुजाबीर को कुछ रुपय दे रहा था और समझा रहा था ध्यान से तेरे बड़े अब्बा की क़बर पर मिटटी वगैरा बराबर करदे !" रमीज़ के भाई बेटे से कहा फिर कुछ रुपय निकाल कर रमीज़ के हाथो पर रख दिए !

"ठीक है अब्बा चलिये हम चलते है भाईजान सब चले गए है !" रमीज़ के भतीजे ने कहा ! फिर उसके भाई और भतीजे सब चले जाते है रमीज़ कभी उनको जाते तो कभी हाथ पर रखे रुपयों को देखता है !

"क्या सोच रहे हो रमीज़ भाई सब खैरयत तो है !" इमाम साहब ने रमीज़ के पास आते हुए पूछा !

"सोच रहा हूँ दौलत का लालच इंसान को कितना खुदगर्ज बना देता है के लोग अपनों की इज्जत तक नहीं करते है भूल जाते है के दुनिया तो सिर्फ एक सफर है मंज़िल तो हमारी आखरत है !" रमीज़ नाराज़गी से कहता है !

"रमीज़ भाई किसी ने आप को कुछ कहा है क्या ?" इमाम साहब ने कहा !

"मेरे भाइयों को मेरा काम पसंद नहीं और मेरी गरीबी से नफरत है उन्हें खैर इमाम साहब छोड़िये यह सब चलिये आज मैं आप को चाय बना कर पिलाता हूँ !" रमीज़ ने कहा तभी रमीज़ की नज़र नरगिस के बड़े भाई पर पड़ती है जो क़ब्रिस्तान के एकदम आखिर में किसी क़बर के पास खड़े दुआ पढ़ रहे होते है !

"इमाम साहब चाय कभी और पिलाऊंगा फिलहाल आप जाये असर की अज़ान का वक़्त होगया है मैं आप से मस्जिद में मिलता हूँ ..! मुझे कुछ जरुरी काम याद आगया है !" रमीज़ कहता हुआ नरगिस के बड़े भाई की तरफ चल देता है !

"पता नहीं आज क्या होगया है रमीज़ भाई को ? खैर मैं चलता हूँ !" इमाम साहब खुद में कहते हुए क़ब्रिस्तान से बाहर चले जाते है !

"अपनी हामला बहन को हमल के तुरंत बाद गले दबा के मारने के बाद आज आप यहाँ किसके मगफिरत की दुआ कर रहे रमजान भाई ?" रमीज़ नरगिस के भाई के सामने खड़ा होते हुए कहता है !

"कौन हो तुम..? और यह क्या बकवास कर रहे हो तुम दिमाग तो ठीक है तुम्हारा ?" नरगिस के भाई ने गुस्से से कहा !

"मैं तो इस क़ब्रिस्तान का मुजाबीर हूँ इसलिए क़ब्रिस्तान और यहाँ दफन होने वाले लोगों के कई राज़ मालूम है मुझे और मैं सच कह रहा हूँ कोई बकवास नहीं कर रहा क्यों है ना ?" रमीज़ ने जवाब दिया तो नरगिस का भाई कुछ देर गुस्से से रमीज़ को घूरते हुए देखते रहते है !

"यह मेरी एकलौती प्यारी और लाडली बहन की क़बर है और वो क़बर देख रहे हो तुम हाँ वही उसी इंसान की है जिस सालों पहले बेरहमी से मेरी बहन को मारा था..! भला मैं क्यों मरूँगा अपनी लाडली बहन को ?" नरगिस का भाई नरगिस और असलम की क़बर के तरफ इशारा करते हुए थोड़ा घबराते हुए कहते है !

रमीज़ को जैसे मालूम पड़ता है के सामने की कबरें उसकी मोहब्बत नरगिस और दोस्त असलम की है उसकी आँखे नम होजाती है ! और वो वही पर खड़ा रोने लगता है ! नरगिस का भाई उसे इस तरह रोते देख ख्याल करते है की वो एक पागल है जो कभी भी कुछ भी कह रहा और रो रहा है ! नरगिस के भाई चुप चाप वहाँ से चले जाते है ! रमीज़ ना जाने कितने ही देर वहां बैठ रो रहा होता है !

तभी बदल शोर मचाने लगते है हवायें तेज़ चलनी लगती है धीरे अँधेरा छाने लगता है बारिश की बुँदे आसमान से होते हुए रमीज़ के वजूद को भिगोने लगती है !

रमीज़ अपने हवास बहतर कर वापस अपने कमरे की तरफ चल देता है ! कमरे के दरवाज़े पर पहले की तरह खाना रखा होता है ! रमीज़ नहा कर कपड़े बदल कर कज़ा नमाज़े अदा करता है ! दुःख कितना भी हो पेट की आग इंसान को बुझानी ही पड़ती है तो वो नमाज़ पढ़ने के बाद खाना खा कर चारपाई पर लेट जाता है थके होने की वजह से उसे लेटते ही नींद आजाती है और इस बार वो फिर से सपनों की दुनिया में सफर तय करने चला जाता है !

15

लेटते ही नींद आगयी-15

रमीज़ जिसकी ज़िन्दगी आज कल हकीकत से ज्यादा ख्वाबों का सफर कर रही होती है ! ना जाने उसे इस तरह ख्वाब आने के पीछे कौन सा राज रहता है मगर रमीज़ उन सवालों के जवाब ढूंढने के बजाये ख्वाबों में ज़िंदा रहना चाहता है वो सारे सच अब जानना चाहता है जो उसे नहीं मालूम होते थे !

ख्वाब में रमीज़ अपने गाँव के मस्जिद के दरवाज़े पर खड़ा होता है जहाँ उसकी नज़र नरगिस की बड़ी भाभी पर पड़ती है जो एक बच्चे को गोद में पुराने से कपड़े में लपेटे मस्जिद के इमाम से बात कर रही होती है उनके चेहरे से डर वा वहशत टपक रही होती है ! ख्वाब में रमीज़ धीरे धीरे क़दम बढ़ाता हुआ उनके पास जा खड़ा होता है !

"इमाम साहब मैंने आप को पहले ही बताया था के मेरी नन्द बिन बियाही हमल से है, मुझे पहले ही मालूम था के उसके भाई उसके बच्चे को जान से मार देंगे उसे आज ही एक बेटा हुआ है ! ना जाने इस वक़्त वो लोग नरगिस के साथ क्या कर रहे होंगे? मैं बहुत मुश्किल से उसके बच्चे को बचा कर लायी हूँ आप खुदा के वास्ते उसके बच्चे को अपने पास रख ले इसकी जान बचा ले बाकी पता नहीं नरगिस के साथ वो लोग क्या करेंगे ?" नरगिस की भाभी रोते और घबराते हुए कहती है !

"देखिये आप पहले खुद को संभाले कुछ नहीं होगा ! नरगिस उनकी एक लौती बहन है मुझे नहीं लगता वो उसे कुछ करेंगे,आप हौसला रखिये किसी को कुछ नहीं होगा !"मस्जिद के इमाम ने समझाते हुए कहा !

"उनको बस अपनी इज्जत से मोहब्बत है..! मार देंगे वो लोग सब को जो भी उनके बीच आया तो मैंने उनको अपनी नक़ली इज्जत के लिए हरदम परेशान रहते देखा है !"नरगिस की बड़ी भाभी ने बेचैनी से कहा !

ख्वाब में रमीज़ उनके चेहरे पर खौफ्फ़ साफ़ महसूस कर रहा होता है !

"वो सब तो ठीक है मगर मैं यह सोच रहा हूँ अगर इस बच्चे के बारे में तुम्हारे शौहर को पता चला के मेरे पास है तो वो लोग तो मुझे भी मार देंगे इसमें मेरी जान को भी फिर खतरा

है !" मस्जिद के इमाम ने कुछ सोचते हुए फिक्र से कहा !

"खुदा के वास्ते आप इंकार मत करिये किसी को कुछ मालूम नहीं चलेगा मैं कभी अपना मुँह नहीं खोलूंगी आप के जरा से हौसले से इस मासूम को ज़िन्दगी मिल जायेगी ! आप अभी इसी वक़्त यहाँ से शहर चले जाये इसे लेकर और किसी यतीम खाने में इसे डाल दे जब ये बड़ा होजाये तो किसी मदरसे में पढ़ने के लिए डाल दिजिएगा !" नरगिस की भाभी ने परेशान होते हुए कहा !

"ठीक है मैं इसे ले जाता हूँ अपने साथ वैसे भी अब मेरा बेटा मस्जिद की इमामत संभालेगा मैं उसे शहर से कल ही यहाँ भेज दूंगा ! कुछ साल इस बच्चे को अपने परिवार के साथ ही रखूँगा शहर में जब ये थोड़ा बड़ा होजाये तो मदरसे में डाल दूंगा बाकि इसकी खबर आप को उधर से लौट कर दूंगा , अब आप इसे मुझे देकर घर जाये किसी ने देख लिया तो बहुत बड़ी बात होजायेगी मैं सुबह के बस से इसे लेकर चला जाऊंगा !"मस्जिद के इमाम साहब ने कहा !

रमीज़ ख्वाब में नरगिस की भाभी के थोड़ा पास जाकर अपने बच्चे को देखता है जो देखने में बिलकुल नरगिस की तरह होता रमीज़ अपने बेटे को छू कर प्यार करने की की कोशिश करता है मगर वो उसे छू नहीं पाता है ! तभी अचानक सब कुछ उसके आँखों के सामने से गायब हो जाता है ! रमीज़ खुद को उड़ता हुआ महसूस करता है उसे ऐसा लगता है जैसे वो एक जगह साकित खड़ा है मगर उसके आस पास की चीज़े बिजली की तेज़ी से बदलती जारही है ! वहाँ से गायब होकर अचानक हवा में सफर करता हुआ एक अलग जगह और अलग मकान के पास आकर खड़ा होजाता है !

अभी वो समझने की कोशिश कर ही रहा होता है के वो कहा है उसके कानों में उन्ही इमाम साहब की आवाज़ गूंजती है जिसे उसने थोड़ी ही देर पहले नरगिस की भाभी के साथ देखा था !

"अहसन..! अहसन..! किधर चला गया है चाचा के लिए जरा अंदर से पानी और चाय ले आ !" मस्जिद के इमाम साहब किसी को आवाज़ देते हुए कहते है !

"अब्बा यह लड़का कबतक हमारे साथ रहेगा मेरी मानो तो इसे यतीम खाने में डाल दो और आप मेरे साथ रहमतगंज चलो ! वहाँ इसकी जरूरियात अच्छे से पूरी होंगी कब तक आप इसके लिए अपने परिवार से दूर रहोगे मैं यहाँ रह नहीं सकता और आप इसे उस गाँव में लेकर जाओगे नहीं ! बस इसलिए कह रहा हूँ !" किसी शख्स की आवाज़ ख्वाब में रमीज़ के कानो पर पड़ती है तो वो घर के अंदर दाखिल होता है !

"हाँ बेटा मैं भी यही सोच रहा हूँ हम तो खुद की जरुरत पूरी नहीं कर पाते इस यतीम की क्या करेंगे ?" मस्जिद के इमाम ने जवाब दिया !

"वैसे अब्बा आज तक आप ने बताया नहीं के आप इसे कहाँ से लेकर आये थे और ये किसकी औलाद है..? और आखिर के आप इसे यहाँ से कही क्यों नहीं जाने देते है ?" उस शख्स ने फिर से सवाल किया !

“बेटा मैंने किसी से वादा किया है के मैं इसकी हिफाजत करूंगा और इसकी पहचान को राज़ रखूँगा इसलिये खुदा के वास्ते तू मुझसे वादा खिलाफी ना करा बस इतना जान ले इसे यहाँ लाकर मैंने इसकी जान बचाई है और मुझे उम्मीद है के अब यह खुद को संभाल लेगा ! इसलिए मैं कल ही इसका इंतजाम कर के तुम्हारे साथ चलता हूँ ज़िंदा रहा तो मिलने आता रहूँगा बाकी मेरे मौत के बाद तुम इसकी खबर लेते रहना ताके इसे कभी यह एहसास ना हो के वो यतीम है !”मस्जिद के इमाम साहब ने कहा !

तभी एक दस साल का बड़ा ही मासूम और खूबसूरत लड़का कुरता पैजामा सर पर टोपी पहने ट्रे में चाय और पानी लेकर आता है ! रमीज़ की नज़र उसपर पड़ती है और उसे जरा भी वक़्त नहीं लगता उस प्यारे से फरिश्ते को पहचानने में ये उसका बेटा रहता है जो बड़े ही अदब से घर पर आये शख्स को सलाम कर के चाय उसकी ओर बढ़ाता है ! तभी उस शख्स पर रमीज़ की नज़र पड़ती है तो रमीज़ की आँखे हैरत से चौड़ी होती है यह शख्स कोई और नहीं रमीज़ के दोस्त हमदर्द उसके बुढ़ापे का एकलौता साथी इमाम साहब होते है ! जिनसे रमीज़ हर रोज ही मिलता रहता है ! तभी रमीज़ इमाम साहब के वालिद को भी पहचान लेता है के जिनकी मौत एक साल पहले ही हो चुकी थी ! रमीज़ को ज्यादा वक़्त नहीं लगता समझने में के नरगिस की भाभी ने उसके बेटे को इमाम साहब के अब्बा को दिया था जो उस वक़्त के बड़े इमाम थे !

“इमाम साहब आप ? तो क्या मेरे बेटे को आप जानते थे फिर क्यों नहीं बताया मुझे ?”रमीज़ ख्वाब में इमाम साहब से कहता है मगर वो उसकी आवाज़ों को और उसे ना देख पाते है ना सुन पाते है !

मस्जिद में फज़र की अज़ान की आवाज़ के साथ रमीज़ की आँखे खुलती है वो हड़बड़ाता हुआ उठ बैठ गया ! रमीज़ फ़ौरन उठ कर नहा कर वज़ू कर नमाज़ के लिए मस्जिद की तरफ निकलने लगता है ! तभी तेज़ बिजली चमकती है जिसकी रौशनी में उसे क़ब्रिस्तान में खड़ी उसकी नरगिस की एक झलक दिखती है ! जो उसकी तरफ मोहब्बत से मुस्कुराते हुए देख रही होती है !

नरगिस पर नजर पड़ते ही रमीज़ नरगिस नरगिस आवाज़ लगाता हुआ क़ब्रिस्तांन में इधर उधर नरगिस को तलाश करने लगता है ! मगर वो उसे दोबारा नज़र नहीं आती है !

तभी बादल की गरज के साथ बारिश शुरू होजाती है ! रमीज़ खुद को बचाता हुआ मस्जिद की तरफ तेज़ रफ़्तार से चल देता है !

''अरे अरे रमीज़ भाई यह क्या आज आप जमात खड़ा होने से पहले ही वक़्त पर आगये माशाअल्लाह आये आये !'' इमाम साहब ने खुश होते हुए कहा !

''जी बस आज अल्लाह ने वक़्त पर उठा दिया वरना नमाज़ कज़ा होजाती !'' रमीज़ ने धीमे से कहा !

''चलिए यह तो बड़ी अच्छी बात है आप बैठये मैं आया वज़ू कर के !'' इमाम साहब कहते हुए चले जाते है !

मगर रमीज़ तो ढेरों सवाल अपने अंदर लिए आया था ! जमात का वक़्त होने तक काफी लोग छतरी लेकर नमाज़ पढ़ने आजाते है ! रमीज़ भी अपनी जगह का इंतेखाब कर नमाज़ लिए खड़ा हो जाता है ! नमाज़ के बाद रमीज़ इमाम साहब के पास जाकर बैठ जाता है जो क़ुरान की तिलावत करने बैठते है !

''इमाम साहब मुझे आप से कुछ बात करनी है !'' रमीज़ ने कहा !

''हाँ रमीज़ भाई कहिये ना क्या बात है ?" इमाम साहब ने कहा !

''अहसन कहा है अब कैसा है वो ?'' रमीज़ ने कहा तो इमाम साहब क़ुरान को बंद कर हैरत से रमीज़ की तरफ देखते है !

''रमीज़ भाई अहसन को कैसे जानते है आप ? और कब मिले आप उससे ?" इमाम साहब ने सवाल किया तो रमीज़ उन्हें सवालिया नज़रों से देखता है !

''सब बताऊंगा पहले आप बताओ अहसन कहा है अभी ?" रमीज़ ने पूछा तो इमाम साहब कुछ सोचने लगे फिर कहा !

''आप चलिये मैं चाय लेकर आता हूँ क़ब्रिस्तान में ही बैठ कर सारी बातें करेंगे यहाँ मस्जिद में बहुत लोग रहते है और मैं नहीं चाहता के कोई हमारी बात सुने !'' इमाम साहब ने मस्जिद में चारो तरफ देखते हुए कहा !

''ठीक है इमाम साहब जैसा आप कहो मैं अपने घर पर आप का इंतज़ार करूँगा !'' कहते हुए रमीज़ चला जाता है !

रमीज़ अपने गीले कुरते को उतार कर झाड़ कर बरामदे की रस्सी पर सूखने के लिए डाल देता है ! तभी उसकी नज़र दूर उसी नक़ाब पोश औरत पर पड़ती है जो बारिश में ही बैठी दुआ में हाथ फैलाये दुआ मांगती हुई दिखती है !

''अजीब पागल औरत है इतनी तूफानी बारिश में भी यही क़ब्रिस्तान में पड़ी रहती है !'' रमीज़ खुद में बड़बड़ता है !

''किस पागल औरत की बात आप कर रहे हो रमीज़ भाई !'' इमाम साहब अपनी लुंगी सँभालते हुए छतरी लिए रमीज़ के बरामदे में आते हुए कहते है !

''उस पागल औरत की बात कर रहा हूँ जब से उसका बेटा मरा है तब से यही क़ब्रिस्तान में हर वक़्त घूमती रहती है !''रमीज़ ने नक़ाब पोश औरत की तरफ हाथ से इशारा करते हुए कहता है !

''मगर रमीज़ भाई वहाँ तो कोई नहीं है और भला कोई औरत का क्या काम क़ब्रिस्तान में आप को जरूर कोई वहम हुआ है !'' इमाम साहब रमीज़ जिस तरफ दिखा रहा था उधर देखते हुए कहते है !

"वो सामने इमाम साहब देखिए तो सही !" रमीज़ दोबारा इशारा करता है मगर इमाम साहब को कोई भी वहाँ पर नहीं दिखता है !

"रमीज़ भाई वो औरत तो नहीं मगर अकेले रहते रहते आप पागल होगये हो औरत दिखने लगी है आप को !" इमाम साहब ने मज़ाक करते हुए कहा !

"मैं मज़ाक नहीं कर रहा इमाम साहब और दूसरी बात मैंने आज तक अपनी नरगिस की जगह किसी को भी नहीं दी वो मेरी सब कुछ थी और हमेशा रहेगी !" इमाम साहब गहरी साँस लेते हुए कहते है !

अरे आप तो बुरा मान गए भाई माफ़ करयेगा मेरा इरादा आप को बिलकुल भी नाराज़ करने का नहीं था चलिये पहले चाय और बिस्कुट खाते है फिर बातें करते है !" इमाम साहब चाय प्याले में डालते हुए कहा !

"इमाम साहब अहसन कहा है ? कैसा है वो ?" रमीज़ चाय का प्याला उठाते हुए कहता है !

"रमीज़ भाई अहसन को आप कैसे जानते है ? हमने तो आज तक उसके बारे में किसी से जिक्र तक नहीं किया !"इमाम साहब ने उल्टा रमीज़ से ही सवाल किया !

"इमाम साहब अहसन मेरा बेटा है ! मेरी और नरगिस के मोहब्बत की आखिरी निशानी जिसे नरगिस की भाभी ने आप के अब्बा के हवाले किया था !" रमीज़ बेचैन सा होते हुए कहता है !

"आप क्या बात कर रहे हो रमीज़ भाई..? वो अहसन आप का बेटा था ?" इमाम साहब चौंकते हुए पूछते है !

"हाँ मेरा बेटा है वो !" रमीज़ ने कहा !

"माफ़ करियेगा रमीज़ भाई जब वो दस साल का था तभी वो नाराज़ होकर घर छोड़ चला गया था क्यों के मैंने और मेरे अब्बा ने उसे यतीम खाने में डालने की बात कही थी..! हमने उसे बहुत ढूंढा मगर उसका कही भी पता नहीं चला ! मगर रमीज़ भाई आप को कैसे पता चला के वो आप का बेटा है !" इमाम साहब ने पूछा !

इमाम साहब की बातें सुन रमीज़ का दिल दर्द में डूब गया एक जो उम्मीद थी अपने बेटे से मिलने की वो भी खतम हो चुकी होती है !

"इमाम साहब आज आप को मेरे कुछ सवालों का जवाब देना होगा और कुछ बातों का यक़ीन भी करना होगा !" रमीज़ दर्द भरे आवाज़ में कहता है !

हाँ कहिया ना रमीज़ भाई !" इमाम साहब ने कहा !

"ये ख्वाब क्या होते है और हक़ीक़ी ज़िन्दगी से इनका क्या वास्ता होता है ?" रमीज़ ने सवाल करता है !

16

लेटते ही नींद आगयी-16

"देखिए रमीज़ भाई मैं आप को ज्यादा तफसील से तो नही मगर थोड़ा बहुत ऐसे ही बता देता हूँ !" इमाम साहब गला साफ करते हुए कहते है !

"जो भी आप बताना चाहे बता दे इमाम साहब कुछ तो जान पाउँगा !" रमीज़ ने कहा !

"देखो रमीज़ भाई, इंसान की रूह जब नींद की आगोश में जाती है, तो वह एक दूसरी ही दुनिया का सफर करती है। जिसे हम 'ख्वाब' कहते हैं, वह महज़ दिमागी फितूर नहीं, बल्कि उसकी तीन अलग-अलग शक्लें होती हैं।" इमाम साहब ने कहा..!

"मतलब..? मैं समझा नहीं इमाम साहब.!" रमीज ने कहा..!

"मतलब रमीज़ भाई इस्लाम मे ख्वाब की तीन शक्ल बतायी गयी है ! पहली किस्म के ख्वाब को 'मुबश्शिरात' कहते हैं। यह रूह का वह सफर है जहाँ वह अर्श के करीब होती है। इसमें न कोई उलझन होती है, न कोई खौफ। यह तो अल्लाह की तरफ से एक 'बशारत' है—एक ऐसी खुशखबरी जो दिल के सोए हुए चिराग जला देती है।

जब यह ख्वाब आता है, तो इंसान जागने के बाद भी उस नूरानी कैफियत में डूबा रहता है। जैसे किसी ने अंधेरी राह में हाथ पकड़कर मंज़िल की तरफ इशारा कर दिया हो। यह ईमान वालों के लिए एक तोहफा है, एक हिदायत है।

दूसरा शैतानी ख्वाब होता है..! इसकी पहचान बहुत साफ है यह ख्वाब निहायत डरावना, अजीबोगरीब और बेचैन कर देने वाला होता है। इसमें इंसान अक्सर खुद को किसी मुसीबत में घिरा हुआ देखता है, जैसे कोई खौफनाक जानवर उसके पीछे पड़ा हो, वह किसी ऊँची जगह से गिर रहा हो, या उसे कोई चीज़ काट रही हो। जब इंसान ऐसे ख्वाब से जागता है, तो उसका दिल तेज़ धड़क रहा होता है और वह पसीने-पसीने होता है। जागने के बाद भी एक अजीब सी घबराहट और भारीपन महसूस होता है।

तीसरी रमीज़ भाई ख्यालती ख्वाब..! यह हमारे अपने ही ख्यालों और सोच का नतीजा होता है। दिन भर हम जो सोचते हैं या जो उलझनें दिमाग में होती हैं, वही रात को ख्वाब बन जाते हैं। इनका कोई खास मतलब या ताबीर नहीं होती, यह बस दिमाग की एक हलचल

होती है।

इन तीनों के भी कई क़िस्म है रमीज़ भाई अब मैं उतना तफसील से नही बता सकता ! असल में ख्वाब हमारी हक़ीक़ी ज़िन्दगी का एक आईना होते है ! और कभी कभी ख्वाब सच्चे भी होते है या यूँ कहे के आने वाले कल की आगाही देता है हमें !" इमाम साहब ने रमीज़ को समझाते हुए कहा !

"मगर इमाम साहब मेरे ख्वाब तो गुज़रे हुए वक़्त को दिखाते है ! मैं अक्सर ख्वाब में उन वक़्तों को देखता हूँ जो गुज़र चुके है मतलब अपने बचपन से जवानी तक मैंने जो जो किया सब मुझे कई रोज से ख्वाब में आरहे और इन ख्वाबों का सिलसिला यही नहीं रुका इमाम साहब यह तो मुझे वो वाक़्यात भी देखा रहे जिनके बारे में मैं ला इल्म था !" रमीज़ थोड़ा परेशान सा टहलते हुए कहता है !

"रमीज़ भाई आप को आप के माज़ी के ख्वाब क्यों आरहे..? यह तो बस वो मालिक हक़ीक़ी ही जानता है मगर... !" इमाम साहब कहते हुए रुक जाते है !

"मगर क्या इमाम साहब ?" रमीज़ बेचैनी से पूछता है !

"रमीज़ भाई एक बार और आप ने मुझसे अपने ख्वाब का ज़िक्र किया था याद तो होगा ही आप को ?" इमाम साहब ने पूछा !

"हाँ याद है और आप ने उस रोज मेरे सवालों का जवाब सही से दिया भी नहीं था !" रमीज़ ने कहा !

"माज़रत चाहता हूँ उस दिन की अपनी बेरुखी के लिए रमीज़ भाई असल में मैं उस रोज आप की बात सुन कर थोड़ा घबरा सा गया था !" इमाम साहब ने माथे पर आये पसीना पोंछते हुए कहा !

"ऐसी भी क्या बात छुपी है मेरे ख्वाबों के पीछे इमाम साहब के आप घबरा गए थे ?" रमीज़ ने कहा !

"असल में रमीज़ भाई हमारा ऐसा मानना है के इंसानो को उसकी मौत से चालीस दिन पहले आगाही मिलती है और दूसरी यह भी के मरने से पहले उसे गुज़रे हुए वाक़्यात दिखाई देते है आप को भी इस तरह के ख्वाब आरहे थे तो मुझे लगा के शायद आप भी.., इसलिए आप की बातें सुन कर मैं जरा घबरा सा गया था ! हालांकि ऐसी कोई बात नहीं है यह सब सिर्फ सुनी सुनायी बातें है हकीकत तो उसे ही मालूम होगा जिसने सच में मौत को गला लगा लिया हो है ना !" इमाम साहब थोड़ा हँसते हुए कहते है !

"अगर मौत आने वाली है तो उससे डर कैसा इमाम साहब वैसे भी किसी को नही पता उसकी जिंदगी कब उसे अलविदा कह के मौत को गले लगा ले ! मगर इमाम साहब कोई तो गहरी वजह जरूर है मेरे इन ख्वाबों के पीछे वरना मैं यूँही हर उस चीज़ को हर वाक़्यात को ख्वाब में नहीं देख रहा होता !" रमीज़ ने अपनी बात इमाम साहब को समझाते हुए कहा !

"बात तो आप ने बहुत सही कही ! अच्छा रमीज़ भाई यह बताये आप को कैसे पता के अहसन आप का बेटा है ! उसे ख्वाब में देखा है आप ने ?" इमाम साहब ने पूछा !

"हाँ इमाम साहब क्या बताऊँ आप को..? मुझे हर रोज ख्वाब में मेरे गुज़रे वक़्त दिखाये जारहे जिसमें मुझे वो बातें भी पता चली जिनसे मैं बे खबर था , मेरी नरगिस की शादी नही हुई थी उसे तो मार दिया गया था बड़े ही बेरहमी से क्यों के वो बिन बियाही मेरे बच्चे की माँ बनने वाली थी उसकी बड़ी भाभी ने हमारे बच्चे को किसी तरह आप के वालिद साहब को छुपा कर दे दिया था जिससे उसकी जान बच गयी थी !" रमीज़ उदास होकर कहता है !

"अच्छा इसलिए मेरे अब्बा ने आज तक मुझे अहसन के बारे में कुछ नहीं बताया !" इमाम साहब ने चौंकते हुए कहा !

"इमाम साहब अगर आप अहसन को उस रोज यतीम खाने में डालने की बात अपने अब्बा से ना कहते तो शायद आज वो मुझसे मिल पाता और मैं उससे..! इमाम साहब कितना बदनसीब हूँ मैं अपनी मोहब्बत के साथ साथ अपने मोहब्बत की निशानी को भी खो दिया है मैंने !" रमीज़ दर्द भरी आवाज़ में कहता है !

"माफ करदे रमीज़ भाई मुझे नही मालूम था के वो मेरे बातों की वजह से कही चला जायेगा मगर रमीज़ भाई तो क्या आप ने यह वाकया भी अपने ख्वाब में देखा था !" इमाम साहब ने हैरान होते हुए पूछा !

"हाँ कल ही रात में तभी तो मैं ने आज नमाज़ के बाद ही आप से पूछा इस मामले में !" रमीज़ ने जवाब दिया !

"बड़े ही अजीब बात है रमीज़ भाई ऐसा मामला कभी मैंने नही सुना के किसी को इस तरह के ख्वाब आरहे वो भी रोजाना !" इमाम साहब ने हैरत से कहा !

"हम्म..! मैं खुद सवालों में उलझ कर रह गया हूँ इमाम साहब ऐसा लगता है हक़ीक़त से ज्यादा ख़्वाबों में जी रहा हूँ !" रमीज़ ने कहा !

"इन सब के पीछे भी जरूर कोई खास मसला होगा रमीज भाई खैर आप परेशान ना हो एक ना एक दिन हक़ीक़त जरूर मालूम चलेगा आप को! " इमाम साहब ने कहा!

"हाँ मगर ! " रमीज इससे पहले कुछ कहता इमाम साहब कहते है!

" बाकी बातें बाद में होगी बारिश तेज हो रही मैं निकलता हूँ!

इमाम साहब के जाने के बाद रमीज अपनी सोचों में गुम वही बरामदे में बैठ जाता है ! तेज़ हवाओ और बादल की कड़क के साथ तूफानी बारिश शरू हो जाती है जो क़ब्रिस्तान में एक खौफ्फ़ का माहौल बना रहा होता है!

आज उसे कोई भी कब्र खोदने का काम नहीं मिला होता है इसलिए वो आराम से बैठा बारिश को देखते हुए सोचों में गुम हो जाता है ! नक़ाब पोश औरत तेज़ बारिश में भी अपने बेटे के क़ब्र के पास आकर खड़ी होजाती है पहले की तरह आज भी उसके नक़ाब के कपड़े ना भीग रहे होते है और ना ही उनपे किचड़ लग रही होती है! रमीज़ कभी उस औरत की तरफ देखता कभी तेज़ बारिश की बूंदो को आसमान से गिरते हुए देखता तभी उसे अपने गाँव के उस बेरी के पेड़ का ख्याल आता है जहाँ लाइबा जिन जादी रहती थी ! वो जल्दी जल्दी अपने कमरे का काम निपटा कर मस्जिद से इमाम साहब से छाता लेकर उस बेरी के पेड़ की ओर

निकल जाता है!

बादल अपने ही धुन में गरज रहे होते है बारिश भी रफ़्तार पकड़ चुकी होती है सुबह का वक़्त होने के बावजूद बारिश होने के वजह से पुरा गाँव सुंसान पड़ा रहता है !

रमीज़ बेरी के पेड़ के नीचे पहुँच कर चारों तरफ नज़र दौड़ाता है मगर उसे कोई भी दिखाई नहीं दे रहा होता है ! कभी वो पेड़ को तो कभी अपने गावं की तरफ देखता है जहाँ से जुड़ी अनगिनत यादें उसके ज़हन में रश्क़ करने लगती है ! कैसे वो अपने दोस्त असलम के साथ इधर खेला करता था सोचते हुए उसकी आँखे नम सी हो जाती है !

''नाजाने मैं यहाँ क्यों चला आया..? भला सालों पहले मिला था उस जिन ज़ादी से अब वो यहाँ है भी या नहीं मालूम नहीं !'' रमीज़ खुद में बड़बड़ाता हुआ वापस आने के लिए जैसे मुड़ता है उसके छाते के ऊपर बे हिसाब पके हुए बेरी के फल गिरने लगते है तो वो ठहर जाता है !

''आज सालों बाद मोहब्बत ने मेरे दरवाज़े पर कैसे दस्तक दी..? रमीज़ कही और जाना था तुम गलती से इधर तो नहीं आगये..? वैसे मानना पड़ेगा बड़े बड़े ओलमा लोग इधर नहीं आते मगर तुम बिना किसी डर के चले आये !'' रमीज़ के कानों में एक जानी पहचानी नुसवानी आवाज़ पड़ी तो वह मुड़ कर देखता है तो सामने लाइबा जीन जादी पहले की ही तरह हुसन और जवानी में लिपटी उसके सामने खड़ी होती है !

''तुम अब भी मुझे पहचानती हो ? वैसे जो तुम्हे नहीं जानते वो डरे तुमसे भला मैं क्यों डरूँ ?'' रमीज़ ने जवाब दिया !

'' कैसे नहीं पहचानूँगी नजाने कब से इंतज़ार में थी के तुम वापस आओ गे मगर तुम कभी वापस आये ही नहीं नाजाने कहा गायब हो गये थे..? और मेरी भी हदूद बस इस पेड़ तक क़ायम है इस लिए मैं तुमसे मिलने ना आ सकी ! और रही बात डर की तो मैं चाहती भी नहीं के तुम कभी मुझसे डरो !'' लाइबा ने नाराज़ होते हुए कहा !

''मैं तो अपनी नरगिस से जुदा होने के बाद सारी दुनियाँ से तालुकात तोड़ क़ब्रिस्तान की रखवाली करने में लग गया था और आज तक वही कर रहा हूँ !'' रमीज़ ने जवाब दिया !

''हाँ मुझे खबर है सब के तुम कहा रह रहे हो और कैसे हो बस मैं तुमसे मिलने नहीं आ सकती थी इसलिए कभी आयी नहीं और मुझे यह भी खबर है के नरगिस के साथ क्या हुआ और तुम्हारी और नरगिस के बेटे जिसका नाम अहसन था उसके साथ क्या हुआ या वो कहा है सब मैं यहाँ रह कर भी तुम पर और तुमसे जुड़ी हर बात पर खबर रख रही हूँ आज तक क्या करूँ ? हम जिन्नात ऐसे ही होते है एक बार अगर कोई पसंद आजाये तो वो पूरी ज़िन्दगी बन जाता है हमारी !'' जिन जादि लाइबा में कहा !

''जब तुम्हे सब पता है तो जरा यह बता दो के मेरा बेटा अहसन कहा है ? मैं उससे मिलना चाहता हूँ मेरी नरगिस की आखिरी निशानी है वो !'' रमीज़ परेशान होते हुए इल्तिजा करते हुए पूछता है !

''रमीज़ मुझे तो हर रोज आने वाले तुम्हारे ख्वाबों के बारे में भी खबर है अब यह मत पूछना कैसे ? बस कुछ कुवातें ऐसी है हमारे पास जिससे हम पता कर पाते है मगर हाँ मुझे

माफ़ करदेना मैं तुम्हारे बेटे के बारे में तुम्हे कुछ नहीं बता सकती आने वाले ख्वाबों में शायद तुम्हे पता चल जाये के वो कहा है..?" लाइबा जिन जादि ने माज़रत मांगते हुए कहा !

"मैं इसी उम्मीद में तो यहाँ तुम्हारे पास आया था जब तुम मेरी मदद ही नहीं करोगी तो मैं जाता हूँ !" रमीज़ नाराज़ होते हुए कहता है !

"तुम इंसान बिना किसी मतलब के किसी से रिस्ता नहीं रख सकते हो जब मैंने कह दिया के जैसे हर बात तुम्हे ख्वाब से मालूम हुई है वैसे यह बात भी के तुम्हारा बेटा कहा है ख्वाब से शायद मालूम हो जाये..! अब चलो मैं तुम्हे अपनी आज अपनी दुनिया दिखा कर आती हूँ ना जाने कई साल से तुम बिना ख़ुशी और बिना ख्वाहिश वाली ज़िन्दगी जी रहे हो आज मना मत करना वैसे मेरी दुनिया भी किसी ख्वाब से कम नहीं है..! हाँ मगर तुम्हारे ख्वाब की तरह नहीं मेरी दुनिया तुम्हे एक खूबसूरत ख्वाब मालूम होगी !" लाइबा रमीज़ का हाथ थामते हुए कहती है तो रमीज़ अपना हाथ लाइबा के हाथ से छोड़ा लेता है !

"छोड़ो मेरा हाथ मैं कहीं नहीं जाऊंगा तुम्हारे साथ और हाँ बात मतलब की नहीं है जिन जादि बात यह है के जब से मुझे पता चला है के मेरा बेटा भी है मुझे उससे मिलने की ख्वाहिश हो गयी है और हो भी क्यों ना आखिर मेरा अपना खून है वो मेरी तन्हा ज़िन्दगी का वाहिद सहारा उम्मीद !" रमीज़ कहता है !

"हाहा...! तुम इंसान भी ना बहुत जल्द उम्मीद लगा लेते हो किसी से भी रमीज़ खुद को संभालो जैसे आज तक सँभालते आरहे हो अब चलो ज़िद मत करो !" लाइबा जिन जादि रमीज़ का हाथ पकड़ते हुए कहती है और उसका हाथ थामे बेरी के पेड़ के तरफ चल देती है !

"यह तुम मुझे पेड़ पर कहा लेकर जा रही हो !" रमीज़ ने परेशान होते हुए कहा !

"पेड़ पर नहीं पेड़ के अंदर चलो कुछ नहीं होगा !" लाइबा हँसते हुए कहती है !

रमीज़ को डर लग रहा होता है के वो पेड़ से टकरा जायेंगे मगर देखते ही देखते वो कब एक अलग दुनिया में लाइबा के साथ खड़ा होता है उसे मालूम भी नहीं पड़ता है !

17

लेटते ही नींद आगयी-17

''रमीज़ देखो यह है मेरी दुनिया !''लाइबा रमीज़ को हाथों से चारों तरफ देखने का इशारा करते हुए कहती है !

चारों तरफ रंग बिरंगे फूलों से भरे बाग़ फलों से लदे पेड़ ना धुप ना छांव अजीब ओ गरीब शक्लों वाले लोग जिनमे किसी के पेशानी पर एक आँख किसी के बड़े बड़े कान ,कोई हद से ज्यादा लम्बा तो कोई छोटे कद का ! रमीज़ सभी को हैरान होकर देख रहा होता है !

''तुम्हारी दुनियाँ के लोग तो बड़े ही अजीबों गरीब दिख रहे है तो फिर तुम इतनी खूबसूरत कैसे हो ?" रमीज़ ने सवाल किया !

''हाहा..! रमीज़ यह सब अजीबो गरीब नहीं है बल्के इन्हे खुदा ने ऐसा ही बनाया है हम जिन कई तरह के होते है और तुम्हे मेरी दुनिया में हर तरह के जीन देखने को मिलेंगे मैं तुम इंसानो जैसी इसलिए दिखती हूँ के मैं जिनों के उस क़ाबिले से हूँ जो ज्यादातर इंसानो की तरह दिखते है ! खैर यह सब छोड़ो चलो मैं तुम्हे अपने घर लेकर चलती हूँ !'' लाइबा ने कहा !

''फिलहाल तो मैं यह सोच रहा हूँ तुम मुझे यहाँ आखिर लेकर ही क्यों आयी हो..?'' रमीज़ ने लाइबा से चलते हुए कहा !

''तुम्हारा दिल क़ब्रिस्तान में रह रह कर विरान होगया उसे थोड़ी सुकून और रहत पहुँचाना चाहती हूँ ना जाने कब से तुम एक विरान ज़िन्दगी जी रहे हो कुछ पल के लिए ही सही मगर यहाँ तुम्हे ख़ुशी मिलेगी !'' लाइबा ने रमीज़ का हाथ थामे चलते हुए कहा !

''मेरे तक़दीर में हमेशा से तनहा रहना लिखा हुआ था लाइबा जिन जादी इसमें विरानी वाली कोई बात नहीं है जैसी भी हो मेरी ज़िन्दगी मैं खुश हूँ और अगर खुश नहीं भी हूँ तो पुरसुकून हूँ ! मेरे माँ बाप के बाद नरगिस ही मेरे लिए सब कुछ थी जब वो नहीं तो फिर क्यों कर मैं अपनी ज़िन्दगी में रंगीनियाँ भरता..? वो मेरे ज़िन्दगी की पहली और आखिरी मोहब्बत है इसलिए तमाम उमर उसकी यादों के साथ गुज़ार दी है मैंने !'' रमीज़ ने जवाब दिया !

"यह कही नहीं लिखा है रमीज़ के मोहब्बत अगर हासिल ना हो तो पूरी ज़िन्दगी उसके यादों के नाम किया जाये ऐसा भी तो हो सकता है के जिससे आप मोहब्बत करते हो वो अगर ना मिले तो क्यों ना उससे मोहब्बत की जाये जो आप से मोहब्बत करता हो ! तुम्हे पूरा हक़ है अपनी ज़िन्दगी जीने का मैं तो आज भी तुमसे निकाह करने को राज़ी हूँ अगर तुम हाँ कह दो तो !" लाइबा परी एक महल नुमा घर के अंदर रमीज़ को लेकर दाखिल होते हुए कहती है !

"एक तरफा मोहब्बत नहीं था मेरा मैं और नरगिस दोनों ही एक दूसरे से इश्क़ करते थे वो भी सारी हदों से परे ! और हाँ लोग करते होंगे पहली दूसरी मोहब्बत मेरी पहली और आखिरी नरगिस थी और वही रहेगी मेरे मरने तक और अब ना तुम बार बार मुझसे मोहब्बत वाली बात मत करो..! नहीं करता मैं तुमसे मोहब्बत और ना ही मुझे नरगिस के एलावा कोई और क़ुबूल है..! पसंद है मुझे क़ब्रिस्तान की वो विरान ज़िन्दगी जहाँ मैं हर रोज ना जाने कितनो को अपने अपनों को खोते और रिश्तों दफनाते हुए देखता हूँ ! मुझे तो यह भी नहीं पता के जब मैं मरूंगा तो मेरी क़ब्र कौन खोदेगा !" रमीज़ गुस्से में एक साथ सारी बातें लाइबा से कह देता है !

"बस बस रमीज़ इतना गुस्सा नहीं..! अरे बाबा मैं तो बस चाहती थी के तुम ज़िन्दगी में एक बार मेरी दुनिया में मेहमान बन कर आओ इसलिए आज मैं तुम्हे यहाँ लेकर आयी हूँ..! तुम तो खामखा का नाराज़ हो रहे हो ! चलो मैं तुम्हे अपने माँ बाप और परिवार से मिलवाती हूँ !" लाइबा बड़े ही मोहब्बत भरे अंदाज़ में कहती है !

"माफ़ करना मैं ना जाने क्या क्या कह गया !" रमीज़ शर्मिंदा होते हुए कहता है !

"कौन है बेटा यह तुम्हारे साथ !" सामने से एक नूरानी चेहरे वाले बुज़ुर्ग आते हुए कहते है !

"सलाम अब्बा हुज़ूर यह रमीज़ है मेरे बहुत ही ख़ास दोस्त आज सालो बाद यह मुझे मिले है मैं इन्हे अपनी दुनियाँ दिखाने लायी हूँ !" लाइबा ने अदब से झुकते हुए कहा !

"वालेकुम सलाम मेरी बच्ची यह तो अच्छी बात है जाओ इन्हे महल घुमाओ और मुलाज़िमों से कह कर अच्छे अच्छे पकवान बनवा कर खिलाओ इन्हे !" लाइबा के वालिद ने कहा !

"जी अब्बा जरूर चलो रमीज़ घबराओ नहीं !" लाइबा ने रमीज़ को साथ चलने का कहा ! लाइबा रमीज़ को अपने साथ लेकर एक आलीशान कमरे में जाती है जहाँ तरह तरह के पकवान पहले से ही मेज़ पर सजे रखे रहते है लाइबा रमीज़ को बैठ कर खाना शुरू करने का इशारा करती है तो वो बैठ कर खाना शुरू करदेता है !

"तुम्हारे घर का खाना तो काफी लज़ीज़ है मैंने तो आज तक ऐसा खाना नहीं खाया है !"रमीज़ खाना खाते हुए कहता है !

"हाँ तो खाओ ना यह मिठाइयाँ लो , और यह खीर भी खाओ तुम्हे बहुत पसंद है ना !" लाइबा उसे खाना खिलाते हुए कहती है ! खाने सी फारिग होकर लाइबा रमीज़ को अपने साथ लेकर महल के अंदर ही नहर के पास लेकर जाती है ! जहाँ चारों तरफ रंग बिरंगे फूलों से भरा बाग़ होता है जिनकी खुश्बू माहौल को खुशगवार बना रही होती है ! साथ साथ चिड़ियों की

चहचहाट ऐसा मालूम होरहा था मानो वो कोई गीत गुन गुना रही हो !

नहर के ठंडे पानी में अपने पैर डाल रमीज़ मुस्कुराते हुए लाइबा की तरफ देखता है और कहता है !" शुक्रिया लाइबा कई साल बाद आज अच्छे खाना के साथ एक सुकून नसीब हुई है मुझे !

"अच्छा..! थोड़ी दे पहले तो तुम मुझपर नाराज़ हो रहे थे और अब शुक्रिया अदा किया जारहा है दोस्त हूँ तुम्हारी अपना शुक्रिया अपने पास रखो और बस अब ख़ामोशी से इस जादुई दुनियाँ की खूबसूरती ख़ामोशी से महसूस करो !" लाइबा जिन जादि रमीज़ के आँखों को अपने हाथों से बंद करते हुए कहती है !

लाइबा के हाथ रमीज़ के आँखों पर पड़ते ही उसकी आँख लग जाती है ! रमीज़ आँखे मूंदे नहर के पास ही लेटे जाता है और उसे लेटते ही नींद आजाती है और वो नींद की वादियों में सफर करने लगता है !

ख्वाब में रमीज़ खुद को एक ढाबे के सामने खड़ा देखता है ! वो ख्वाब में चल कर उस ढाबे के अंदर जाता है जहाँ उसकी नज़र अपने बेटे अहसन पर पड़ती है जो उस वक़्त लगभग पंद्रह साल का लग रहा होता है ! उदास और मयूश सा एक कोने में पेट पकड़े बैठा होता है !

"बैठा क्यों है नालायक..? ग्राहक आकर बैठे है चल जा जल्दी टेबल साफ कर के उनसे खाने का आर्डर लेकर आ !" ढाबे के मालिक ने अहसन को सर पर मारते हुए कहा !

"उस्ताद रात से कुछ नही खाया है बहुत भूख लगी है पहले कुछ खाने को देदे ! भूख से पेट में दर्द हो रहा है !" अहसन भूख से तड़पता हुआ कहता है !

"पहले जाकर काम कर फिर मिलेगा खाना !" ढाबे के मालिक ने उसे कान से पकड़ते हुए कहा !

रमीज़ को बेहद गुस्सा आरहा होता है यह सब देख कर मगर वो ख्वाब में कुछ भी नही कर सकता है !

तभी वो खुद को बदहाल सा ढाबे के बाहर खड़ा देखता है !

"हाँ भाई क्या चहिये बोलो..?" ढाबे के मालिक ने पूछा !

"हुज़ूर मुझे काम चाहिए दो दिन से कुछ नही खाया है अगर आप काम और थोड़ा खाना देदे तो मेहरबानी होगी आप की..! " रमीज़ खुद को ख्वाब में ढाबे के मालिक से कहता हुआ सुनता है !

"यह ढाबा है कोई लंगर नही जो मैं यहाँ सब को खाना बांटता चलूँ पैसे है पास में तो खालो वरना निकलो यहाँ से ना जाने कहाँ कहाँ से आजाते है !" ढाबे वाले ने गुस्से में रमीज़ को कहा !

"हुज़ूर मैं तो आप से खाना काम के बदले मांग रहा हूँ आप गुस्सा क्यों होरहे हो , एक हफ्ते से बेरोजगार हूँ अन का एक दाना भी दो दिन से नही खाया !" रमीज़ ने कहा !

"कहा ना जा यहाँ से वरना धक्के मार के निकालूंगा !" ढाबे वाले ने रमीज़ को भगाते हुए कहा !

रामीज़ ख्वाब में यह देख कर परेशान हो जाता है के उसके सामने उसका बेटा टेबल पर ढाबे में खाना ग्राहकों को दे रहा था मगर दोनो एक दूसरे से अनजान होते है बस कुछ एक जैसा था दोनो में तो वो थी भूख की शिद्दत जो दोनों ही एक दूसरे की आंखों में देख रहे थे !

तभी ख्वाब में ढाबे के पास तेज़ तूफान शुरू होजाता है पूरा इलाका गरद से भर जाता है फिर रमीज़ खुद को नरगिस के घर के अंदर देखता है जहाँ नरगिस के दोनों बड़े भाई और एक शख्स बैठा होता है !

"पता चला फारूक भाई कहा है वो..? सालों से उसकी तलाश में है हम..!" नरगिस के भाई ने कहा !

"रमज़ान भाई मैं उसे कैसे तलाश करू ! आप ने फोन पर बस यह कहा था के किसी यतीम खाने में उसके बारे में तो आप अपनी बीवी से दरयफ्त क्यों नही करते के उन्होंने उस रात उसे किस के हाथों सौंपा था दूसरी बात आप खामखा का उसके पीछे क्यों पड़े हो..? अब तो वो काफी जवान हो चुका होगा पहचान करना मुश्किल है और मुझे नही लगता उसे तलाश करना सही रहेगा ! " नरगिस के भाई के दोस्त फारूक ने कहा!

"देख फारूक तु दोस्त है इसलिए तुझे हमारे सारे राज़ पता है इसका मतलब यह नही तु हमे अपना मस्वरा देगा !

और मैं अपनी बीवी को कब का मार चुका हूँ ! बीवी मेरी मगर साथ उसने मेरी बहन का दिया था ! कई बार उससे पूछा मैंने के बता दे कहा छुपा कर रखा है उस हराम की पैदाइश को मगर को नरगिस की ऐसी मुरीद थी के कुछ भी बताने को तैयार नहीं थी तो क्या फिर मार दिया उसे पानी में डूबा डूबा कर !'' नरगिस के भाई रामंज़ान ने बड़े ही शान से कहा !

''क्या बात कर रहा है तू भाई..? तूने अपनी बीवी को भी मार दिया मतलब ऐसा भी क्या होगया था ? जो तूने बीवी को मार दिया बहन को मारा चलो मानता हूँ के उसने गुनाह किया था मगर बीवी को मारना मेरे नज़र में सही नहीं है !'' फ़ारूक़ ने नाराज़गी जताते हुए कहा !

''देख फ़ारूक़ मुझे अफ़सोस आज भी है मगर तू जानता है ना मेरा गुस्सा ! जब चढ़ जाये तो कुछ सही-गलत समझ नहीं आता मुझे ! मुझे तो नरगिस को भी मारने का अफ़सोस है मगर इज्जत से बढ़ कर कुछ भी नहीं !'' नरगिस के भाई रमजान ने कहा !

''भाई तू तो बड़ा जालिम निकला भला गुस्सा में अपना पूरा खानदान खतम करदेगा क्या ?'' फ़ारूक़ ने हैरत से कहा !

''शायद हाँ ! क्यों के मेरे लिए सब कुछ मेरी इज्जत है और मेरा नाम है !'' नरगिस के बड़े भाई रमज़ान ने कहा !

रमीज़ चिढ़ कर उन्हें देख रहा होता है ! तभी रमीज़ के सामने वो मंज़र दिखता है जिसमे नरगिस के बड़े भाई अपनी बीवी को बालो से खींचते हुए लाते है और एक बड़े पानी के ड्राम में उठा कर डाल देते है !

''बता कहा छुपा कर रखा है उस बच्चे को..? बता नहीं तो जान से मारदुंगा..?'' नरगिस के भाई अपनी बीवी को बालों से पकड़ कर पानी में डूबा डूबा कर निकलते और फिर वापस

पानी में डालते !

"मुझे माफ़ कर दे मुझे नहीं पता मैं तो उसे मस्जिद के पास रख आयी थी बाकी मुझे नहीं पता वहाँ से उसे किसने उठाया !" नरगिस की बड़ी भाभी पानी से अकबकाते हुए कहती है ! मगर नरगिस के भाई को तो जैसे एक जूनून सा सवार हो चूका था आखिर के पानी में बार बार डुबाये जाने के कारन सांस ना ले पाने की वजह से नरगिस की भाभी ज़िन्दगी को अलविदा कर चुकी होती है ! जब वो मर चुकी होती है तब नरगिस के भाई को होश आता है के उसने गुस्से में अपनी ही बीवी को क़त्ल करदिया है !

यह खौफनाक मंज़र अपने ख्वाब में देख रमीज़ का दिल बेचैन सा होजाता है वो चाह कर भी कुछ नही कर सकता था !

तभी वो फिर से खुद को उसी कमरे में वापस देखता है जहाँ वो कुछ वक़्त पहले ही फ़ारूक़ और नरगिस के भाई को बात करते फिर से सुन रहा होता है !

"रमज़ान रमज़ान भाई पता लगा लिया मैंने !" नरगिस के छोटे भैया कमरे में आते हुए उनके पास आकर बैठते हुए कहते है !

"क्या पता चला बता जरा ?" रमजान ने पूछा !

"उस रोज भाभी ने मस्जिद के इमाम को नरगिस के बेटे को दिया था वो उसी रोज उसे लेकर शहर चले गए थे !" नरगिस के छोटे भैया ने कहा !

"मगर तुझे यह बात कैसे मालूम चली? जरा बता !' नरगिस के भाई रमजान ने हैरान होते हुए पूछा !

"भाभी ने मरते हुए कहा था ना मस्जिद के बाहर उन्होंने उस बच्चे को छोड़ दिया था ! बस वही बात मैंने उस वक़्त मदरसे में रहे रहे बच्चो के सामने राखी के सालों पहले किसी ने मस्जिद के सामने एक बच्चा छोड़ दिया था ना जाने उसका क्या हुआ होगा ?

तभी एक लड़के ने कहा " नहीं वो बच्चा रखा हुआ नहीं उस वक़्त मैं अक्सर रात में पेशाब करने उठता था तो मैंने इमाम साहब को एक औरत से बात करते सुना जो उन्हें एक बच्चे को बचाने की बात कर रही थी ! " नरगिस के छोटे भैया ने खुश होते हुए कहा !

"यह तो बड़ी अच्छी खबर लेकर आया तू छोटे ! चल लग जा तैयारी में !" नरगिस के बड़े भाई रमजान मुस्कुराते हुए कहते है!

रमीज़ यह सब मंज़र देख बेचैन होता है वो ख्वाब में कहता है !" या अल्लाह ना जाने यह लोग क्या करने वाले है मेरे बच्चे के साथ..?

रमीज़ ख्वाब में ही होता है लाइबा उसके सर को अपनी गोद में रख कर उसके बालों में अपनी उँगलियाँ फेरती रहती है और कहती है !" घबराओ नहीं रमीज़ यह सब तुम्हारा जानना बहुत जरुरी है !

18

लेटते ही नींद आगयी-18

ख्वाबों में सफर कर रहा रमीज़ अपनी ज़िन्दगी और खुद से जुड़े लोगों के हर गुज़रे कड़वे हक़ीक़त से रूबरू हो रहा होता है ! उसे ख्वाब में ज्यादा बेचैन देख लाइबा उसे धीरे से आवाज़ देकर उठाने की कोशिश करती है ! "रमीज़ रमीज़ उठ जाओ काफी वक़्त से तुम सो रहे हो !"

मगर रमीज़ इस बार ख्वाबों की दुनियाँ में कुछ ज्यादा ही गहराईयों डूबा होता है ! वो आँखे खोलता ही नहीं है ! लाइबा रमीज़ के चेहरे पर नहर का ठंडा पानी डाल कर उसे किसी तरह नींद से जगाती है ! मगर रमीज़ है के आँखे खोल कर एक बार लाइबा को देखता है फिर वापस आँखे मूंद के नींद की वादियों में कही गुम सा हो जाता है !

रमीज़ इस बार एक अनजाने घर के बाहर खड़ा होता जहाँ उसे घर के अंदर से कुछ लोगों की बात चीत की आवाज़ आरही होती है ! वो आवाज़ की सिम्त जाता है तो एक कमरे में नरगिस के दोनों भाई और इमाम साहब के अब्बा बड़े इमाम साहब होते है जिनसे नरगिस के भाई धमका कर उसके बेटे के बारे में पूछ रहे होते है !

"इमाम बता मेरी बीवी ने जो बच्चा तुझे दिया था वो कहा है वरना जान से मारदुंगा तुझे और तेरे पुरे परिवार को भी!" नरगिस के भाई मस्जिद के इमाम का गिरहबान पकड़े गुस्से में अपने दाँत पिस्ते हुए कहता है !

"मैंने कहा ना मुझे नहीं मालूम वो दस साल का था तब से वो घर छोड़ कर ना जाने कहा चला गया था..! अब जब के इतने साल गुज़र गये है क्यों उस मासूम के पीछे पड़े हो ? अपनी बहन और बीवी को तो क़तल कर चुके हो ! अब भी दिल नही भरा तुम्हारा? जीने दो उस मासूम बच्चे को अपनी ज़िन्दगी वो कौनसा यहाँ तुम्हारे पास तुम्हारी इज्जत गिराने आरहा है ? " मस्जिद के इमाम खुद को नरगिस के भाइयों से छुड़वाते हुए कहते है !

"भाईजान आप जरा पीछे हटो यह बूढ़ा ऐसे नहीं मानेगा मैं अभी इसे जरा समझाता हूँ सब उगल देगा!" कहते हुए नरगिस के छोटे भैया इमाम साहब को थप्पड़ पे थप्पड़ मारने लगते है फिर अपने पैंट के जेब से बंदूक निकाल कर इमाम के पेशानी पर रख देते ! जिससे वो काफी डर जाते है मार खाने की वजह उनके नाक से खून भी बहने लगता है !

"रुको बताता हूँ अहसन शहर में है मगर वो हर महीने के आखिर में वो आम के बागीचे में मुझसे मिलने आता है क्यों की मैंने उसे गांव के अंदर आने के लिए मना किया है इसलिए बाकी वो कौन से शहर में कहाँ रहता है क्या करता है? मुझे कुछ भी नहीं पता खुदा के वास्ते उसे कुछ मत करना वो बेक़सूर है..!" मस्जिद के इमाम ने दर्द से कराहते हुए कहा !

"बुड्ढे झुठ कहता के तुझे नही मालूम..? बता वो किस शहर में रहता है..? और कहा काम करता है बोल बुड्ढे..!" नरगिस के भाई ने मस्जिद के इमाम को मारते हुए कहाँ !

"मैं सच कह रहा हूँ मैं नही जानता वो कहा रहता है ! बदले की आग ने तुम दोनो भाईयों को वहसी बना दिया है जिसकी गलती थी उसे सज़ा मिल चुकी है उसकी औलाद को तो छोड़ दो ! और तुम्हे शर्म नही आती के एक बीमार बुजुर्ग पर तुम दोनो जुल्म कर रहे हो ! " इमाम ने गुस्से में रोते हुए कहा !

"छोड़ दे छोटे इसे फिल्हाल आने दे उस लड़के को आम के बाग़ीचे में वही पर उसका भी काम तमाम करेंगे " नरगिस के बड़े भाई कहते है तो उसके छोटे भाई इमाम साहब को छोड़ देते है और वहाँ से चले जाते है !

"या अल्लाह यह मैंने क्या कर दिया ? मेरी वजह से अहसन की जान अब खतरे में पड़ चुकी है ! या अल्लाह मुझे माफ़ करदेना !" मस्जिद के बड़े इमाम रोते हुए कहते है !

तभी इमाम साहब की तबियत बिगड़ती है और उनको दिल में सदीद दर्द उठता है और दिल का दौरा पड़ने से उनकी मौत हो जाती है!

रमीज ख्वाब में यह सब आँख फाड़े देख रहा होता है और खुद में कहता है ! " या अल्लाह मेरी मोहब्बत इतने लोगों के लिए सज़ा बन गयी थी मुझे मालूम ना था..! काश के पता होता के चंद वक़्त के सुकून के खातिर इतने लोग कुर्बान हो जायेंगे तो मैं बिना निकाह के अपनी नरगिस को कभी हाथ ना लगाता, काश मैं यह गुनाह ना करता ! काश के मैं नरगिस को छोड़ कर नहीं जाता ! सब कुछ खो दिया मैंने !

उसकी सारी बातें लाईबा जिन जादी सुन रही होती है! फिर वो खुद में कहती है! " काश रमीज तुम उस रोज मेरे दिये हुए बेरी के फल तुम ना फेंकते तो आज तुम्हारे पास दौलत के साथ साथ तुमहरा परिवार और तुम्हारी मोहबब्त नरगिस भी होती! "

रमीज ख़्वाब में एक साल आगे आजाता है जहाँ वो उसी आम के पेड़ के नीचे बैठा होता है जहाँ अक्सर वो और नरगिस बैठ कर वक़्त गुजारा करते थे तभी वो नरगिस की रूह को देखता है जो मुस्कुराते हुए उसकी तरफ आ रही होती है!

"नरगिस तुम ! " रमीज नरगिस को देख खड़ा होते हुए कहता है!

"हाँ रमीज मैं , तुम सोच रहे होंगे आज मैं फिर कैसे चली आयी ! " ख़्वाब में नरगिस उसके पास आते हुए कहती है!

"मैं भला ऐसा क्यों सोचूँगा तुम तो मेरी जिंदगी का वो हिस्सा हो जो हर वक़्त मुझसे जुड़ा है! मैंने तुम्हे कभी खुद से अलग समझा ही नही! बस मैं परेशान हूँ यह जान कर के मेरे वजह से ना जाने कितने लोगों ने अपनी जान गवा दिया और वो तुम्हारे भाई आज भी सीना तान

के जीते है!" रमीज कहता है!

"खुदा ने सब गुनाह गारों के लिये इसी दुनिया में सज़ा तय कर रखा है मेरे भाईयों ने इज्जत के नाम पर जितने भी क़तल किये है उनको उसकी सज़ा जरूर मिलेगी तुम खुद को कसूर वार समझना छोड़ दो !

" क्या मैं तुम्हारे हाथों को एक बार थाम सकता हूँ! तुम्हारे वजूद महसूस कर सकता हूँ! " रमीज नम आँखों से नरगिस की तरफ हाथ बढ़ाते हुए कहता है!

"हाँ थाम सकते हो क्यों के यह तुम्हारे ख्वाबों की दुनिया है क्यों के यहाँ मेरी रूह के साथ साथ तुम्हारी रूह भी है खाकी बावजूद का कोई वजूद नही यहाँ ! इसमे तुम मुझे देख सकते हो छु सकते हो मगर तब जब मैं चाहूँ ! " नरगिस रमीज के हाथों को थामते हुए कहा..!

नरगिस का हाथ अपने हाथों में मिलते ही रमीज को एक अलग ही सुकून महसूस हो रहा होता है! रमीज नरगिस के गले लग कर बेतहाशा रोने लगता है! नरगिस की रूह भी उसके साथ रो रही होती है! धड़कने दोनो की खामोश थी भला ख्वाबों की दुनिया में धड़कनो का क्या काम आज बस एहसासों का रिश्ता तड़प रहा होता है !

तभी रमीज को किसी के कदमों की आहट आम के बगीचे में आती हुई सुनायी देती है अगले पल वो देखता है के उसके पास नरगिस नही है वो वहाँ पर अकेला खड़ा है!

वो दूर से किसी शख्स को अंदर आते देखता है उस शख्स का चेहरा रमीज को दिखाई नही देरहा होता है! वो सिर्फ उसके वजूद को देखता है जो किसी नवजवाँ शख्स की लगती है जो अपने कान से फोन लगा कर किसी को कहता है!

"आज इमाम अब्बा से साल भर बाद मिलूँगा मैं बहुत खुश हूँ उन्हे बताऊंगा के मुझे विदेश में नौकरी मिल गयी है और इस बात की माफी माँगूंगा के इतने दिन मैं उनसे मिलने नही आया मुझे पता है वो साल भर से मेरा इंतज़ार कर रहे होंगे और हाँ वैसे उन्हे तुम्हारे बारे में भी तो बताना है के मैं अपनी मोहब्बत से शादी करने वाला हूँ ! आखिर निकाह वही पढ़ायेंगे हमारी और तुम देखना तुम्हारे बारे में सुन कर बहुत खुश हो जायेंगे अच्छा चलो मैं तुम्हे बाद में कॉल करूँगा पहले मैं इमाम अब्बा से मिल कर बातें करलु सारी ! तब तक तुम अपना ख्याल रखना और हाँ मैं जल्द वापस आऊँगा खुदा हाफिज ! "

उस शख्श की बात सुन रमीज को एहसास होजाता है के यह शख्श और कोई नही उसका बेटा अहसन है! मगर रमीज उसके चेहरे को नही देख पाता है ! अहसन बगीचे में बैठ कर इमाम साहब का इंतज़ार करने लगता है! रमीज़ उसके सामने खड़ा उसे पहचानने की कोशिश करता है मगर उसे अहसन का चेहरा साफ़ नज़र नहीं आरहा होता है ! दर्द आँसू एहसासों में समाया हुआ रमीज़ अपने बेटे के वजूद को बार बार छूने की कोशिश कर रहा होता है मगर उसकी कोशिश बेकार होजाती है !

तभी नरगिस के भाई अहसन के समाने आकर अचानक से खड़े होजाते है और कहते है! "तुम्हारा नाम अहसन है "

"जी हाँ मगर आप लोग कौन हो? " अहसन पूछता है!

"तुम्हे इमाम साहब ने अपने घर लेजाने के लिए हमें भेजा है इसलिए तुम हमारे साथ चलो! " नरगिस के भाई ने कहा!

''मगर इमाम अब्बु तो कभी भी मुझे गांव में या अपने घर में आने की इजाजत नहीं देते है फिर आज अचानक क्यों ?'' अहसन सोचते हुए कहता है !

''असल में उनकी तबियत कुछ दिनों से बेहतर नहीं इसलिए वो नहीं आसकते है इसलिए हम तुम्हे लेने आये है !'' नरगिस के भाई ने कहा !

" क्या इमाम अब्बू बीमार है ? जी ठीक है जल्दी चलिये! अहसन बिना सोचे समझे उनके साथ चल देता है!

यह सब देख रमीज ख्वाब में अहसन को आवाज़ देते हुए कहता है !" अहसन बेटा खुदा के वास्ते इनके साथ मत जाना यह तुम्हे भी मार देंगे बेटा रुको मत जाओ ! रमीज़ अहसन को आवाज़ देते हुए अचानक ख्वाबों की दुनियाँ से वापस लाइबा की दुनियाँ में आँख खोलता है और हैरान वो परेशान लाइबा की तरफ देख रहा होता है ! लाइबा उसके बिना कुछ कहे ही सब जान चुकी होती है के उसने क्या क्या देखा है !

19

लेटते ही नींद आगयी-19

"देख लिया जो देखना था ? अब कुछ बोलोगे भी या यूँही हैरान मुझे देखते रहोगे..! मैंने कोई जादू वादु नहीं चलाया है तुमने जो भी ख्वाब देखा वो मुझे भी नहीं मालूम के तुम्हे क्यों कर आरहे है हाँ बस मुझे इल्म है के तुम क्या देख रहे हो !" रमीज़ को परेशान देख लाइबा मुस्कुराती हुई उससे कहती है !

"मेरी परेशानी पर तुम्हें मज़ाक सूझ रहा है तुम्हे पता भी है नरगिस के भाइयों ने हर उस शख्श को मार डाला जो नरगिस और मेरे मामले से जुड़ा था फिर उन्होंने मुझे क्यों नहीं मारा ? मैं तो कई साल से यहाँ हूँ ! आखिर इसमें गलती मेरी भी थी अकेली नरगिस की नहीं , सारे बेक़सूर लोग मारे गये क्या नरगिस के भाइयों को इसकी सजा नहीं मिलेगी ? और इस बार तो ख्वाब में उन्हे मेरा बेटा भी मिल गया अल्लाह जाने मेरे बेटे के साथ उन्होंने क्या किया होगा ? मैं तो अहसन का चेहरा देख भी नहीं पाया ! " रमीज़ लाइबा जिन जादि पर गुस्सा होते हुए कहता है !

"रमीज़ नाराज़ नहीं होते मैं तुम पर हँस नहीं रही वह तो मेरी फितरत ही ऐसी है तुम्हे देख कर चेहरे पर उदासी कही गायब सी होजाती है !" लाइबा मोहब्बत से रमीज़ को देखते हुए कहती है !

रमीज़ मायुश लाइबा के दुनियाँ में फैली रंगीनियाँ देख रहा होता है ! मगर यह सारी रंगीनियाँ उसे बेमायने और बेकार लग रहे होते है ! उसकी आँखे आँसुओ से डबडबा सी जाती है और चेहरे की मायुशि उसका दर्द बयान कर रहे होते है !

रमीज़ को ग़मगीन देख लाईबा ने रमीज का हाथ अपने हाथों में थामते हुए कहा ! "हर एक को सजा मिलेगी जिसने भी गलत किया है! मैं हूँ ना तुम परेशान क्यों होते हो ? काश के तुम बहुत पहले मेरे पास आजाते तो बहुत लोग ज़िंदा होते आज खैर जो हुआ सो हुआ ! तुम परेशान मत हो तुमने जो देखा वो गुजरा हुआ कल था और जो बातें और वाक़ियात् गुज़र चुकी उसपर दुःख वा अफसोस क्या करना..! अब यह सब छोड़ो चलो मैं तुम्हे अपनी दुनिया घुमाती हूँ पता नही फिर कब तुमसे मुलाक़ात हो! "

"नही नही मुझे कूछ नही देखना जाने दो मुझे काफी वक़्त से मैं यहाँ हूँ! और रही बात मेरे नरगिस और उन मासूम लोगों के क़त्ल का बदला लेने की तो मैंने अपना मामला अल्लाह पर छोड़ दिया है वही उनसे अपने हिसाब से बदला लेगा ! तुम परेशान ना हो और खुद को गुनाह गार मत बनाओ !" रमीज लाईबा के हाथ से अपना हाथ छोड़ाते हुए कहता है!

" हाय तुम्हारी इस अदा पर मैं क़ुर्बान हो जाऊँ ! और ये जाने की क्या रट लगा रखी है थोड़ी देर और ठहर जाओ फिर चले जाना ! लाइबा मोहब्बत भरे लहज़े में कहती है !

''नहीं .. मैंने कहा ना तुम्हे मुझे जाने दो !'' रमीज़ थोड़ा नाराज़ होते हुए कहता है !

''अच्छा ठीक है चले जाना मगर जाते हुए मेरा एक काम करते जाओ अगर तुम्हे सही लगे तो! " लाईबा ने हिचकिचाते हुए कहा!

"अच्छा ठीक है बताओ कैसा काम? ''"रमीज़ उदास लहजे में कहता है !

''हाँ तो सुनो मैं जिस पेड़ पर रहती हूँ उसके चारों तरफ एक आलिम ने चार तावीज़ ज़मीन में दबा दिए है ताके मैं यहाँ से आगे या तुम्हारी दुनियाँ में ना जा सकूँ अगर तुम वो सारे तावीज़ निकाल दो तो मैं आज़ाद होजाऊंगी !'' लाइबा ने रमीज़ को समझाते हुए कहा !

''अगर किसी अलीम ने तुम्हे हिसार बांध कर क़ैद या तुम्हारे हदूद सिमित किये तो फिर मैं क्यों तुम्हे आज़ाद करूँ ? क्या पता तुम किसी को नुक्सान पहुंचा दो..? '' रमीज़ सोचते हुए कहता है !

''नहीं..! नहीं..! ऐसा नहीं है रमीज़ मैंने या मेरे दुनिया के किसी भी जीन ने किसी भी इंसान को नुक्सान नहीं पहुँचाया है ना पहुंचायेंगे ! असल में हम नेक जिन में से है हमारी दुनिया के जायदातर जिन बस रब की इबादत में मशगूल रहते है !'' लाइबा ने समझाते हुए कहा !

''तो फिर उस आलिम ने तुम्हारी हदे महदूद क्यों की ?'' रमीज़ लाइबा से पूछता है !

''एक गुनाह हो गया था मुझसे !'' लाइबा मुख़्तसर सा कहती है !

''गुनाह कैसा गुनाह लाइबा !'' रमीज़ पूछा !

''माशाअल्लाह रमीज़ तुमने आज शायद पहली बार इतने प्यार से मेरा नाम अपनी ज़ुबां से लिया !'' लाइबा मुस्कुराते हुए कहती है !

''इसमें इतना ताज्जुब की क्या बात है ?'' रमीज़ ने कहा !

''अपनी मोहब्बत के मुँह से अपना नाम सुनना अपने आप में ख़ुशी की बात होती है ! खैर छोड़ो तुम नहीं समझोगे !'' लाइबा ने कहा !

''हाँ मैं कैसे समझूंगा भला.., खैर यह तो बता दो के आखिर उस आलिम ने जो भी किया क्यों किया ? आखिर कौनसा गुनाह हुआ था तुमसे ?'' रमीज़ दोबारा पूछता है !

''रमीज़ उस गुनाह का नाम मोहब्बत है ! मुझे आज से कई साल पहले जब तुम इस दुनियाँ में आये भी नहीं थे तब मुझे एक आलिम के बेटे से मोहब्बत होगयी थी तो मैंने उससे अपने मोहब्बत का इज़हार करदिया था किसी किस्म का कोई नुक्सान नहीं पहुँचाया था फिर भी उन्दोनो बाप बेटे ने ही मुझे चालाकी से क़ैद करदिया ..! तब से मैंने भी उस आलिम के बेटे का ख्याल दिमाग से निकाल दिया था फिर एक रोज कई साल बाद मुझे तुम मिले और दोबारा

मुझसे तुमसे मोहब्बत हो गयी इससे पहले के मैं तुमसे मदद लेती तुम भी गायब होगये !" लाइबा उदास लहज़े में रमीज़ को सारी बातें बताती है !

"तुम्हे मोहब्बत के लायक अपनी दुनियाँ में कोई नहीं मिला क्या ? जो तुम इंसानो के पीछे पड़ी हो !" रमीज़ कहता है तो लाइबा चिढ़ सी जाती है !

"जनाब मोहब्बत पर किसी का जोर नहीं यह आप को कब किस्से हो जाये कोई नहीं जनता और वैसे भी हमें इंसान बहुत पसंद आते है !" लाइबा ने जवाब दिया !

"सही कहा तुमने मोहब्बत पर किसका जोर है यह कभी भी किसी से हो सकता है जिसे किसी से सच्ची मोहब्बत हो जाये फिर वो शख्श किसी और को अपनी ज़िन्दगी में शामिल नहीं कर पाता है वो तो सिर्फ उस एक शख्श का होकर रह जाता है हमेशा हमेशा के लिए !!" रमीज़ थोड़ा उदास लहजे में कहता है !

"नरगिस भले ही इस दुनियाँ में नहीं मगर वो खुशनसीब है के उसे तुम्हारे तरह कोई मोहब्बत करने वाला मिला जो आज भी उसके जाने के बाद सिर्फ उससे मोहब्बत करता है बाकी दुनियाँ की खूबसूरती तुम्हे दिखती ही नहीं !" लाइबा ने धीमे लहज़े में कहा !

रमीज़ नहर किनारे बैठ आँख मूंद नरगिस को याद करने लगता है ! लाइबा खड़े रमीज़ को मोहब्बत से देख रही होती है उस जादुई दुनियाँ में अलग सा सुकून और मोहब्बत से भरा माहौल बन सा जाता है !

रमीज़ अपने आँखों के किनारे साफ़ करते हुए खड़ा होता है और कहता है ! "चलो मुझे बताओ कहा है तावीज़ मैं निकाल देता हूँ मुझे क़ब्रिस्तान भी जाना है !

"ठीक है चलो मैं तुम्हे लेकर चलती हूँ !" लाइबा रमीज़ का हाथ पकड़ते हुए कहती है रमीज़ भी उसका हाथ थामे बेरी के पेड़ के बाहर आजाता है !

लाइबा उसे इशारे से वो सभी जगहे बता देती है जहाँ तावीज़ दबी होती है !

"मैं कुदाल लेकर आता हूँ क़ब्रिस्तान से !' रमीज़ कहता है !

" अरे नहीं तुम्हे कही जाने की जरुरत नहीं है यह लो मेरे पास भी है !" लाइबा रमीज़ को कुदाल और बाकी औज़ार थमाते हुए कहती है !

काफी देर खुदाई के बाद रमीज़ वो चारों तावीज़ निकाल लेता है जो काँच के बोतलों में भर कर ज़मीन के काफी अंदर दबी हुई थी ! और अब लाइबा आज़ाद होती है !

अब तुम आज़ाद हो और अब मुझे इजाजत दो मैं चलता हूँ !" रमीज़ कहता हुआ जाने लगता है !

लाइबा खामोश उदास उसे जाते हुए देख रही होती है तभी उसे ख्याल आता है के अब वो आज़ाद है तो वो फ़ौरन रमीज़ के पास जाती है और उसके गले लग जाती है और धीमे से उसके कानों में कहती है शुक्रिया मेरी पाक मोहब्बत तुम हमेशा याद रहोगे मुझे और मेरे लब हमेशा तुम्हारे हक़ में दुआ मांगेंगे खुदा हाफिज !

कहते हुए लाइबा गायब हो जाती है और रमीज़ क़ब्रिस्तान की ओर चल देता है !

"अरे रमीज़ भाई कहा गायब हो गए थे आप सुबह से ना ज़ोहर के नमाज़ में थे आप ना असर के सब खैरयत तो ?" रमीज़ को मस्जिद में आता देख इमाम साहब ने कहा !

"माफ़ी चाहता हूँ इमाम साहब मैं आप का छाता लेकर जरा गावं की तरफ किसी से मिलने चला गया था यह लिजिए आप का छाता मैं वज़ू कर के आता हूँ नमाज़ के लिए !" रमीज़ माजरत करते हुए कहता है और इमाम साहब का छाता उनके पास रख वज़ू के लिए चला जाता है !

रात का अंधेरा चारों ओर फैलने लगता है बारिश अपने रफ़्तार से धीमी धीमी बरस रही होती है हवायें भी शोर मचाती हुई चल रही होती है ! रमीज़ हाथ में लालटेन लिये क़ब्रिस्तान के दोनों तरफ के दरवाज़े को बंद कर अपने कमरे में जाकर चारपाई पर लेट जाता है ! ठंडी हवायें उसे एक अलग सा सुकून बख्शती है और वो नींद की आगोश में चला जाता है !

सुबह दरवाज़े पर तेज़ दस्तक से रमीज़ की आँख खुलती है ! आज काफी दिन बाद वो सुबह को बिना किसी ख्वाब के देखे जगा होता है !

"आरहा हूँ भाई क्यों इस तरह दरवाज़ा बजा रहे हो !" रमीज़ कहते हुए दरवाज़ा खोलता है !

"जी अस्सलामो अलैकुम मेरे अब्बा और चाचा का इन्तेक़ाल हो गया है उनकी क़बरे खोदनी है आज दस बजे दिन में उनको सुपुर्दे खाक किया जायेगा इसलिए आप जल्द से जल्द क़बरे तैयार करदे !" सामने खड़े दोनों लड़को में से एक लड़का परेशान होते हुए कहता है !

"ठीक है मैं वक़्त पर तैयार करदूंगा अभी वक़्त है पहले मैं फज़र की नमाज़ अदा कर आऊं !" रमीज़ कहता तो लड़के रमीज़ को नाम और क़बर के लम्बाई बता कर वापस चले जाते है !

"अस्सलामों अलैकुम रमीज़ भाई मैं आप का ही इंतज़ार कर रहा था एक जरुरी खबर देनी थी आप को !" रमीज़ को मस्जिद में आता देख इमाम साहब कहते है !

"वालेकुम अस्सलाम इमाम साहब ऐसी कौनसी बात है इमाम साहब सब खैरयत तो !" रमीज़ इमाम साहब के क़रीब बैठते हुए कहता है !

"असल में बात यह है के कल रात में मुझे दो लड़के बुलाने आये के और कहा के अचानक से उनके वालिद की तबियत खराब होगयी है वो अजीब अजीब हरकतें कर रहे ऐसा जैसे मालूम हो उनपर किसी का साया हो और वो खुद को नुकसान पहुँचाने की कोशिश कर रहे थे ! उनकी बात सुन मैं उनके साथ चल दिया जब उनके घर पहुंचा तो देखा वो और कोई नहीं आप की मोहब्बत नरगिस के दोनों भाई थे जो हाथों में ब्लेड लिए जगह जगह से खुद को ही काट रहे थे उनकी बीवियां और बच्चे उन्हें रोकते तो येह दोनों उन्हें भी ब्लेड से काट देते , किसी का हाथ तो किसी के पीठ पर ब्लेड से काट दिये इन्होने सब के सब लहू लुहान दिख रहे थे एक पल को तो मेरी भी जान हलक में अटक गयी के कही यह मुझपर ब्लेड ना चला दे !" इमाम साहब ने कहा !

"क्या बात कर रहे हो आप ? नरगिस के भाई ? खुद को मार रहे थे !" रमीज़ हैरान होते हुए कहता है !

"हाँ रमीज़ भाई मैंने दुवाये पढ़ पढ़ कर उनपर दम किया मगर कोई फायदा नहीं हुआ क़यामत सा मंज़र तो तब पेश आया रमीज़ भाई जब दोनों भाई मेरे और अपने पुरे परिवार के सामने एक दूसरे का गला ब्लेड से काट देते है और मेरे ही आँखों के सामने ही ढेर होगये !" इमाम साहब अपने पेशानी पर पड़ रहे पसीने को पोछते हुए कहते है !

" अल्लाह खैर करे , इमाम साहब इसका मतलब सुबह में जो दो लड़के क़बर खोदने के लिए कह कर गये वो इन्ही दोनों भाइयों की क़बर है अल्लाह उनके गुनाहों को माफ़ करे !" रमीज़ एक ठंडी साँस भरते हुए कहता है !

"हाँ रमीज़ भाई वैसे भी उन्होंने जो भी किया उसका अंजाम यही होना था खैर चलिये अब फज़र की नमाज़ अदा कर लेते है !" इमाम साहब कहते है !

फज़र की नमाज़ पढ़ रमीज़ क़ब्रिस्तान की तरफ चल देते है नरगिस के भाइयों की क़बर तैयार करने ! तभी उसे सामने से आती हुई वही नक़ाब पोश औरत दिखती है !

20

लेटते ही नींद आगयी-20

सुबह की रौशनी चारों ओर फ़ैल चुकी होती है रमीज़ हलकी हलकी हो रही बारिश में क़बर खोदने में लगा होता है तभी उसके सामने वही नक़ाब पोश खातून आकर खड़ी होजाती है !

"जी आज आप सुबह सुबह इधर अक्सर आप रात में क़ब्रिस्तान आया करती थी ना !" नक़ाब पोश खातून को देख रमीज़ कहता है !

"मैं हर वक़्त इधर ही रहती हूँ बस आप देख नहीं पाते हो वैसे मैं आप के लिए खाना लेकर आयी हूँ कल रात से आप ने कुछ नहीं खाया है इसलिए मैं आप के लिए खाना लेकर आयी हूँ वक़्त निकाल कर खा लेना !" नक़ाब पोश औरत रमीज़ के सामने खाने से भरा टिफ़िन रख देती है ! इससे पहले रमीज़ कुछ कहता वो औरत वहा से चली जाती है !

"ताज्जुब की बात है इस खातून को हमेशा कैसे खबर होजाती है के मैं भूखा हूँ और इस खातून की बातें बड़ी पुर इसरार होती है जो हमेशा सोचने पर मजबूर करदेती है खैर जो भी हो नेक मालूम होती है अब अल्लाह ही बेहतर जाने सब की हकीकत , मुझ अदना से बन्दे की क्या औक़ात जो उसकी मस्लेहतों को समझूँ !" रमीज़ खुद में बड़बड़ाता हुआ क़बर तैयार करता है !

अपने काम को अन्जाम देकर रमीज़ हाथ मुँह धो कर खाना खाने बैठ जाता है ! खाने का स्वाद उसे कुछ जाना पहचाना लगता है मगर वो उस पर उतना ध्यान नहीं देता है और ख़ामोशी से खाना खा कर वापस अपने काम पर लग जाता है उसकी नज़र नक़ाब पोश औरत पर पड़ती है जो अपने बेटे के क़बर के पास खामोश बैठी होती है रमीज़ आज उसके तरफ ध्यान ना देकर अपने काम में मगन होजाता है ! आज उसका दिल कहीं ना कहीं सुकून में होता है के उसके नरगिस के क़ातिलों का अन्जाम बुरा हुआ !

ज़ोहर का वक़्त हो चूका होता है नरगिस के दोनों भाइयों का जनाज़ा उनके बेटे और कुछ लोग लेकर क़ब्रिस्तान के अंदर जैसे दाखिल होते है अचानक काले बादल पुरे आसमान पर छा जाते है ! काले बादलों की वजह से दोपहर का वक़्त भी शाम की तरह मालूम हो रहा होता है ! तेज़ तूफ़ान के साथ बारिश शुरू होजाती है , बिजली की कड़क और चमक माहौल को

खौफनाक बना रही होती है सभी नमाज़ के लिए बनी जगह पर जल्दी पहुँच कर सहमे खड़े हो जाते है !

जनाज़े को रख लोग इमाम साहब का इंतज़ार करने लगते है, थोड़ी देर बाद ही इमाम साहब छाता लिये अपनी लुंगी संभाले क़ब्रिस्तान में दाखिल होते है, तेज चलती हवायें लगातार उनके उनके छाता को अपने साथ उड़ा ले जाने की कोशिश करती है आखिर कार क़ब्रिस्तान में पूरी तरह अंदर आते आते उनके हाथ से छाता छुट कर उड़ जाता है ! इमाम साहब खुद को बारिश में भींगने से बचाने के लिए दौड़ लगा देते है!

इमाम साहब को इस तरह दौड़ते देख कुछ लड़को और रमीज की हँसी निकल जाती है ! मगर फिर वो सभी हालात को समझते हुए खामोश होजाते है !

"रमीज भाई आप भी इन बच्चों के साथ बच्चा बन रहे वैसे ऐसे माहौल में हंसते नही है गलत बात है! " इमाम साहब अपने कपड़े ठीक करते हुए कहते है!

"अब क्या कहूँ इमाम साहब जिस तरह आप की छतरी उड़ी और आप अपनी लुंगी संभालते हुए इधर दौड़े बड़ा मज़ेदार लग रहा था खैर आप को बुरा लगा तो माफ कर देना आप! " रमीज हल्का सा हँसता हुआ कहता है!

"ठीक है कोई बात नही रमीज भाई जरा यह बारिश रुक जाये तब कुछ किया जाये! " इमाम साहब कहते हुए ! मुनासिब जगह देख कर बैठ जाते है रमीज भी उनके क़रीब जाकर बैठ जाता है तभी उसकी नजर क़ब्रिस्तान में बारिश के पानी के मजे लेते हुई लाईबा जिन्जादी पर पड़ती है जो रमीज को इशारों में मुस्कुराते हुए समझाती है के नरगिस के भाइयों का बूरा अंजाम उसी ने किया फिर पल भर में गायब होजाती है !

"मगर लाइबा तुम ने यह सब क्यों किया ?" रमीज़ धीरे से कहता है फिर खामोश नज़रों को ज़मीन पर टिका देता है !

"रमीज भाई क्या हुआ आप अचानक से खामोश क्यों होगये? "रमीज को खामोश देख इमाम साहब ने पूछा!

" कुछ नही इमाम साहब बस सोच रहा हूँ के क्या इंसान मरने के बाद इस दुनियाँ में वापस आता है मतलब रूह के शकल में या दूसरा जनम लेकर? क्या हमारे मजहब में भी दूसरा जनम होता है जैसे गैर मुस्लिम के मजहब में होता है अगर होता तो मैं अपनी नरगिस के साथ एक जन्म पुरा जीना चाहता हूँ ! जानते है इमाम साहब मेरा इन क़ातिलों का क़बर बनाने का मन बिलकुल भी नहीं था मगर क्या करता..? अल्लाह को नाराज़ नहीं कर सकता हूँ मेरा जो काम है वो तो करना ही है अब आप भी इनके जनाज़े की नमाज़ पढ़ा दे ! "रमीज कहता है !

" रमीज भाई मैं आप के दर्द और गुस्से को समझता हूँ मगर अब यह दोनों अपने अंजाम को पहुँच चुके है इसलिए अब सब अल्लाह के हवाले है ! और जिस तरह यह तूफानी बारिश जारी है मुझे नही लगता हम वक़्त पर इन दोनो भाई की तद फीन कर पायेंगे थोड़ा वक़्त इंतज़ार कर लेते है !"इमाम साहब ने मौसम का जायजा लेते हुए कहा !

"बात तो आप की दुरुस्त है हम इंतज़ार कर लेते है !" रमीज़ ने कहा !

"हाँ तो आप क्या पूछ रहे थे..? के क्या हमारे मजहब इस्लाम में भी दूसरे मजहब की तरह दूसरा या सत्वा जन्म होता है के नही? आप अपनी नरगिस के साथ एक पूरी जिंदगी गुजारने की खवाहिश रखते है?"इमाम साहब ने कहा!

" जी हाँ इमाम साहब यही है मेरी खवाहिश ! बताये क्या यह मुमकिन है क्या अल्लाह पाक हमे दूसरा मौका देगा? "रमीज कहता है!

" देखीये रमीज भाई कौन सी बात सही है गलत मैं उतना तफ़्सील से बयान नहीं करूँगा मगर थोड़ा बहुत अपने मालूमात् से बता सकता हूँ और मैं अल्लाह रब्बुल इज्जत से दुआ करूँगा के आखरत में आप दोनों को एक दूसरे का साथ नसीब करे !" इमाम साहब ने जवाब दिया!

"आप को मेरी इजाजत की जरुरत क्यों है ? जब तक यह तूफानी बारिश जारी है तदफीन तो होगी नहीं तो आप कहना शुरू करे बारिश कम होते ही नमाज़ पढ़ा दिजिएगा !" रमीज़ ने कहा !

"हम्म तब ठीक है हाँ तो रमीज़ भाई जैसा के आप ने पूछा के क्या हम इंसान मरने के बाद दूसरा जन्म लेकर इस दुनियाँ में वापस आयेंगे या नहीं तो पहले मैं आप को बता दूँ जी नहीं मौत के बाद जिस्म के खत्म हो जाने के बाद हम दोबारा मादि जिस्म में जन्म नहीं लेते मगर हाँ साथ जन्म हमारे भी होते है वो कैसे जरा गौर से सुनियेगा !"' इमाम साहब ने गला साफ़ करते हुए कहा !

"जी कहिये इमाम साहब !" रमीज़ ध्यान लगाते हुए कहता है !

"अल्लाह ने सब से पहले अपने प्यारा हबीब " मोहम्मद मुस्तफा सल्लल्लाहु अलैहि वसल्लम " का नूर पैदा किया फिर अल्लाह ने हुज़ूर मोहम्मद मुस्तफा सल्लल्लाहु अलैहि वसल्लम के सदके पूरी क़ायनात बनायी जिसमे दुनियाँ , चाँद , सूरज ,तारे वगैरा हर एक चीज़ बनायी , फिर अल्लाह ने आलम ऐ अरवाह में कई सारी रूहों को पैदा किया !

आलमऐ अरवाह ऐसा आलम जहाँ तमाम रूहों को पैदा किया गया ! रमीज़ भाई मैं आप को बता दूँ के आलमऐ अरवाह इंसानो का पहला जनम मान सकते हो आप जहाँ " हज़रत आदम अलैहिस्सलाम "(हज़रत आदम अलैहिस्सलाम को अबुलबशर यानि सब इन्सानों का बाप कहा जाता है। दुनिया में जितने भी इन्सान शुरू से आख़िर तक आ चुके हैं या आयेंगे सब हज़रत आदम अलैहिस्सलाम की ही औलाद हैं) से लेकर क़यामत क़ायम होने तक दुनियाँ में जितने भी इंसान आये और जायेंगे उन सब की भी रूहे मौजूद थी ! आलमऐ अरवाह में हम सभी इंसानो की रूह मौजूद थी मेरी रमीज़ भाई आप की हम सब इंसानो की एक रूह की शकल में थे!" रमीज़ और बाकी सभी लोग ध्यान से इमाम साहब की बातें सुन रहे होते है ! तभी आसमान में तेज़ आवाज़ के साथ बिजली चमकती है सारे लोग बिजली के कड़क की आवाज़ से थोड़ा सहम से जाते है और इमाम साहब कहते हुए थोड़ा रुक जाते है !

" आगे इमाम साहब !" रमीज़ कहता है !

''तो रमीज़ भाई पहला जनम हमारा एक रूह की शक्ल में हुआ ! दूसरा ''अल्लाह रब्बुल इज्जत '' ने हम सभी इंसानो की रूह को ''आदम अलैहिस्सलाम'' की पुस्त यानी पीठ पर डाल दिया ! ''आदम अलैहिस्सलाम'' की पुस्त से होते हुए हम अपने बाप दादाओ की पुस्त तक पहुँचे इस तरह रूहे कई हज़ार साल तक सफर करते रहती है जब तक उनका हक़ीक़ी दुनिया में आने का वक़्त नहीं होता ! फिर बाप - दादाओ की पुस्त से होते हुए हम सब अपनी माँ के कोख में डाले गये फिर वहाँ पर रूह का नौं महीना का सफर होता जिसे आप तीसरा जनम कह सकते हो जिसके बाद रूह आलम ऐ इंसान में पैदा हो जाती है जिसे आप चौथा जन्म कह सकते हो ! यानी रमीज़ भाई अभी जो ज़िन्दगी हम जी रहे है वो एक तरह से हमारा चौथा जनम होता है ! रमीज़ भाई आलम _ ऐ _ इंसान में रूह के इम्तिहान की घड़ी होती है इंसान के ज़िन्दगी का पूरा वक़्त जो होता है साठ , सत्तर , अस्सी , सौ साल की जो ज़िन्दगी होती है यह पूरी इम्तिहान की घड़ी होती है जिसका सिला या यूँ कहा जाये अच्छे बुरे काम का रिजल्ट आख़िरत में मिलता है ! एक उम्र के बाद इंसान की मौत हो जाती है या उस रूह का इंतेक़ाल हो जाता है इंतक़ाल का मतलब होता है मुंतक़िल होना यानी ट्रांसफर होना यानी एक जगह से दूसरी जगह चले जाना ! मौत इंसानी जिस्म की होती है! जिस्म बिना रूह के ना चल सकती है ना खा सकती है ना पी सकती है और ना ही बात कर सकती है जिस्म फानी है जो एक खतम होने वाली चीज़ है जो रूह के बिना कुछ नहीं होता है इसलिए जिस्म की मौत और रूह ना खत्म होने वाली चीज़ है इसलिए इसको इंतेक़ाल कहा जायेगा !

अब रमीज़ भाई जिस्म के मर जाने के बाद रूह ट्रान्सफर होकर आलम ऐ बरजख में चली जाती है जिसे आप पाँचवा जनम कह सकते हो ! आलम ऐ बरजख एक ऐसी दुनिया है जो हमें क़बर लगती है ! मगर , मिटटी में दफ़न करने को ही क़बर नहीं कहते है जैसे के जो लोग नदी में डूब कर मर जाते है ओर उनकी मैय्यत नहीं मिलती तो नदी उनके लिए क़बर हुई , या किसी को जंगली जानवर ने खा लिया तो उस जानवर का पेट उसके लिए क़बर , या कोई किसी हादसे में मर गया जिससे उसका जिस्म नहीं मिला वो जगह उसके लिए क़बर हुई !

इंसान के इंतेक़ाल के बाद उसकी रूह आलम ऐ बरजख में चली जाती है ! जिस्म यही दुनियाँ में वापस मिटटी में मिल जाता है! और बरजख मतलब परदा होता है यानी दुनिया से भी परदा और आख़िरत से भी परदा ! दुनिया और आख़िरत के दरमियान की ज़िन्दगी को आलम ऐ बरजख कहते है ! और रमीज़ भाई आलम ऐ बरजख तीन किस्म की है ! पहली किस्म उन इंसानो के लिए है जिन्होंने अपनी ज़िन्दगी में बहुत अच्छे और नेक काम किये मसलन वो सारे काम जिससे अल्लाह राज़ी हो ऐसे लोगों के लिए आलम _ ऐ बरजख बहुत बहतर दुनियाँ है और दूसरा किस्म उनलोगों के लिए जो बदकार होंगे , अल्लाह के नाफरमान ,जिन्होंने अपनी ज़िन्दगी में कई गलत काम किये होंगे उनके लिए बरजख में काल कोठरियाँ होंगी वहाँ पर उन्हें सज़ा मिल रही होगी तीसरा किस्म में ऐसे लोग होंगे जो जितना गुनाह किये होंगे उसके बराबर नेक काम भी किये होंगे तो ऐसे लोगो के लिए ना कोई सजा होगी और ना ही किसी किस्म की आसाइश आराम होगा वो बस वहाँ एक आम ज़िन्दगी गुज़रेंगे

! आलम ऐ बरजख में लोग एक लम्बे मुद्दत तक इंतज़ार करेंगे रोज ऐ महसर (हिसाब किताब वाला दिन) का ! यह दुनियाँ जब तक चलती रहेगी लोगों की रूह आलम ऐ बरजख में आकर जमा होते रहेंगे ! उसके बाद रमीज़ भाई कयामत क़ायम होने के बाद सब को आलम ऐ _ महसर में जमा किया जायेगा अपने अपने नामऐ अमाल के साथ जिसे रमीज़ भाई आप छठा जनम समझ सकते हो ! रोजऐ महसर में रमीज़ भाई नफ्सा-नफ़्सी का आलम होगा हर इंसान अपने अमाल के हिसाब से पसीने में डूबा होगा सभी का हिसाब किताब होगा उसके बाद उनको उनके अच्छे बुरे अमाल के हिसाब से जन्नत या जहनम मिलेगी तो रमीज़ भाई जन्नत या जहनम को आप सातवाँ जनम कह सकते है यानी आखिरी मंज़िल , इस तरह

पहली आलम-ए-अरवाह – यह रूहों की दुनिया है, जहाँ अल्लाह ने इंसानों की रूहों को पैदा किया और दुनिया में भेजने से पहले उन्हें रखा।

दूसरी बाप की पुस्त.., तीसरी आलम-ए-रहम – यह माँ के पेट की दुनिया है, जहाँ इंसान की रूह को जिस्म मिलता है और वह जन्म लेने तक रहता है।

चौथी आलम-ए-इंसान (दुनिया) – यह वह दुनिया है जहाँ इंसान पैदा होकर अपनी जिंदगी जीता है और अपने अच्छे-बुरे कर्मों का इम्तेहान देता है।

पाँचवी आलम-ए-बरज़ख – यह मौत के बाद की दुनिया है, जहाँ इंसान की रूह क़ब्र में रहती है और क़यामत तक इंतज़ार करती है।

छट्टी आलम-ए-क़यामत या महसर– वह समय जब पूरी दुनिया खत्म होगी और सभी इंसानों को दोबारा ज़िंदा किया जाएगा।

सातवीं जन्नत या जहनम - हिसाब के बाद इंसानों को उनके कर्मों के अनुसार हमेशा के लिए जन्नत (इनाम) या जहन्नम (सज़ा) में भेजा जाएगा!

तो होगये ना हमारे भी सात जन्म..!'' इमाम साहब रमीज़ की पीठ थपथपाते हुए कहते है !

'' बहुत ही खूब समझाया आप ने तो इसका मतलब इमाम साहब दुनियाँ के लिये परेशान रहना फ़िज़ूल है क्यों के यह हमारी वक़्ती ज़िन्दगी है हमारी असल मंज़िल तो आख़िरत है !'' रमीज़ कहता है !

''जी हाँ रमीज़ भाई दुनियाँ की कामयाबी किसी काम की नहीं अगर आप ने आख़िरत में अपना अच्छा मुक़ाम नहीं बनाया हो अल्लाह हम सब की दुनियाँ वा आख़िरत दोनों सवार दे ! अमीन अब चलिये उठिये बारिश कम हो चुकी है चले आइये नमाज़ जनाज़ा के लिये खड़े हो जाये !'' इमाम साहब ने कहा तो सभी नमाज़ के लिए खड़े हो जाते है !

नमाज़ ऐ जनाज़ा के बाद नरगिस के दोनों भाइयों को उनकी उनकी क़बर में दफन कर दिया जाता है ! फिर धीरे धीरे कर के सभी लोग अपने अपने घर की ओर चल देते है !

तभी लाइबा ज़िनज़ादी रमीज़ के सामने हाज़िर होती है और कहती है !'' रमीज़ शुक्रिया अदा नहीं करोगे मेरा देखो मैंने तुम्हारी नरगिस के क़ातिलों को अंजाम तक पहुँचा दिया चलो शुक्रिया मत कहो मगर कम से कम एक बार मुस्कुरा तो दो ना जाने कितने साल हो गये तुम

मुस्कुराते हुए देखे !"

"लाइबा तुमने जो भी किया बहुत गलत था तुम कौन होती हो किसी से उसकी ज़िन्दगी छीनने वाली और वैसे भी तुममे और नरगिस के भाइयों में कोई फ़र्क़ नहीं रह गया दोनों के दोनों क़ातिल हो अल्लाह से डरो लाइबा और हाँ अब जाओ यहाँ से मैंने तुम्हे इसलिये आज़ाद नहीं किया के तुम यहाँ रोज मेरे पास चली आओ !" रमीज़ नाराज़ होते हुए कहता है !

"वाक़ई तुम इंसान अहसान फरामोश होते हो मैं तो बस तुम्हे खुश देखना चाहती हूँ खैर जा रही हूँ वैसे भी रमीज़ फिलहाल मेरा कुछ सुनने का मनन नहीं है तो खुदा हाफिज !" लाइबा जिन जादी कहती हुई गायब हो जाती है !

रमीज़ अपने घर आकर आराम की नियत से अपनी चारपाई पर लेट जाता है और उसे लेटते ही नींद आजाती है इस तरह एक बार फिर से वो अपने खवाबों की दुनियाँ में सफर करने लगता है !

21

लेटते ही नींद आगयी-21

ख्वाबों का सिलसिला शुरू हो चुका होता है! रमीज़ ख्वाब में खुद को तीन लोगों के पीछे खड़ा देखता है ! उन लोगों की आवाज़ सुनने पर उसे मालूम होता है इनमे से दो लोग नरगिस के वही दोनों भाई है जिन्हे आज ही उसने क़बर में दफन किया था ! बाकी तीसरी आवाज़ उसके बेटे अहसन की होती है जो नरगिस के भाइयों के साथ चला जा रहा होता है ! रमीज़ भी फ़ौरन ख्वाब में उनके पीछे चल देता है !

"मेरे बच्चे इनके साथ मत जा यह जालिम लोग है सब के तरह तुझे भी यह लोग मार देंगे खुदा के वास्ते मेरे बच्चे लौट जा! " उनके पीछे चलते हुए रमीज अपने बेटे अहसन को आवाज़ देते हुए कहता है! तभी उसे ख्याल आता है के वो खवाब में हैं जो कुछ भी हो रहा सिवाये देखने के वो और कुछ नही कर सकता है तो वो मायुश उनके पीछे चल देते!

"अच्छा बेटा यह बताओ तुम इमाम साहब को कैसे जानते हो..? " नरगिस के भाइयों ने अहसन से पूछा!

"जी चाचा उन्होंने ही बचपन से मेरी देख भाल की है असल में मैं एक यतीम हूँ जिसे इमाम साहब ने वालिद का प्यार दिया ! " अहसन ने जवाब दिया !

"तो तुम इमाम साहब के पास नही रहते हो क्या? " नरगिस के बड़े भाई रमज़ान ने पूछा !

"नही चाचा असल में मैं बचपन से उनसे अलग रहता हूँ कभी कभी उनसे मिलने आजाया करता हूँ ! असल में मैं किसी पर बोझ बन कर नही रहना चाहता हूँ उन्होंने मेरे लिए जो कुछ भी किया बस वही काफी है..! " अहसन ने चलते हुए कहा !

"शादी हो गयी है तुम्हारी ? " नरगिस के छोटे भैया ने अहसन से पूछा !

"जी अभी नही मगर कुछ दिनों में होजायेगी असल में मेरी नौकरी विदेश मे लग गयी है और मैंने निकाह के लिये एक लड़की भी पसंद कर रखी है बस इमाम अब्बू को उसी सिलसिले में बताने आया था निकाह करते ही अपनी बीवी को साथ लेकर विदेश चला जाऊँगा बाकी की जिंदगी वही गुज़रूँगा! " अहसन थोड़ा मुस्कुराते हुए कहता है!

"हम्म..! बाकी की जिंदगी विदेश में तब गुज़रेगी जब तु अपने देश में जिंदा रहेगा ! " अहसन

की बात पर नरगिस के भाई अपने होठों पर शैतानी हँसी सज़ाये एक दूसरे को देखते हुए कहते है !

"जी मैं समझा नही और यह बातों बातों में आप लोग मुझे किस जगह लेकर आगये ! हम तो आबादी से काफी दूर निकल चुके है! " अहसन थोड़ा परेशान होते हुए कहता है!

रमीज बार बार ख्वाब में उनके आगे पीछे चलता हुआ अपने बेटे की शकल को देखने की कोशिश करता है मगर वो उसे नही देख पाता है !

"तुम परेशान क्यों होते हो? वो देखो सामने जो घर है ना वो ही इमाम साहब का घर है! चलो चल कर मिल लो अपने इमाम अब्बू से! " नरगिस के भाई ने अहसन को विराने खेतों के बीच एक पुराने से टूटे फूटे घर को दिखाते हुए कहा !

"इमाम अब्बू यहाँ रहते है? इस टूटे हुए मकान में..?" अहसन ने हैरान उस घर को देखते हुए कहा!

"वो क्या है ना बेटा इमाम साहब काफी गरीब है उनका खुद का मकान नही था तो हमलोगों ने उन्हे अपना जाती पुराना मकान उन्हे रहने को दे दिया है! " नरगिस के भाई ने अहसन के कंधे पर हाथ रखते हुए कहा !

"ठीक है ! अब घर तो घर होता है चाहे वो पुराना हो या नया खुद का हो या किराये का..! " कहते हुए अहसन उनके पीछे चल देता है जब वो पुराने से घर के अंदर दाखिल होता है तो उसे सिवाये अंधेरे के अंदर कुछ भी दिखायी नही देता ! नरगिस के भाई भी अंदर आकर अंदर से दरवाजा बंद कर देते है !

रमीज भी उनके पीछे कमरे के अंदर जाने की कोशिश करता है मगर वो नाजाने क्यों दरवाजे से अंदर नही जा पाता है ! रमीज परेशान होकर दरवाजे पर दस्तक देने लगता है ! तभी किसी के हाथ उसके कंधे पर पड़ते है वो पलट कर देखता है तो नरगिस नम आँखो के साथ उसके पीछे खड़ी होती है!

"नरगिस वो जालिम हमारे बेटे को अंदर ले गये वो उसे भी मार देंगे बचा लो उसे और..., और देखो ना मुझसे यह दरवाजा नही खुल रहा ! " रमीज रोते हुए कहता है!

"वो हमारे बेटे को मार चुके है रमीज मेरी रूह ने उसके क़तल का मंज़र कब का देख लिया था बस वो गुजरे वक़्यात् तुम्हे ख्वाबों के जरिये दोबारा दिख रहे है.., और यह दरवाजा नही खुलेगा रमीज क्यों के मैं नही चाहती के एक बाप अपने जवान बेटे को क़त्ल होता देखे ! " नरगिस की रूह ने रमीज को दरवाजे के पास से हटाते हुए कहा !

"मुझे अपने बेटे को एक बार क़रीब से देखना है नरगिस उसे एक बार सीने से लगाना चाहता हूँ तुम उसे बचा लो नरगिस वो जालिम तुम्हारे भाई मार देंगे मेरे बच्चे को! " रमीज इल्तिजयी अंदाज़ में नरगिस से हाथ जोड़े कहता है!

"रमीज इस तरह परेशान मत हो हमारा बेटा बहुत पहले ही मर चुका है यह महज तुम्हारा खवाब है! नसीब तो मुझे भी नही हुआ था अपने बच्चे को गले लगाना उसे प्यार करना और गुजरे हुए गम पर क्या गम करना रमीज सम्हालो खुद को ! " नरगिस की रूह रमीज को

समझाते हुए कहती है!

रमीज नरगिस का हाथ थामे दरवाजे के बाहर रोते हुए बैठ जाता है! तभी उसे बंद कमरे के अंदर से नरगिस के भाइयों के हँसने की आवाज़ आती है!

"क्यों बे क्या चाचा.., चाचा लगा रखा है तुझे पता है हम कौन है? और तुझे पता भी है के तू कौन है? " नरगिस के छोटे भैया ने अहसन को थप्पड़ मारते हुए कहा!

"आप लोग मुझे इस तरह मार क्यों रहे? और मुझे यहाँ कमरे में बंद क्यों किया है? आखिर मैंने आप का क्या बिगाड़ा है? जाने दो मुझे..! " अहसन घबराते हुए कहता है!

"तुमने क्या बिगाड़ा है? तेरे वजह से ने नाजाने हमने कितने को मौत का मज़ा चखा दिया..! हम सालों से तेरी तलाश में है यहाँ तक उस इमाम को भी हमने नही छोड़ा और तु कहता है के तुमने क्या बिगाड़ा है ? " नरगिस के भाई रमज़ान ने गुस्से में अहसन को शर्ट के कॉलेर से पकड़ते हुए कहा!

"क्या ?? आप लोग ने इमाम अब्बू को मार दिया? कौन है आप लोग? मैं तो आप लोग को जानता भी नही मैं तो बस अपने इमाम अब्बू से मिलने आया था..! मैं आप लोगों के गांव के अंदर कभी गया भी नही है फिर मैंने आप लोगों का क्या बिगाड़ा दिया? मुझसे झुठ बोलकर आप लोग मुझे यहाँ ले आये! " अहसन रोते और घबराते हुए कहता है!

"वो क्या है ना बेटे रिश्ता ही तुमसे खून का है इसलिए हम दोनो भाई तुमसे मिले बिना नही रह पाये आखिर तुम हमारी लाडली बहन नरगिस के एक लौते हराम की पैदाइश हो.., क्यों के उसके बाद हमने उसे कुछ गलत करने का मौका ही नही दिया खानदान की इज्जत को उसने मिट्टी मे मिला दी थी..! तो बस मैंने इन्ही हाथों से गला दबा कर मार डाला था उसे मगर उस वक़्त तुम बच गये थे अपनी माँ और मामी की वजह से तब से हम दोनो भाई लगातार तुम्हारी तलाश में लगे रहे और जो भी हमारे रास्ते में आया हमने उसे मार दिया और देखो आखिर के आज तुम मिल ही गये भांजे ! असल में आज तुम्हारी मौत तुम्हे यहाँ तक लेकर आयी है! " नरगिस के भाई रमज़ान हँसते हुए कहते है !

"क्या बकवास कर रहे हो आप लोग? छोड़िये मुझे वापस जाने दिजिये ! " अहसन खुद को बचाने की नाकाम कोशिश करता है! काफी देर तक कमरे के अंदर से उठा पटक की आवाज़ आते रहती है! रमीज बाहर बेचैन दरवाजे के पास ठहलते रहता है नरगिस की रूह खामोश उसे बेचैन देख रही होती है ! तभी बंदूक चलने की आवाज़ फ़िज़ा में गूंजती है और चारों तरफ क़ब्रिस्तान जैसा सन्नाटा फैल जाता है! रमीज आँखे फाड़े नरगिस को कांपते वजूद से देख रहा होता है!

दरवाजे पर होने वाली तेज दस्तक से रमीज की आँखे खुलती है, वो अपनी तेज चलती हुई सांसों को दुरुस्त कर अपने चारपाई से उतर दरवाजा खोलता है उसे सामने वही नक़ाब पोश औरत खड़ी दिखती है! साथ साथ रमीज की नजर बाहर चल रहे तेज तूफान , आसमानी बिजली, और तेज बारिश पर पड़ती है जो क़ब्रिस्तान में एक खौफफ का मंजर बना रहे होते है!

"जी आप वो भी रात के इस पहर यहाँ सब खैरयत तो! " रमीज नींद में ऊँघते हुए कहता है!
"वो मैं अपने बेटे के कबर के पास बैठी थी तो मुझे आप के तेज तेज रोने की आवाज़ मिली मुझसे रहा नही गया तो मैं ने आप के दरवाजे पर दस्तक देदी! " नक़ाब पोश औरत ने कहा!
"मैं और रो रहा था नही तो मैं तो सोया हुआ था! " रमीज कहता हुआ अपने चहेरे को और आँखो को हाथों से छूता है तो उसे अपनी आँखो के आस पास आँसु बिखरे महसूस होते है तभी आसमानी बिजली इतनी तेज आवाज़ के साथ चमकती है के रमीज काँप जाता है वो जल्दी से नक़ाब पोश औरत को अपने घर के अंदर आने का कहता है और खुद अपना तौलिया उठा कर अपना चहेरे पोछने लगता है!
"आप ने बताया नही के आप रो क्यों रहे थे? " नक़ाब पोश औरत रमीज के चारपाई पर बैठते हुए कहती है! रमीज थोड़ी देर खामोश रहता है फिर चारपाई के क़रीब ज़मीन पर चटाई बिछा कर बैठ जाता है और कहता है !
"मैं ख्वाब देख रहा था शायद और आप ने जो रोने की आवाज़ सुनी वो ख्वाब की होगी..!
" ख्वाब में कुछ बूरा देखा क्या आप ने..? या कुछ खौफनाक ?" नक़ाब पोश औरत ने रमीज से पूछा!
"हाँ कुछ खौफनाक ही देखा है ! " रमीज ने कहा!
"कैसा ख्वाब था? क्या मैं जान सकती हूँ? " नक़ाब पोश औरत ने आहिस्ते से कहा!
"हम्म .. मुझे पता नही यह बातें बताने लायक है के नही मगर मुझे कुछ रोज से ऐसे वक़्यात् खवाब में आरहे जो माज़ी में गुज़र चुके है, आज मैंने किसी अपने का क़त्ल देखा है ! " रमीज कहता हुआ रुक जाता है उसकी आँखे आँसुओ से भर जाती है! और वो एक टक ज़मीन को देखते हुए रोने लगता है!
"किसका का क़त्ल देखा आप ने ! " नक़ाब पोश औरत ने पूछा!
"मेरे बेटे का ! असल में जवानी के दिनों में कुछ गलतिया मुझसे हुई थी जिसकी सज़ा मेरी मोहब्बत और मेरी औलाद के साथ साथ मेरे दोस्त और कई लोगों को भुगति पड़ी..! वही सब वाक्यात् ना जाने क्यों मुझे ख्वाब में आते है मुझे लगा था नरगिस की शादी होगयी मगर ख्वाब के जरिये ही मुझे सब सच पता चला के उसकी शादी नही हुई थी बल्के उसके भाईयों ने उसका क़त्ल किया था और इन ख्वाबों का मतलब इसका जवाब शायद किसी के भी पास नही..! " रमीज भरे गले से कहता है!
"यह तो अच्छी बात है के जिन बातों का इल्म आप को नही था वो ख्वाब के जरिये आप को मालूम पड़ी हो सकता है के आप की मोहब्बत नरगिस चाहती हो के यह सारी बातें आप को मालूम चले ! या हो सकता है एक जैसे खवाब आने के पीछे अल्लाह की कोई मस्लेहत छुपी हो! " नक़ाब पोश औरत ने रमीज को समझाते हुए कहा!
"मुझे नही मालूम इन सब के पीछे की वजह बस जो भी हुआ बहुत बुरा हुआ! अल्लाह मुझे माफ करदे मेरी वजह से सब की जान गयी! " रमीज रोते हुए कहता है!
नक़ाब पोश औरत खामोश बस रमीज को देख रही होती है! तभी दरवाजे पर दस्तक होती है!

" अब इस वक़्त कौन है? "रमीज कहता हुआ दरवाजा खोलता है तभी आसमानी बिजली फिर से इतनी जोरों से चमकती है के रमीज को कुछ वक़्त के लिये कुछ भी नही दिखता है जिससे वो चारपाई पर नक़ाब पोश औरत के बगल में जाकर बैठ जाता ! थोड़े देर बाद जब रमीज की आँखे देखने लायक होती है तब वो देखता है के उसका हाथ नक़ाब पोश औरत के हाथ पर है मगर उसे उसका लम्स महसूस नही होता रमीज का हाथ नक़ाब पोश औरत के हाथ से आर पार हो जाता है उसे कुछ समझ नही आता तो वो चारपाई से उठ कमरे से बाहर निकलता है यह देखने के लिये के आखिर दरवाजे पर दस्तक किस ने दि थी मगर उसे बाहर कोई भी नही दिखता तो वो वापस आकर दरवाजा लगा कर चटाई पर बैठता है !

"क्या सोच रहे हो रमीज? "नक़ाब पोश औरत ने बड़े ही पुर इसरार आवाज़ में कहा उसकी आवाज़ रमीज की छोटी सी कुटिया में गूंजती हुई महसूस हो रही होती है इस बार रमीज समझ चुका होता है के यह कोई इंसान नही है!

" जी... जी.. कुछ नही मैं बस यह जानना चाह रहा था अगर आप बुरा ना माने तो..! " रमीज थोड़ा घबराते हुए कहता है!

"इस में बूरा मानने वाली कौनसी बात है कहिए किया जानना चाहते हो आप? " नक़ाब पोश औरत ने कहा!

"जी मैं जानना चाह रहा था के आप कौन है? क्या आप कोई रूह है या कोई जिन जादी..? क्यों के आप अक्सर इसी क़ब्रिस्तान में दिखती है कई दिनों से मैं देख रहा आप बारिश में क़ब्रिस्तान में बैठी रहती है मगर आप का लिबास कभी नही भीगता है और आप जब बोलती है तो ऐसा लगता है के कोई खाली कमरे में बोल रहा है एक खनक है आप की आवाज़ में..! " रमीज घबराते हुए पूछता है तो नक़ाब पोश औरत हल्का सा मुस्कुराते हुए कहती है !

"रमीज सब ईलम हो जायेगा आप को परेशान ना हो बस कुछ वक़्त और आप को आप के सारे सवालों का जवाब मिल जायेगा !

" तभी दरवाजे पर दोबारा दस्तक होती है! रमीज वापस उठ कर दरवाजा खोलने जाता है! तेज बारिश और हवा का कहर जारी रहता है साथ साथ दूर से आने वाली सियार की आवाजे क़ब्रिस्तान का माहौल और भी खौफनाक बना रहे होते है!

"अस्सालामो अलैकुम् अब्बा अम्मा कैसे हो आप दोनों..? "रमीज के सामने सफेद लिबास में खड़ा एक नक़ाब पोश सख्श कहता है !

" वालेकुम अस्सालाम..! " रमीज और नक़ाब पोश औरत ने एक साथ जवाब दिया! "बच्चे तुम कौन हो और रात के इस पहर यहाँ क्या कर रहे..? " रमीज ने सामने खड़े शख्स से पूछा..!

"अब्बा हुज़ूर असल में मैं एक कबर बनाने की फर्माईश लेकर आया हूँ क़ब्रिस्तान के आखिर में एक औरत की कबर है जो के आज से 25 - 26 साल पुरानी है उसी कबर के बगल में एक कबर खोद कर रखियेगा और हाँ आप उसके बाद अच्छे से गुसुल कर लिजयेगा मैं परसो आऊंगा आप के पास और हाँ यह लिजिए कफन आप के काम आयेगी ! " लड़का कहता हुआ चला जाता है !

रमीज हाथ में कफन लिये वापस मुड़ता है तो वो नक़ाब पोश औरत भी चारपाई से गायेब रहती है रमीज कफन चारपाई के एक तरफ रख सर पकड़ कर बैठ जाता है! क्यों के जो कुछ भी हो रहा होता है सब उसकी समझ से बाहर होता है! रमीज वापस चारपाई से उठ वज़ू कर के तहज्जुद् की नमाज़ अदा कर तस्बीह पढ़ता हुआ वापस चारपाई पर लेट जाता है और उसे लेटते ही नींद आजाती है! इस बार वो फिर से अपने ख्वाबों के सफर पर चल पड़ता है!

दूसरी तरफ इमाम साहब के दरवाजे पर तेज दस्तक होती है! "कौन है भाई रात के इस वक़्त? " इमाम साहब कहते हुए दरवाजा खोलते है तो सामने सफेद लिबास और चेहरे पर कपड़ा बंधे एक नवजवाँ लड़का खड़ा होता है!

"अस्सलाम वालेकुम चाचा मैं यह कहने आया हूँ के परसो सुबह फजिर के नमाज़ के बाद मेरे अब्बा की नमाज़ - ऐ - जनाजा पढ़ाने चले आईयेगा बड़ी महरबानी होगी आप की और हाँ यह लिजिए कुछ रुपए आप के परिवार के लिये..! " नक़ाब पोश लड़का कहता हुआ रुपए की थैली इमाम साहब को थमाते हुए वहा से चल देता है!

"मगर बेटा तुम कौन हो..? बताते तो जाओ..! " इमाम साहब आवाज़ लगाते हुए कहते है !

"चाचा परसो आप को सारी बातों का इल्म हो जायेगा और हाँ हम सब के हक में दुआ जरूर करयेगा चलता हूँ खुदा हाफिज! " कहता हुआ वो लड़का वहा से चला जाता है !

" नाजाने कौन था यह बड़ा पुर इसरार लगा मुझे इसकी बातें खैर मुझे क्या..? परसो देखता हूँ आखिर कौन लोग है यह और किसके जनाज़े की नमाज़ पढ़ानी है ! " इमाम साहब खुद में बड़बड़ाते हुए दरवाजा लगा देते है !

आखिर अब क्या होने वाला है रमीज की जिंदगी में जानने के लिये पढ़ते रहे लेटते ही नींद आगयी! करते रहिये रमीज़ के ख्वाबों में सफर !

22

लेटते ही नींद आगयी-22

अब्दुल रमीज़ वापस से अपने ख्वाबों की दुनियाँ के सफर पर होता है! रमीज ख्वाब में खुद को पानी में तैरता हुआ महसूस कर रहा होता है! साथ साथ उसे मोसल्सल किसी के दिल की धड़कने सुनाई दे रही होती है ! दिल की धड़कनो की तेज आवाज़ से रमीज की आँख खुलती है जब वो अपनी आँखे खोलता है तो उसे अपने हाथ पैर छोटे छोटे दिखाई दे रहे होते है! और वो यह भी देख रहा होता है के वो पानी में है और उसे पानी में भी सांस लेने में कोई दिक्कत महसूस नही हो रही होती है रमीज़ खुद के छोटे छोटे हाथ और पैर को ध्यान से देखता है फिर उसकी नज़र अपनी नाफ पर पड़ती है, जो की हमल की नाल (Pregnancy Placenta) के जरिये उसे अपनी माँ से जुड़ा महसूस करा रहा होता है !

तब उसे महसूस होता है के वो ख्वाब में अपने माँ के पेट में है! जहाँ अँधेरा तो होता है पर किसी तरह का खौफ नहीं होता ! रमीज़ अपने माँ के पेट में चारों तरफ घूमता तभी वो अपनी माँ की शफक़त् और मोहब्बत से भरी हाथ को खुद पर महसूस करता है जो के बार बार अपने पेट पर हाथ रख कर अपने पेट में पल रहे बच्चे को प्यार कर रही होती है! रमीज पेट के अंदर से अपने माँ बाप और दूसरे भाइयों के बातें करनी की आवाज़ें साफ साफ सुन पा रहा होता है..!

साथ साथ उसकी माँ उस वक़्त कैसा महसूस कर रही होती है रमीज़ वो भी महसूस कर पा रहा होता है ! कुछ ही देर बाद रमीज को अपनी माँ के पेट के अंदर हलचल सी महसूस होती है और वो खुद को बाहरी दुनिया में देखता है ! फिर वो देखता है के वो अपनी माँ की गोद में है जो उसे बार बार चुम कर प्यार कर रही होती है ! फिर वो खुद को अपने नन्हे नन्हे कदम बढ़ाता हुआ देखता है उसे पहली बार चलता देख उसके माँ बाप काफी खुश हो रहे होते है ! उसके बड़े भाई उसे चलता देख ख़ुशी से तालियाँ बजा रहे होते है ! उन्हें हँसता मुस्कुराता देख रमीज़ भी हँसता है और तेज़ तेज़ चलने लगता है !

"यह क्या ? मैं सही से चल क्यों नहीं पारहा, मेरे क़दम ठीक से ज़मीन पर क्यों नहीं पड़ रहे है ?.. अरे नहीं.. नहीं!" रमीज़ ख्वाब में सोचता है !

रमीज़ इससे पहले के अपने नन्हे कदमों से लड़खड़ाता हुआ गिरता उस की माँ आगे बढ़ कर उसे गोद में उठा कर प्यार करने लगती है! माँ की मोहब्बत भरी झपकी उसके दिल को अलग ही सुकून अता कर रही होती है !

"शुक्रिया अम्मा आप ने तो मुझे बचा लिया गिरने से..! वाक़ई माँ दुनियाँ में मिलने वाली सभी नेमतों में सब से बड़ी नेमत होती है, वाक़ई कितना सुकून है अम्मा तुम्हारी गोद में अगर यह ख्वाब ना आया होता तो मुझे यह एहसास कभी समझ ही नहीं आता..! भला बचपन की बातें कब हमें याद रहती है !"रमीज़ खुद से कहता है !

फिर उसके वालिद अपनी गोद में उसे लेकर प्यार करते हुए घर से बाहर घुमाने लेकर जाते है..! अपने वालिद की गोद में जब वो उनके सीने से लगता है तो उसे ऐसा महसूस होता है जैसे उसके दिल पर कोई बोझ नहीं है...! बाप के जिस्म की गर्माहट उसे एहसास दिला रही होती है के मेरे बच्चे मेरे होते हुए तुझे फिक्र करने की जरुरत नहीं है !

"दुनियाँ में वाहिद माँ बाप ही ऐसे होते है जो हमें बिना किसी मतलब के मोहब्बत करते है ! प्यार से पालते है हमें बड़ा करते है हमें दुनियाँ में जीने लायक इंसान बनाते है और हम औलाद माँ बाप के जीते जी उनकी वो क़दर नहीं करते जो हमें करनी चहिये !" रमीज़ ख्वाब में सोचता है !

फिर वो ख्वाब में अपने बड़े भाइयों के साथ खुद को खेल-कूद करते हुए देखता है वो देखता है जो भाई बड़े होते ही उसे मारने पीटने और फटकारने लगे थे वो बचपन में उससे बेहद ही मोहब्बत के साथ पेश आरहे होते है !

रमीज़ सोचता है " वाक़ई वक़्त उम्र और चेहरे के साथ साथ रिश्तों में पनप रहे जज़्बात को भी बदल देता है, जो भाई बचपन में बे-इन्तहा प्यार करते थे.., जवान होते ही उन्होंने अपना रवैया ही बदल लिया था !"

ख्वाब फिर से बदलता और रमीज़ इस बार ख्वाब में अपने एकलौते दोस्त असलम के साथ उसी बेरी के पेड़ से पतंग निकाल रहा होता है जहाँ उसकी मुलाक़ात लाइबा जिन जादि से हुई थी ! जब वो बेरी के कांटो में फंसे पतंग को निकाल रहा होता है तभी उसकी नज़र लाइबा पर पड़ती है जो मोहब्बत भरी नज़र से उसे देख रही होती है मगर रमीज़ का वजूद जो उस वक़्त पेड़ पर था उसे लाइबा नहीं दिखती !

"अच्छा इसका मतलब लाइबा कई सालों से मुझे जानती है! यह परी और जिन भी अजीब मखलूक है अल्लाह की अगर कोई इंसान इन्हे पसंद आजाये तो फिर ता उमर उन्ही के इश्क़ में रहते है !

इस तरह ख्वाब में रमीज़ अपने बचपन और जवानी से जुड़े कई वाक़्यात देखता है! उसके ख्वाब कुछ कुछ सेकंड में तब्दील हो रहे होते है, मानों उसकी पूरी ज़िन्दगी उसके रुबरु रख दी गयी हो ! ख्वाब फिर से बदलता और रमीज़ ख्वाब में खुद को लाइबा की दुनियाँ में भी देख रहा होता है जहाँ दोनों नदी किनारे ख़ामोशी से बैठे बहते पानी को देख रहे होते है !

तभी लाइबा जिन जादि अपनी ख़ामोशी खत्म करते हुए उससे कहती है..! ''रमीज़ इस दुनियाँ में तो तुम्हे अपना बनाने का ख्वाब अधूरा रह गया अगर अल्लाह ने चाहा तो हम आख़िरत में जरूर मिलेंगे तुम मेरी मोहब्बत थे और ता उम्र मेरी मोहब्बत रहोगे !''

"तुम्हे पूरा हक़ है लाइबा के तुम अपने दुनियाँ में कोई अपने जैसा देख कर उससे निकाह करलो किसी ऐसे इंसान के पीछे ज़िन्दगी बर्बाद करना गुनाह है जो आप को मोहब्बत के बदले मोहब्बत न दे !" रमीज़ लाइबा से कहता है !

"जब से तुम मिले मुझे मैंने अपनी ज़िन्दगी में तुम्हारी जगह किसी को नहीं दी और ना कभी दूंगी ! और रमीज़ वैसे भी सच्ची वफायें अधूरी रह जाती है और मुझे कोई अफ़सोस नहीं के तुम मुझसे मोहब्बत नहीं करते बल्के मैं खुश हूँ के तुमने अपनी मोहब्बत नरगिस के साथ वफ़ा निभायी !" लाइबा बेहद ही मोहब्बत भरे अंदाज़ में कहती है !

रमीज़ लाइबा की बातों का कोई जवाब नहीं देता है ! बस खामोश बहते पानी को देख रहा होता है उसके ज़हन में एक ही नाम चल रहा होता है और वो नरगिस का होता है ! लाइबा रमीज़ से बातें करना जारी रखती है मगर रमीज़ उसकी बातों पर अब कोई ध्यान नहीं देरहा होता है ! तभी उस वक़्त वहा नरगिस आकर रमीज़ का हाथ थाम कर उसके बगल में बैठ जाती है !

''नरगिस तुम यहाँ? अभी मैं तुम्हे ही याद कर रहा था ! "रमीज़ नरगिस को देख मुस्कुराते हुए कहता है !

" रमीज़ मैं तो हमेशा से तुम्हारे पास ही हूँ बस तुम ही देख नहीं पाते !'' नरगिस धीमे से मुस्कुराते हुए कहती है!

"मैं तुम्हारा वजूद कभी भुला ही नहीं नरगिस, इसलिए तो मैंने किसी और को कभी तुम्हारी जगह नहीं दी !'' नरगिस की आँखों में देखते हुए कहता है !

"मुझे भी नहीं दी रमीज़ ने जगह न जाने कब से मैं इसके पीछे पागल हूँ !, देखो मैं कब से रमीज़ के साथ बैठी हूँ और बातें करने की कोशिश कर रही मगर मजाल के यह मेरी बातों का जवाब दे , मगर अब देखो तुम्हारे आते ही रमीज़ के उदास चेहरे पर मुस्कराहट छा गयी ! " लाइबा जिन जादी बीच में ही तंजिया लहजे में कहती है !

तो नरगिस धीमे से हँसती है और कहती है !'' मोहब्बत और पसंद में यही फ़र्क़ होता है लाइबा या यूँ कहो के एक तरफा पसंद !

"तुम्हे क्या पता नरगिस के रमीज़ मेरी पसंद नहीं मोहब्बत है ? वैसी ही जैसे तुम्हारी.., खैर छोड़ो !" लाइबा कहते हुए खामोश हो जाती है !

"लाइबा बुरा नहीं मानते मैं तो मज़ाक कर रही हूँ !" नरगिस हँसते हुए कहती है !

और यह लम्हा रमीज़ के लिये बेहद खूबसूरत होता नाजाने कितने दिन साल गुज़र चुके थे उसे नरगिस की प्यारी और हंसती मुस्कुराती वजूद को देखे हुए ! वो मोहब्बत भरी नज़रों से बस उसे हँसते हुए देख रहा होता है ! वो यह भूल जाता है के वो जो लम्हा देख रहा वो महज़ एक ख्वाब है ! मगर उसे तो सब कुछ हकीकत जैसा महसूस हो रहा होता है !

"रमीज़ इस तरह क्यों देख रहे हो मुझे?'' नरगिस धीमी से मुस्कुराते हुए कहती है !

''कुछ नहीं बस यह सोच रहा हूँ के मौत भी कैसी चीज़ है , एक पल में आप का सब कुछ आप से छीन अपने साथ ले जाती है ! मैंने ना कभी मौत का इंतज़ार किया ना ज़िन्दगी को खुल कर जीने की ख्वाहिश की मेरे लिए तुम सब कुछ थी इसलिए तुम्हारे बाद मैंने क़ब्रिस्तान की वीरानी पसंद की ! पता है नरगिस मुझे क़ब्रिस्तान क्यों पसंद है?'' रमीज़ कहता है!

''नहीं तुम्ही बता दो !'' नरगिस ने कहा !

"क्यों के क़ब्रिस्तान में मैं हर रोज ऐसे ऐसे लोगों को मिटटी के निचे दफ़न होते देखता हूँ जिन्हे अपनी ज़िन्दगी पर बड़ा गुमान हुआ करता था ! आप की हैसियत रुतबा कुछ भी हो आप चाहे अमीर हो या गरीब सब के लिए यहाँ एक जैसी ही क़बर खोदी जाती है, एक ही लिबास होता है और वो है सफ़ेद कफ़न !

दुनियाँ की दौलत दुनियाँ में ही रह जाती है इंसान अपने साथ सिर्फ अपने अमाल लेकर कर जाता है ! और यह सारी चीज़े मुझे दुनियाँ से दूर और मेरे रब के और करीब करती है ! हम इंसान दुनियाँ की ज़िन्दगी में इस तरह घुसे है जैसे कभी मौत आयेगी ही नहीं ! और जब मौत आती है उस वक़्त लगेगा के काश थोड़ी सी मोहलत मिल जाती, ज़िन्दगी वापस मिल जाती तो सारे गुनाहो से तौबा कर आते ! तब पता चलता है के असल ज़िन्दगी वही है जो हम अपने रब की मर्ज़ी के मुताबिक जीते है यह दुनियाँ सिवाये एक धोखे के कुछ भी नहीं है !'' रमीज़ कहता हुआ खामोश होजाता है !

"रमीज़ यह कुदरत का कानून है इस दुनियाँ में जो भी आता है उसे वापस जाना ही होता है हर एक को मौत का ज़ायका चखना है एक न एक दिन और क़बर की अँधेरी कोठरी में जाना पड़ता है अपने कर्मों का हिसाब देना ही पड़ता है !" नरगिस कहती है !

लाइबा उनके पास खामोश बैठ कर उनकी बातें सुन रही होती है ! फिर थोड़ी देर बाद ही वो उठ कर वहाँ से चली जाती है !

इसतरह ख्वाब में कभी वो खुद को अपने दोस्तों के साथ खेलता हुआ देखता तो कभी नरगिस के साथ मोहब्बत भरे लम्हात को देखता कभी वो वक़्त देखता जब वो दर दर की ठोकरे खा रहा था तो कभी वो वक़्त जब उसने नरगिस और अपने अपनों के जुदाई पा कर पूरी दुनियाँ का सुकून वो आराम को छोड़ खुद को अल्लाह की राह की तरफ मोड़ दिया था और क़ब्रिस्तान का मोजाबीर बन गया था आखिर में वो खुद को एक क़बर खोदते हुए देखता है जिससे मुश्क (जाफरान) की खुश्बू उठ रही होती है और वो सफ़ेद लिबास पहने तस्बीह हाथों में लिये रब्बुल इज्जत यानि अपने रब को याद कर रहा होता है ! इस तरह एक एक कर के रमीज़ अपने पैदा होने से लेकर अभी तक के सारे वाक़्यात ख्वाब में देख चूका होता है रमीज़ को बड़ी हैरत होती है के वो ख्वाब में इस तरह के वाक़्यात आखिर क्यों कर देख रहा होता है ?

तभी ख्वाब में फ़ज़र की अज़ान की आवाज़ रमीज़ के कानों में पड़ती है !''

अल्लाहु अकबर, अल्लाहु अकबर
(अल्लाह सबसे बड़ा है)
अल्लाहु अकबर, अल्लाहु अकबर
(अल्लाह सबसे बड़ा है)
अशहदु अल्ला इलाहा इल्लल्लाह
(मैं गवाही देता हूँ कि अल्लाह के सिवा कोई इबादत के लायक नहीं)
अशहदु अल्ला इलाहा इल्लल्लाह
(मैं गवाही देता हूँ कि अल्लाह के सिवा कोई इबादत के लायक नहीं)
अशहदु अन्ना मुहम्मदर्रसूलुल्लाह
(मैं गवाही देता हूँ कि मुहम्मद सल्लल्लाहु अलैहि व सल्लम अल्लाह के रसूल हैं)
अशहदु अन्ना मुहम्मदर्रसूलुल्लाह
(मैं गवाही देता हूँ कि मुहम्मद सल्लल्लाहु अलैहि व सल्लम अल्लाह के रसूल हैं)
हय्या अलस्सलाह
(नमाज़ की तरफ आओ)
हय्या अलस्सलाह
(नमाज़ की तरफ आओ)
हय्या अलल फलाह
(कामयाबी की तरफ आओ)
हय्या अलल फलाह
(कामयाबी की तरफ आओ)
अस्सलातु ख़ैरुम मिनन नौम
(नमाज़ नींद से बेहतर है)
अस्सलातु ख़ैरुम मिनन नौम
(नमाज़ नींद से बेहतर है)
अल्लाहु अकबर, अल्लाहु अकबर
(अल्लाह सबसे बड़ा है)
ला इलाहा इल्लल्लाह
(अल्लाह के सिवा कोई इबादत के लायक नहीं)

रमीज़ हड़बड़ा कर उठ बैठता है उसका पूरा वजूद पसीने से सराबोर रहता है ! मस्जिद से फज़र की अज़ान की आवाज़ आती है ! रमीज़ ख़ामोशी से अज़ान सुनता है, अज़ान के खत्म होते ही रमीज़ अल्लाह की बारगाह में हाथ फैला कर दुआ पढ़ता है फिर कहता है !

"या अल्लाह यह कैसा ख्वाब था..? जिसने मेरी पूरी ज़िन्दगी को मेरे रूबरू ला खड़ा कर दिया था ! अज़ान हो चुकी है चलता हूँ पहले नमाज़ पढ़ आता हूँ !"

रमीज़ अपनी चारपायी से उतर कर कुरता पहन कर अपने कमरे से बाहर निकलता है ! रमीज़ एक नज़र पुरे क़ब्रिस्तान पर डालता है बाहर क़ाबिरस्तान में अँधेरे के साथ साथ हमेशा की तरह मौत सा सन्नाटा फैला होता है साथ में आसमान से हलकी हलकी बारिश की बूंदा बांदी भी हो रही होती है जो माहौल को पुर इसरार बना रही होती है ! तभी रमीज़ के कानों में किसी के सिसकियों की आवाज़ पड़ती है जब वो आवाज़ की सिमत देखता है तो उसकी नज़र नक़ाब पोश खातून पर पड़ती है जो अपने बेटे के क़बर के पास से उठ कर क़ब्रिस्तान के दरवाज़े की तरफ चल देती है ! रमीज़ जग में पानी लेकर वज़ू करता है और मस्जिद की तरफ फज़र की नमाज़ के लिये निकल जाता है ! रमीज़ के ख्यालों उसके ख्वाब के वाक़्यात घूम रहे होते है जो बीती रात को उसने देखी थी !

"अस्सलाम _ओ _अलैकुम रमीज़ भाई ! क्या बात है आज आप इतनी जल्दी मस्जिद आगये अभी फज़र की जमात में वक़्त है !" रमीज़ को मस्जिद में दाखिल होते देख इमाम साहब ने मस्जिद में टंगी घड़ी के तरफ देखते हुए कहा !

"वालेकुम अस्सलाम इमाम साहब मैं सायेद ही कभी देर करता हूँ वरना हमेशा ही वक़्त पर आजाता हूँ खैर जब तक फज़र की ज़मात का वक़्त नहीं हो जाता मैं कुरआन_ऐ _पाक की तिलावत कर लेता हूँ !" रमीज़ हाथ में कुरआन _ऐ _ पाक उठाते हुए कहता है !

"हाँ रमीज़ भाई बिलकुल पढ़िये मैं भी आप के साथ बैठता हूँ !" इमाम साहब कहते हुए रमीज़ के साथ बैठ जाते है ! रमीज़ धीमी आवाज़ में कुरआन _ऐ _पाक पढ़ने लगता है पढ़ते पढ़ते रमीज़ की आवाज़ भरी होने लगती है और उसकी आँखों से बेसाख्ता आँसू बहने लगते है ! रमीज़ अपने चेहरे पर आरहे आँखू से बहते हुए आंसुओ को बार बार अपने हाथ की हथेली से पोछता है !रमीज़ के आँखों से इस क़दर आँसू बहते है के उसकी दाढ़ी तर हो जाती है !

"रमीज़ भाई क्या हुआ ? सब खैरयत तो ? आप इस क़दर बे इन्तहा क्यों रो रहे हो !" इमाम साहब रमीज़ को रोता देख परेशान होते हुए उससे पूछते है !

"कुछ नहीं इमाम साहब बस मुझे अपने वो गुनाह याद आगये जिसे मैंने कभी गुनाह समझा ही नहीं था बस इसलिए रो रहा हूँ और दिल ही दिल अल्लाह से फरयाद कर रहा हूँ के वो मुझे माफ़ करदे मैं भूल गया था के भले ही इंसान ना देखे मगर अल्लाह से कुछ भी नहीं छुपा हुआ है !" रमीज़ कहता हुआ रोने लगता है !

"रमीज़ भाई आप किस गुनाह की बात कर रहे हो मैं जब से आप को जानता हूँ मैंने आप को कभी किसी से ऊँची आवाज़ में बात तक करते नहीं देखा है मुझे नहीं लगता के कोई ऐसा गुनाह आप से हुआ होगा जिससे आप से खुदा नाराज़ हो !" इमाम साहब ने रमीज़ को समझाते हुए कहा !

"मुझसे गुनाह हुआ था इमाम साहब चलिये पहले नमाज़ फज़र पढ़ा दे आप, फिर बात करेंगे हम !" रमीज़ अपने कुर्ते की आस्तीन से आँसू को पोछते हुए कहता है !

"ठीक है चलिये रमीज़ भाई नमाज़ अदा कर लेते है! फिर हम आराम से बैठ कर बात करेंगे मुझे वैसे भी आप से बात करनी है !" इमाम साहब अपनी जगह से उठते हुए कहते है !

"ठीक है चलिये !" रमीज़ क़ुरआन_ऐ _पाक को रखते हुए कहता है !

नमाज़ी लोग एक एक कर के मस्जिद में आजाते है ! फ़ज़र की नमाज़ के लिये जमात खड़ी होजाती है, इमाम साहब नमाज़ पढ़ाना शुरू कर देते है रमीज़ भी नमाज़ के लिए खड़ा होजाता है मगर अपनी किये गये गुनाह के पछतावे में आँसू अब उसकी आँखों से निकल कर उसके चेहरे से होकर उसकी ढाढ़ी से गुजरते हुए ज़मीन पर गिर रहे होते है ! वो इस क़दर रोता है के नमाज़ खत्म करते ही वही पर बेहोश होकर गिर जाता है !

23

लेटते ही नींद आगयी-23

अपने गुनाहों के बोझ तले रमीज़ इस क़दर रोता है के नमाज़ पढ़ते ही बेहोश होकर गिर चूका होता है! मस्जिद में नमाज़ के लिए आये लोग इमाम साहब के साथ मिल कर उसे होश में लाने की कोशिश कर रहे होते है! इमाम साहब पानी के छींटे जोर जोर से रमीज़ के मुँह पर मारते है जिससे वो हड़बड़ा कर उठ बैठता है!

"रमीज़ भाई क्या होगया था आप को..? आप बेहोश कैसे हो गये थे..?" इमाम साहब ने रमीज़ के होश में आते ही पूछा!

"जी पता नहीं 'इमाम साहब' बस अचानक से मेरा सर चकराने लगा था और आँखों तले अँधेरा सा छा गया था और मैं कब बेहोश हो गया पता ही नहीं चला!" रमीज़ ने दबे लफ्ज़ो में जवाब दिया !

"चलिये अब रमीज़ भाई ठीक है आप सभी अपने अपने घरों को जा सकते है!" इमाम साहब ने पास खड़े लोगों से कहा तो वो सभी एक एक कर के मस्जिद से अपने घर की ओर चल देते है! इमाम साहब समझ चुके होते है के रमीज़ किसी बात को लेकर अंदर से परेशान है, जिस वजह से उन्हें चक्कर आगया था!

"रमीज़ भाई आप बैठये थोड़ी देर, मैं आप के लिये चाय नास्ते का इंतजाम कर के आता हूँ!", इमाम साहब कहते हुए चले जाते है ! रमीज़ वही चटाई पर बैठा अपनी सोचों में गुम रहता है !

आज नाजाने क्यों? उसका दिल गम के अंधेरों में गुम हो रहा होता है उसे रह रह कर अपने किये गये गुनाहों का ख्याल आरहा होता है ! जिस वजह से उसके आँखों से बे-इख्तियार आँसू निकलना जारी रहता है !

उधर इमाम साहब हाथ में चाय और नास्ता की ट्रे लिए रमीज़ के पास पहुँचते है उसे वापस मायुश और रोता हुआ देख चाय और नास्ते की ट्रे उसके सामने रख बैठ जाते है फिर मोहब्बत वा शफ़क़त से रमीज़ के कंधे पर हाथ रखते हुए कहते है.....!''' "रमीज़ भाई, कौन सा ऐसा गुनाह हो गया है आप से जो आप इस क़दर रो रहे हो, और अगर आप से कोई गुनाह

हो भी गया है तो आप अल्लाह रब्बुल इज्जत से माफ़ी तलब करीये बेशक वो बड़ा करीम है आप के गुनाह की माफ़ी जरूर मिलेगी, चलिये पहले चाय पी ले,,, कुछ खा ले फिर हम बात करते है...!" इमाम साहब रमीज़ को समझते हुए चाय का कप जबरदस्ती रमीज़ को थमाते हुए कहते है !

रमीज़ इमाम साहब के साथ ख़ामोशी से चाय नास्ता करने लगता है, मगर आज हमेशा से पसंद आने वाली चाय रमीज़ के गले में अटक रही होती है !

"इमाम साहब एक बात पूछूं आप से?'' रमीज़ दबे लफ़्ज़ों में चाय की कप ट्रे में रखते हुए कहता है !

"हाँ रमीज़ भाई कहिये क्या बात है?'' इमाम साहब कहते है!

"बिना निकाह के एक औरत और मर्द का जिस्मानी रिश्ता हराम है ना...?
आ... आ... और क्या इसे ज़िना ही कहते हैं...?"
रमीज़ लरजती हुई आवाज़ में पूछता है।

इमाम साहब थोड़ी देर ख़ामोश रहते हैं, फिर नर्म लेकिन गंभीर लहजे में कहते हैं—

"हाँ रमीज़ भाई, इसे ही ज़िना कहते हैं।
मैं आपको तफ़्सील से समझाता हूँ...।

देखिए, ज़िना क्या है?
जब कोई मर्द और औरत—चाहे वो किसी भी उम्र के हों—अगर वो एक-दूसरे के निकाह में नहीं हैं और उनके बीच जिस्मानी रिश्ता बनता है, तो इस्लाम में उसे ज़िना कहा जाता है।

लेकिन रमीज़ भाई, ज़िना सिर्फ साथ सोने का नाम ही नहीं है...
इस्लाम में ग़लत नीयत से देखना, बिना निकाह किसी गैर-महरम को छूना, हाथ पकड़ना या जिस्मानी क़रीबी बढ़ाना—ये सब भी ज़िना की तरफ़ ले जाने वाले काम माने गए हैं।"

इमाम साहब कुछ पल के लिए रुकते हैं, फिर गहरी साँस लेकर कहते हैं—

"रमीज़ भाई, ज़िना इस्लाम में बहुत बड़ा गुनाह है।
अल्लाह ने कुरआन में साफ़ फ़रमाया है कि ज़िना के क़रीब भी मत जाओ, क्योंकि यह बहुत बुरा और शर्मनाक रास्ता है।!''' और इसकी माफ़ी भी आसान नहीं है ! मगर रमीज़ भाई आज कल लोग गुनाह को गुनाह समझते ही नहीं है! उन्हें यह पता होते हुए भी के ज़िना एक क़र्ज़ है, जिसे आप की औलाद, आप की माँ, आप की बहन, आप की बीवी को चुकाना पड़ेगा ! मगर वो यह सब जानते हुए भी गुनाह करने से बाज नहीं आते..!

हालाँकि इंसान को यह समझना चाहिए कि गुनाह का असर सिर्फ इंसान तक सीमित नहीं रहता, बल्कि कभी-कभी उसका असर उसकी ज़िन्दगी, उसके घर और उसकी आने वाली नस्लों तक पहुँच जाता है। इसलिए मोमिन को चाहिए कि वह ऐसे गुनाह से हर हाल में बचे।"

फिर इमाम साहब कहते हैं

रमीज़ भाई अल्लाह हम सब को नेक राह पर चलने और गुनाहों से बचने की तौफ़ीक़ दे !" इमाम साहब नज़र झुका कर कहते हुए खामोश हो जाते है !

थोड़ी देर के लिये उनदोनों के बीच एक गहरी ख़ामोशी सी छा जाती है! रमीज़ उस ख़ामोशी को तोड़ते हुए इमाम साहब के सामने हाथ जोड़ते हुए बड़ी ही अज़ीज़ी के साथ कहता है!

"इमाम साहब...!
मैंने आपको अपनी मोहब्बत नरगिस के बारे में बताया था ना...?
हम दोनों से भी अपनी जवानी के दिनों में यह गुनाह हो गया था...!

उस वक़्त मैंने कभी गुनाह को गुनाह समझा ही नहीं...
लेकिन आज जब आप ज़िना के बारे में बता रहे थे... तो मेरा दिल अजीब बेचैनी से भर गया।

क्या इमाम साहब... अल्लाह मुझे और नरगिस को माफ़ नहीं करेगा...?
हम दोनों से भी तो... ज़िना हुआ था...!

न जाने आज मुझे बार-बार अपने उसी गुनाह का ख़याल क्यों आ रहा है...
और साथ-साथ हर उस गुनाह का भी, जो मुझसे कभी हुआ।

इमाम साहब... कभी-कभी मेरे दिल में एक डर भी उठता है...
न जाने मौत के बाद नरगिस का क्या हाल हुआ होगा...?

या अल्लाह...!
कहीं ऐसा तो नहीं कि मेरी वजह से वो किसी अज़ाब में मुब्तला हो...?"

रमीज़ की आवाज़ भर्रा जाती है, और वह काँपते हुए लहजे में कहता है—

"इमाम साहब...! आप किसी तरह मेरे और मेरी नरगिस के लिए अल्लाह से माफ़ी की दुआ कर दीजिए...।
हमसे जो कुछ हुआ... नादानी और जवानी के जोश में हुआ था।

मैं आपको यक़ीन दिलाता हूँ...
उसके बाद से मैंने कभी जानबूझकर कोई गलत काम नहीं किया।"

रमीज़ की आँखें नम हो जाती हैं, और वह उम्मीद भरी नज़रों से इमाम साहब की तरफ़ देखने लगता है।

" हाँ रमीज़ भाई मैं जानता हूँ आप के और मरहूमा नरगिस के बारे में , और आप को इस तरह मेरे सामने हाथ जोड़ने की कोई जरूरत नहीं है !" इमाम साहब रमीज़ के हाथों को अपने हाथों में थामते हुए कहते है !

"क्या मुझे माफ़ी नहीं मिलेगी इमाम साहब आप बोलिये ना। ..!" रमीज़ दर्द भरी आवाज़ में कहता है !

"रमीज़ भाई ऐसा नहीं है के अल्लाह बन्दों के गुनाहों को माफ़ नहीं करता !, आप एक इंसान और मेरे दोस्त होने से पहले आप अल्लाह के बन्दे है और अगर कोई अल्लाह का बंदा अल्लाह रब्बुल इज्जत से सदके दिल से अपने किये गये गुनाह की माफ़ी मांगता है, दिल से

तौबा कर लेता है और वो इंसान यह नियत करले के वो अपनी तमाम ज़िन्दगी को सही और अल्लाह की रज़ा वाली रास्तों पे चलायेगा, गुनाहों से बचेगा और अगर वो इंसान उस गुनाह को अपनी ज़िन्दगी में फिर कभी भी नहीं दोहराता तो रमीज़ भाई बेशक अल्लाह माफ़ करने वाला बड़ा अज़ीम शहंशाह है !, उस रब को तो अपने बन्दों की तौबा बेहद पसंद है आप दोनों को वो जरूर माफ़ करेगा !" इमाम साहब रमीज़ को समझाते हुए कहते है!

"अल्लाह से तौबा तलब करने के लिये मुझे क्या करना होगा इमाम साहब?" रमीज़ पूछता है, तो इमाम साहब हल्का सा मुस्कुराते हुए अपने दाढ़ी पर हाथ फेरते हुए कहते है.....!

" सिर्फ दो रेकात नमाज़_ऐ_तौबा सदके दिल से पढ़ ले फिर उस पाक रब की बारगाह में हाथ फैला कर अपने और नरगिस की गुनाहों की माफ़ी मांग ले बेशक आप के गुनाह माफ़ होंगे...,,, और हाँ रमीज़ भाई यह याद रखियेगा वो पहले अपने बन्दों की नियत देखता है तो साफ़ और पक्के नियत से नमाज़ पढ़ कर दुआ करे अल्लाह आप की दुआ जरूर सुनेगा ! चलिये आप के साथ मैं भी पढ़ लेता हूँ नमाज़ !" इमाम साहब रमीज़ को उठने का इशारा करते हुए कहते है !

"इमाम साहब फज़र की नमाज़ के बाद तो इशराक और चास्त की नमाज़ का वक़्त होता है तो हम इस वक़्त नमाज़ _ऐ_तौबा कैसे पढ़ सकते है !" रमीज़ कुछ सोचते हुए कहता हैं !

"रमीज़ भाई नफिल नमाज़ है.....! आप किसी भी वक़्त पढ़ सकते हो, जैसे कोई हाजत पेश आने पर हम किसी भी वक़्त हाजत की नमाज़ पढ़ सकते है.....!, ठीक उसी तरह अगर आप को अभी यह महसूस हो रहा के आप को तौबा करनी चहिये तो आप नमाज़ _ऐ_तौबा पढ़ सकते हो कोई हर्ज नहीं है !" इमाम साहब रमीज़ को समझाते हुए कहते है !

दोनों मुसल्ले पर हाथ बांधे नमाज़_ऐ _तौबा पढ़ने के लिये खड़े होजाते है....!''' दो रिकात नमाज़ सलातुल तौबा बड़े ही सुकून और खुलूस दिल के साथ रब्बुल इज्जत की बारगाह में पेश करते है ! नमाज़ अदा करने के बाद रमीज़ अपने दोनों हाथ दुआ के लिये उठा अपने गुनाहो की माफ़ी अल्लाह रब्बुल इज्जत की बारगाह में पेश करता है!

"या रब्बुल इज्जत....,''' ऐ मेरे अल्लाह...,''' ऐ मेरे पाक परवरदिगार ,'''' मैं तेरा गुनहगार बंदा आज तेरी बारगाह-ए-इलाही में अपने किये गये गुनाहों की माफ़ी का तलब गार हूँ...!''' ऐ अल्लाह मेरे वो गुनाह माफ़ करदे जो मैंने जान बुझ कर किये है और जिसमें मैंने अपनी मोहब्बत मरहूम नरगिस को भी शामिल रखा....! और मेरे उन गुनाहों को भी माफ़ करदे जो मुझसे नादानी या गलती से हो गयी है!... या अल्लाह मैं सिर्फ और सिर्फ तेरी माफ़ी का तलबगार हूँ मुझे और मेरी नरगिस के गुनाहों को बख्श दे मेरे मौला, मुझे बख्श दे !" रमीज़ रोते हुए अपनी गुनाहों की माफ़ी मांगता है !

दुआ से फारिग होकर रमीज़ कहता है ! "इमाम साहब अब मुझे आप इजाजत दे एक क़बर तैयार करनी है!"

"इतनी सुबह किसकी क़बर तैयार करनी है रमीज़ भाई !"इमाम साहब पूछते है !

"जी असल में कल रात ही एक नक़ाब पोश शख़्स आया था अपने बाप की क़ब्र तैयार करनी की इल्तिजा लेकर, आज ही क़बर तैयार करने को कहा है और कहा है के वो कल आयेगा साथ में मुझे एक कफ़न भी थमा गया था जिसे मैंने अपने कमरे में रख दिया है.... और हाँ इमाम साहब साथ नाजाने वो क्यों मुझे क़बर तैयार करने के बाद गुसल करने का कह गया था..!" रमीज़ कहता है तो इमाम साहब हैरत से अपने सर खुजाते हुए कहते है !

"रमीज़ भाई क्या कह रहे हो आप ? असल में कल रात मेरे पास भी एक नवजवान लड़का आया था....! इत्तेफ़ाक़ की बात यह है के वो भी नक़ाब पोश था और मुझे कल के बारे में कहा के मेरे अब्बा की नमाज़_ऐ _जनाज़ा पढ़ा देना और कुछ रुपय भी देगया था मुझे!"

"हो सकता है वही लड़का हो जो मेरे पास आया था शायद उसके वालिद ज्यादा बीमार हो इसलिए कह गया हो !" रमीज़ कहता है !

"मगर रमीज़ भाई उसे कैसा पता के उसके बाप की मौत कल होगी....!, आप को यह लड़का कुछ अजीब या पुर-असरार (mysterious) नहीं मालूम हुआ और भला वो आप को क्यों गुसल का कह गया ...?"" इमाम साहब गौर_ओ_फ़िक्र करते हुए कहते है !

"मुझे तो हर रोज क़ब्रिस्तान में कुछ ना कुछ पुर-असरार (mysterious) देखने को मिलता रहता है....,'"! अब मैं इनसब बातों पर ज्यादा तवज्जह नहीं देता हूँ इमाम साहब...!''" अब तो मैं इन सब का आदी हो चूका हूँ.....!''" खैर देखते है कल आने दे उस लड़के को तभी पूरा मामला पता चलेगा,,,, वैसे अब मैं चलता हूँ इजाजत दे !" रमीज़ अपने क़दम बढ़ाते हुए कहता है !

"ठीक है जाइये रमीज़ भाई मैं भी आता हूँ कुछ वक़्त बाद आज मेरा दिल कर रहा आप से बैठ कर बस बातें करता रहूं !" इमाम साहब कहते है !

"बिलकुल इमाम साहब जरूर आये मैं आप का इंतज़ार करूँगा...!" रमीज़ कहता हुआ इमाम साहब से इजाजत लेते हुए क़ब्रिस्तान की तरफ चल देता है!

बारिश थमी हुई रहती है मगर पूरे आसमान में बादल छाये हुए रहते है ठंडी ठंडी चलती सर्द हवायें रमीज़ के वजूद को सुकून बख्श रही होती है ! पहले वो अपने वालदैन के क़ब्र के पास जाकर सलाम कर के फातिहा पढता है! फिर वो क़ब्रिस्तान में मौजूद अपने छोटे से घर से झाड़ू उठा कर पहले पूरे क़ब्रिस्तान में झाड़ू लगाता है...., आज उसे क़ब्रिस्तान में चारों तरफ भीनी भीनी फूलों की खुश्बू फैली महसूस होरही होती है जो सुनसान पड़े क़ब्रिस्तान के माहौल को खुशनुमा बना रही होती है !

रमीज़ झाड़ू लगाने के बाद झाड़ू रख कर कुदाल उठा क़ब्रिस्तान के आखिर के जानिब चल देता है,, जिस तरफ उसे क़बर तैयार करने के लिये पिछली रात को नक़ाब पोश लड़के ने कहा था ! रमीज़ को चलते हुए याद आता है के "उस लड़के ने कहा था के क़बर उधर खोदनी है जिधर एक औरत आज से 25-26 साल पहले फूत (इंतेक़ाल) हुई थी...!""

तो रमीज़ वापस अपने घर की तरफ मुड़ जाता है !""" अपने कमरे में पहुँच कर वहाँ मौजूद बहुत सारी फाइल में से पुरानी फाइल निकाल कर दफनाये गये मुर्दों की जानकारी

जँचता है के आखिर पचीस साल पहले किस लड़की को कब्रिस्तान के आखिर में दफनाया गया था....!''''''''' तभी पुरानी धुल पड़े फाइल में उसे धुंधली पड़ चुकी नरगिस का नाम दिखता है...!'''' ठिक उसके बाद उसके दोस्त असलम का नाम लिखा होता है,,,, साथ में मौत की वक़्त और वजह क़त्ल लिखी होती है...!'''' भले ही आज फाइल पर लिखे उसके दोस्त और मोहब्बत के नाम धुंधले पड़ चुके है मगर वो दोनों आज भी रमीज़ की यादों में ज़िंदा होते है...!

नरगिस के एलावा और कोई भी लड़की का नाम नहीं लिखा होता है जो आज से पच्चीस साल पहले फूत हुई हो...!''' रमीज़ फाइल वापस रख कर कुदाल लेकर क़ब्रिस्तान के आखिर के जानिब चल देता है.....!

''''रमीज़ अपने ज़हन में यह सोचता हुआ आगे बढ़ता है के क़ब्रिस्तान के उस तरफ तो नरगिस के क़बर के बगल की खाली जगह मैंने अपने क़बर के लिये मुंतखिब कर के रखी थी..!'' मगर उस लड़के ने उसी जगह का इंतेखाब क्यों किया..?'''' इतने बड़े क़ब्रिस्तान में उसे और कोई जगह नहीं दिखी..?'''' क्या मैं उस लड़के के बाप की क़बर कही और तैयार करू?... नहीं.... नहीं...''' यही नरगिस के क़बर के बगल में ही तैयार करदेता हु....! नाजाने उस बच्चे ने क्या सोच कर यहाँ अपने बाप की क़बर खोदने के लिए मुझसे कहा हो...? '' अपने ख्यालों में गुम रमीज़ सभी बातों को सोचता हुआ कब्र के करीब पहुँचता है!

रमीज़ नरगिस की क़ब्र के क़रीब पहुँचकर कुदाल एक तरफ रख देता है और ख़ामोशी से नरगिस की क़ब्र को देखने लगता है...।

साथ ही उसकी नज़र अपने अज़ीज़ दोस्त असलम की क़ब्र पर भी पड़ती है...।

उसकी आँखों में आज भी नरगिस के लिए पाक मोहब्बत और अपने दोस्त असलम के लिए नदामत के आँसू झलकने लगते हैं। उसकी आँखें नम हो जाती हैं...।

रमीज़ दोनों हाथ दुआ के लिए उठाकर रब्बुल इज़्ज़त की बारगाह में नरगिस और असलम की मग़फ़िरत की दुआ करता है।

तभी अचानक एक ठंडी हवा का झोंका उसके वजूद से होकर गुज़रता है, और एक दिलफ़रेब खुशबू उसके पूरे वजूद को महका जाती है...।

रमीज़ कुछ पल वहीं खड़ा रहता है, फिर धीरे से नरगिस की क़ब्र के पास बैठ जाता है...।

"नरगिस। ..... ना जाने क्यों? मुझे ऐसे महसूस हो रहा के तुम मुझे देख रही हो महसूस कर रही हो....?"'' रमीज़ कहता है फिर रमीज़ तय जगह पर कुदाल उठा कर क़बर खोदने लगता है ! कबर खोदने के दौरान ख्वाब में गुज़रे वाक़्यात रमीज़ के ज़हन में शोर मचा रहे होते है अभी कुछ वक़्त गुज़रा ही था के इमाम साहब भी रमीज़ से मिलने चले आते है !

"अरे वाह रमीज़ भाई आप ने तो अपना काम भी शुरू करदिया !" इमाम साहब कहते हुए रमीज़ के करीब आकर कहते है !

"आइये आइये इमाम साहब आगये आप आज घर नहीं जाना क्या आप को?" अपने ख्यालों की दुनियाँ से बाहर निकल कर रमीज़ सामने से आते इमाम साहब से कहता है!

"नहीं रमीज़ भाई आज घर नहीं जाऊँगा और मैंने तो नमाज़ के बाद ही आप से कहा था के मैं आज आप के साथ थोड़ा वक़्त गुज़ारूंगा...! चलिये आप कुछ बताये अब.....!" इमाम साहब कहते हुए रमीज़ के करीब साफ़ जगह देख कर बैठ जाते है !

"इमाम साहब क्या बताऊं आप को ? कल रात ख्वाब में एक साथ अपनी ज़िन्दगी के कई वाक़्यात एक के बाद एक देखे मैंने !" रमीज़ कुदाल दूसरी तरफ रख कर इमाम साहब के पास बैठते हुए कहता है !

"ज़िन्दगी के वाक़्यात? मैं कुछ समझा नहीं रमीज़ भाई जरा तफ्सील से बताये !" इमाम साहब ने कहा !

"मतलब यह है, इमाम साहब...
कल रात मैंने एक ऐसा ख़्वाब देखा... जो आज तक कभी नहीं देखा था।

उस ख़्वाब में मैंने अपने वजूद की पूरी ज़िन्दगी देख ली...
अपनी माँ के पेट से लेकर आज तक की हर एक घड़ी।

इमाम साहब... यहाँ तक कि मैंने यह भी महसूस किया कि
मैं अपनी माँ के पेट में कैसा महसूस कर रहा था...!

फिर मैंने देखा कि मैंने पहली बार चलना कैसे सीखा...
अपने बाप के वजूद की गर्माहट,
अपने भाइयों और दोस्तों के साथ गुज़ारे हुए पल,
और यहाँ तक कि अपनी मोहब्बत नरगिस के साथ बिताया हर लम्हा भी...!

इमाम साहब... यह सब मैंने सिर्फ एक ही रात के ख़्वाब में देख लिया।

उस ख़्वाब की एक-एक बात अभी तक मुझे याद है...
और हैरत की बात तो यह है कि
वो सारे एहसासात आज भी मेरे दिल में वैसे ही महसूस हो रहे हैं...!

सच कहूँ इमाम साहब...
वो ख़्वाब बहुत ही अजीब और रहस्यमय था...!"

रमीज़ यह सब कहते हुए गहरी सोच में डूब जाता है।

"ये बड़ी अजीब बात बताई आप ने रमीज़ भाई। .. मेरे ख्याल से तक़रीबन चालीस रोज हो चुके है आप को इस तरह के ख्वाब आते हुए....!" इमाम साहब कुछ सोचते हुए कहते है !

"हाँ,....! तक़रीबन चालीस दिन आज हो गये होंगे इमाम साहब,, पिछले (39) उनचालीस दिन तो कुछ कुछ वाक़्यात आते थे मगर कल रात मेरी पूरी ज़िन्दगी मेरे रूबरू थी,,!" रमीज़ ने मुख़्तसर सा कहा !

"रमीज़ भाई शायद आप का हक़ीक़ी रब से मुलाक़ात करने का वक़्त आ चूका है !"' इमाम साहब दबे लफ़्ज़ों उदास होकर कहते है जिसे रमीज़ सुन नहीं पाता है !

तभी आसमान में अचानक बिजली चमकती है और बादलों की गरगराहट की आवाज़ के साथ अचानक बारिश शुरू होजाती है ! रमीज़ का क़बर खोदना अभी अधूरा ही रह जाता है !

24

लेटते ही नींद आगयी-24

पूरा आसमान काले बादलों से घिर चूका होता है, साथ साथ तेज चमकती हुई आसमानी बिजली कब्रिस्तान के माहौल को खौफनाक बना रही होती है !

"आज तो आसमान बिलकुल साफ़ था इमाम साहब फिर यह अचानक से बारिश कैसे होने लगी?'' चलिये जल्दी से मेरे कमरे की तरफ वरना मेरे साथ साथ आप भी बारिश में भीग जायेंगे ..!" रमीज़ कहता है

"हाँ चलिये रमीज़ भाई...!" इमाम साहब कहते हुए रमीज़ के साथ उसके कमरे की तरफ चल देते है !

"रमीज़ भाई इतनी बारिश में , अब आप क़बर कैसे तैयार करोगे !" इमाम साहब रमीज़ के चारपायी पर पड़े तौलिये से खुद को पोछते हुए कहते है !

"अभी तो सुबह ही हो रही है इमाम साहब बारिश रुक जाये तो फिर से कबर तैयार करने का काम पूरा करलूँगा , यह अलग बात है के बारिश के बाद मेहनत ज्यादा करने पड़ेगी ,ऐसा करो इमाम साहब आप बैठो मैं कुछ खाने के लिये बना लेता हूँ फिर हम साथ में मिल कर खायेंगे !" रमीज़ कहता है !

"हाँ रमीज भाई भूख तो लगी है मुझे, आप बनाये कुछ खाने को तब तक मैं यही बैठ बारिश का मज़ा लेता हूँ! " इमाम साहब कहते है!

"बिल्कुल इमाम साहब जब तक मैं खाना बना रहा हूँ तब तक आप कब्रिस्तान में हो रहे बारिश का मज़ा ले! " रमीज कहता है!

फिर वो चूल्हा जला कर चावल के आटे का चीला और चाय बनाने लगता है उसके साथ वो आम का आचार भी निकाल लेता जो कभी उसे इमाम साहब ने ही खाने के लिये दिया था !

इमाम साहब कभी रमीज़ के कमरे में तो कभी कमरे के बाहर बरामदे में टहलते हुए बारिश के थमने का इंतज़ार कर रहे होते है ! दिन के उजाले में भी कब्रिस्तान में होनी वाली बारिश रात का खौफ्फ़ पैदा कर रही होती है !

इमाम साहब के ज़हन में रमीज़ के ख्वाबों के वाक़्यात एक के बाद एक ज़हन में घूम रहे होते है, इमाम साहब अपने ज़हन में कहते है..!

" या अल्लाह मुझे नहीं मालूम के रमीज़ भाई के इनसब ख्वाबों की हक़ीक़तन ताबीर क्या है ? मगर मुझे इतना तो मालूम है के जो ख्वाब रमीज़ भाई को दिखायी देते है...'"वो कोई आम ख्वाब नहीं है बल्कि वो इल्हामी ख्वाब है यानी वो ख़्वाब जो मेरे मालिक तेरे तरफ से हिदायत के तौर पर हैं शायद तभी रमीज़ भाई को दिख रहे हो ! और मौत और ज़िन्दगी तो तेरे हाथों में है , मगर या अल्लाह मुझे ऐसे वसवसे क्यों आरहे के रमीज़ भाई को लगातार चालीस दिन आने वाले यह ख्वाब उनके मौत की निसानी है...! मेरे रब रमीज़ भाई की उमर में बरकत अता फरमा , और उनके गुनाहों को माफ कर, या रब रमीज भाई बड़े ही नेक बंदे है, एक उमर गुजरी है मेरी उनके साथ आज तक मैंने उन्हे क़ब्रिस्तान की खिदमत देख रेख और तेरी इबादत के ऐलावा कोई भी ऐसा काम करते हुए नही देखा जिससे वो कभी भी मुझे गलत लगे हो, बड़े ही नेक है मेरे रमीज भाई ! " इस तरह इमाम साहब दिल ही दिल में कभी खुद से तो कभी रब कायनात से बातें कर रहे होते है !

तभी उनकी नज़र क़ब्रिस्तान के दरवाज़े पर पड़ती है...! वो देखते है के एक के बाद एक कई लम्बे कद के लोग सफ़ेद लिबास सर से लेकर पैर तक पहने क़ब्रिस्तान के हदूद के अंदर दाखिल हो रहे होते है...! उन सभी लोगों में एक बात एक जैसी होती है और वो यह के सभी एक जैसी चाल चल रहे होते है ! बारिश का पानी उन्हें छु कर ज़मीन पर बिखर रही होती है मगर उनका लिबास बिल्कुल सुखा हुआ मालूम होरहा होता है , और उनके वजूद से एक दिलफरेब खुश्बू फूट रही होती है जो पूरे क़ब्रिस्तांन में फ़ैल रही होती है!

इमाम साहब आँखे फाड़े हैरान वो परेशान उन्हें अपनी तरफ आते हुए देख रहे होते है के अचानक तेज़ बिजली चमकती है और उनमें से एक शख्स पर इमाम साहब की नज़र पड़ती है सफ़ेद लम्बी नूरानी चहरा बड़ी बड़ी लाल अंगारा आँखे जिसे देख इमाम साहब डर कर चींख मारते है! तो रमीज़ खाना बनाना छोड़ दौड़ते हुए इमाम साहब के पास आता है!

"क्या हो गया इमाम साहब आप इस तरह क्यों चींख रहे? सब खैरयत तो है?....'' रमीज़ इमाम साहब की तरफ देखते हुए कहता है !

"रमीज़ भाई मुझे नहीं उस तरफ देखिये....!" इमाम साहब रमीज़ का हाथ कस कर पकड़े उन पुर-असरार लोगो की तरफ इशारा करते हुए कहते है !

रमीज़ जब उस तरफ देखता है तो उसे भी वो सारे लोग अपने घर के सामने खड़े दिखते है ,उनमें से किसी का भी वजूद बारिश के पानी में नहीं भीग रहा होता है यह देख रमीज समझ जाता है के यह इंसानों में से तो बिल्कुल भी नही है !

"देखा आप ने इन्हे रमीज़ भाई ना जाने कौन लोग है? ,,,, और देखिये अपनी लाल अंगारा आँखों से कैसे हमें घुर रहे है !..." इमाम साहब डर से काँपते हुए कहते है! मगर वो सारे लोग खामोश खड़े उन्हें देखे जा रहे होते है !

तभी रमीज़ चुप्पी तोड़ते हुए उनसे पूछता है ! "आप लोग आखिर कौन है ? और इस तरह मेरे घर के सामने आकर क्यों खड़े है?"

तभी उनमें से एक पुर-असरार शख्स आगे बढ़कर रमीज़ और इमाम साहब के थोड़ा क़रीब आ जाता है। उसकी आवाज़ में अजीब सी संजीदगी और ठहराव होता है।

वह कहता है—

“असल में हम क़ौम-ए-जिन्नात से ताल्लुक रखते हैं... और इस वक़्त यहाँ एक खास मक़सद के तहत अब्दुल रमीज़ तुमसे मिलने आए हैं।

और इमाम साहब... आप हमें माफ़ कीजिएगा। हमारा इरादा आपको डराने का बिल्कुल भी नहीं था।

आप तो हमारे बच्चों के उस्ताद हैं। हमारी क़ौम के कई बच्चों ने आपसे क़ुरआन-ए-पाक की तालीम हासिल की है, और आज भी हमारे कुछ बच्चे आपके पास तालीम लेने आते हैं...।”

इतना कहकर वह शख्स अदब से अपना सर झुका लेता है।

"रमीज़ भाई मुझे तो इल्म ही नहीं था के मैं जिन्नात के बच्चों को तालीम दे रहा था और हमारे सामने कोई और नहीं बल्के कई जिन्नात खड़े है !"इमाम साहब ने धीमे शब्दों में रमीज़ से कहा !

"इमाम साहब यह तो अच्छी बात है ना के आप इंसानो के साथ साथ जिन्नातों के बच्चों को भी क़ुरआन -ऐ -पाक की तालीम दे रहे है, इसमें डरने वाली कौनसी बात है ! उन्होंने तो कभी आप को कोई नुक्सान नहीं पहुँचाया है!.....’हैं‘...’ना..!” रमीज़ इमाम साहब से कहता!

"हाँ... हाँ रमीज़ भाई सही कह रहे हो आप, किसी ने कभी कोई नुक्सान तो नही पहुंचाया है !" इमाम साहब थोड़ा अटकते हुए कहते है !

"खैर यह सब बातें छोड़िये इमाम साहब पहले मैं इनसे तलब करू के यह आखिर मुझसे क्या चाहते है?" रमीज़ इमाम साहब से कहता है !

तभी उन जीनों में से एक जिन उनके और करीब आकर अपने चेहरे से नक़ाब हटाते हुए कहता है ! "रमीज़ क्या तुमने मुझे नहीं पहचाना ? मैं लाइबा का वालिद हूँ !"

"जी.... जी हाँ मैं पहचान रहा हूँ आप को , कहिये कैसे आना हुआ आप का , लाइबा बहतर तो है ना ? उसने अब कोई दूसरी शरारत तो नही की? " रमीज़ लाइबा के वालिद से पूछता है !

‘‘नही उसने इस बार कोई शरारत नही की है..!, असल में चंद रोज से मेरी बेटी लाइबा की तबीयत अचानक से बेहद खराब चल रही है...! उसी के सिलसिले में हम सब यहाँ आये है! हमें उसके बचने की उम्मीद कम ही लगती है, वो अब अपनी ज़िन्दगी की आखिरी सांसें गिन रही है , और वो मरने से पहले आखिरी बार तुमसे मुलाक़ात की मुन्तज़िर है!

उसी ने तो हमें यहाँ भेजा है तुम्हे अपने साथ लेकर उसके पास जाने के लिये !" लाइबा के वालिद रमीज़ से कहते है!

"अचानक से उसे क्या होगया है? कुछ रोज पहले मुझसे मिलने आयी थी तब तो वो बहतर थी! " रमीज कहता है!

"अल्लाह ही बहतर जाने के अचानक से मेरी बच्ची को क्या हुआ जो वो बिस्तर से जा लगी? चलो मेरे साथ इससे पहले की देर होजाये! " लाइबा के वालिद उदास लहजे में कहते है!

"ठीक है चलिये !" रमीज़ कहता है !

"अगर आप लोग को कोई ऐतराज ना हो तो मैं भी चलूँ रमीज़ भाई के साथ ?" इमाम साहब ने लाइबा के वालिद से इजाजत लेते हुए पूछा !

"बिलकुल चले उस्ताद -ऐ -मोहतरम , भला हमें क्यों कर ऐतराज होगा? हमारी खुशनसीबी है के आप हमारी दुनियाँ में तसरीफ लेजायेंगे !" लाइबा के वालिद ने सफ़कत से कहा !

"ठीक है फिर , मैं भी चलता हूँ ! "इमाम साहब कहते है!

इमाम साहब और रमीज़ उन जिन्नातो के साथ चल देते है अभी वो उनके साथ क़ब्रिस्तान के हदूद से बाहर निकल ही रहे होते है के वो अगले ही पल खुद को जिन्नातों की दुनियाँ में पाते है ! जहाँ जिन्नातों की एक भीड़ उनके ही मुन्तजिर रहती है ! सामने ही एक शानदार और खूबसूरत सा महल होता है! रमीज़ और इमाम साहब लाइबा के महल में उसके वालिद के साथ दाखिल होते है , वो उनके आगे और इमाम साहब और रमीज लाइबा के वालिद के पीछे पीछे चल रहे होते है!

इमाम साहब फटी फटी नज़रों से चारों तरफ महल की खूबसूरती को निहार रहे होते है !

"रमीज़ भाई जिन्नातों के वजूद के बारे में तो कई बार पढ़ा और सुना था और आज अपनी आँखों से उनकी हकीकत भी देख ली ! बिल्कुल जादुई दुनियाँ है इनकी रमीज भाई!" इमाम साहब चलते हुए रमीज़ को अपनी कुहनियो से मारते हुए कहते है !

"हाँ इमाम साहब बेशक हम जिन्नातों के वजूद से कभी इंकार नहीं कर सकते है ! जिस तरह हम सब रहते है इस दुनियाँ में वो भी अपनी जिंदगी में वैसे ही रहते है....! उनके भी रिस्तेदार , घर-परिवार ,गम-खुशी, जज़्बात, जिंदगी और मौत होती है! " रमीज़ चलते हुए कहता है !

"बेशक रमीज भाई और हाँ आखिरत में उनसे भी उनकी जिंदगी में किये गये अमाल के बारे में सवाल वा जवाब किया जाये गा! " इमाम साहब कहते है!

" लाइबा के वालिद रमीज़ और इमाम साहब को लाइबा के कमरे में लेकर जाते है ! इमाम साहब आँखे फाड़े लाइबा के कमरे और उसके महल की खूबसूरती देख रहे होते है ! सामने एक शाही पलंग होता जिसपर लाइबा शदीद बिमार पड़ी लेटी होती है ! उसके आस पास जिन्नाती हकीम और लाइबा की माँ होती है ! रमीज़ को कमरे में आते देख सभी कमरे से बाहर चले जाते है ! लाइबा के वालिद रमीज़ और इमाम साहब को लाइबा के पास रखी शाही कुर्सी पर बैठने का कहते है तो वो दोनों जाकर कुर्सी पर बैठ जाते है !

"रमीज़ तुम आगये, मुझे तो लगा था के तुम नही आओगे? " लाइबा दर्द में कहराते हुए कहती है !

"कैसे नही आता दोस्त हो तुम मेरी? तुम्हारे वालिद साहब ने बताया के तुम सदीद बिमार हो और मुझसे मिलने की मुन्तज़िर हो , भला अपने दोस्त की बिगड़ी तबियत का सुन कर इंकार कैसे कर पाता! इसलिए मैं चला आया ! अब बताओ क्या कहना चाहती हो?" " रमीज संजीदगी के साथ लाइबा से कहता है!

"माशा अल्लाह रमीज आज पहली बार तुम इतनी नरमी के साथ मुझसे बातें कर रहे हो! वरना मैंने हमेशा अपने लिये तुम्हारा तल्ख रवैया देखा था! " लाईबा धीमी आवाज़ में मुस्कुराते हुए कहती है!

"यह सब छोड़ो लाइबा पहले यह बताओ के तुमने मुझे यहाँ बुलाया है तो जरूर इसकी कोई ना कोई वजह होगी....?"

" मुझे पता था तुम सोचते होंगे के मैंने तुम्हे इस तरह आज क्यों बुलाया ? चलो बता ही देती हूँ, रमीज़ तुम्हे याद है एक बार तुम मुझसे मदद के तलबगार थे तो मैंने तुम्हारी दोस्ती के बदले कुछ बैर तुम्हे दिये थे !" लाइबा रमीज़ से कहती है !

"हाँ याद है मुझे , मगर आज अचानक उन बैरों का जिक्र क्यों लाइबा ?" रमीज़ कहता है !

"वो कोई आम बैर के बीज नही थे, मुझे माफ़ करना रमीज़ मैंने वो बैर तुम्हे इसलिये दिये थे ताके जब तक वो बैर के बीज तुम्हारे पास रहेंगे तो तुम नरगिस से दूर और मेरी मोहब्बत में मुब्तला हो जाओगे , मगर उन बैर के बीजों से यह फायदा होता के तुम दौलत मंद हो जाते! तुम्हे तुम्हारी नरगिस से जुदा करने का सोचा था मैंने.., हो सके तो मुझे माफ़ कर देना इस गुनाह के लिये तुम नरगिस से तो दूर होगये मगर मेरे भी करीब ना आसके , तुम्हारी नरगिस से पाक मोहब्बत के आगे आज मैं हार गयी और शायद अब मेरी सांसें भी हार जाये !" लाइबा शर्मिंदा होते हुए कहती है !

रमीज़ नर्म लेकिन भरोसा देने वाले लहजे में कहता है—

“लाइबा, तुम्हें माफ़ी माँगने की कोई ज़रूरत नहीं है...! जिस दिन तुमने मुझे बैर के बीज दिए थे, उसी दिन मेरी अम्मा का इंतक़ाल हो गया था। उसी अफरा-तफरी में वो बैर के बीज मुझसे कहीं खो गए थे।

इसलिए मेरे और नरगिस के मामले में तुम्हारा कोई हाथ नहीं है... तुम खुद को गुनहगार मत समझो।

और जहाँ तक दौलत की बात है... मुझे कभी भी दौलत की ख़्वाहिश नहीं रही।

ये सब बातें छोड़ो लाइबा... जरा खुद को देखो। क्या हाल बना रखा है तुमने अपना...?”

"रमीज मुझे खुद मालूम नही के आखिर किस गुनाह के सज़ा में मैं मुबतेला हूँ , वैसे रमीज तुमने ठीक ही कहा था के किसी गुनाहगार को सज़ा देने का हक सिर्फ उस पाक परवर दिगार को है.., और कही ना कही मैंने उनका क़त्ल कर के गुनाह-ऐ-अज़ीम किया है..., अल्लाह मुझे माफ करे ! ' रमीज असल में जिस दिन से मैंने नरगिस के भाइयों को क़त्ल किया है ...! ठीक उसी रोज के बाद से मेरी तबियत बहतर नही है और आज मेरी हालत तुम्हारे सामने है ! "लाइबा कहती है!

लाइबा के वालदैन और इमाम साहब खामोशी से उनके आपस की बातों को सुन रहे होते है! लाईबा की अम्मी वकफे वकफे से रह रह के उसकी ऐसी हालत देख रो रही होती है!

" मैंने तो तुम्हे पहले ही कहा था के किसी की भी जान लेना गुना-हे-कबीरा है..! मगर तुमने मेरी एक नही सुनी और क़त्ल कर दिया नरगिस के भाइयों को..! लाइबा तुम जिन्न हो तो क्या हुआ..? रब के कानून क़त्ल के मामले में जिन्न और इंसान पर एक ही है! हो सकता है अल्लाह को तुम्हारी यह बात बुरी लग गयी हो! हमारा रब हब सब के गुनाहों को माफ करे (अमीन)..!" रमीज कहता है!

तो लाइबा रमीज़ का हाथ अपने हाथों में थामे हुए कहती है..!" रमीज़ मैं तुमसे बेइन्तेहाँ मोहब्बत करती हूँ , तुम मेरे सब से अच्छे दोस्त रहे ..! तुम्हारे जितना ईमानदार और दुनिया के तमाम ऐश वा आराम को कुर्बान कर खुदा की रज़ा की राह में लग जाने वाला मेरे नज़र में तुम पहले इंसान हो,भला तुम्हारी मोहब्बत नरगिस के क़ातिलों को जिंदा कैसे छोड़ देती..? सिर्फ इसलिये मैंने उन्हे क़त्ल किया बाकी अल्लाह मुझे माफ करदे! " लाइबा कहती है

"हम्म...बेशक अल्लाह गलतियों को माफ करने वाला बड़ा मेहरबान है !" रमीज कहता है!

"खैर रमीज़ इन बातों को जाने भी दो, जो होना था सो होगया वैसे भी हर एक का इस दुनिया में जिंदगी और मौत का वक़्त और वजह मुकरर है ...! और हाँ एक और बात आज रात वो सब आयेंगे तुमसे मिलने फिर सारे राज खुल जायेंगे तुम्हारे ख्वाबों के , रमीज़ मेरे मौत के बाद मुझे जिन्नातों के क़ब्रिस्तान में दफन करने के बजाये मुझे अपनी दुनियाँ के क़ब्रिस्तान में दफ़न करना, वही पर जहाँ नरगिस की क़ब्र के बगल में जो तुमने एक नयी क़बर तैयार की है, ठीक उसी के क़रीब मेरी भी क़बर तैयार कर मुझे वही तद्फीम कर देना ! कम से कम रोज -ऐ-कयामत हम सब एक साथ उठेंगे !"

इतना कहते ही लाइबा जो रमीज का हाथ कस कर थामे होती है उसके हाथ की पकड़ ढीली पड़ जाती है और उसकी मोती जैसे चमकते आँखे साक़ित हो जाते है! जिसमें कोई जान तो नही होती मगर मरते वक़्त अपनी मोहब्बत रमीज को नज़र भर कर अब भी देख रही होती है!

लाईबा को मरा हुआ देख उसकी माँ उससे लिपट कर रोने लगती है, तो रमीज लाइबा का हाथ छोड़ इमाम साहब के साथ कुर्सी से उठ कर लाईबा के वालिद के बराबर में आकर खड़ा हो जाता है !

"रमीज वैसे तो हम जिन्नात कभी भी अपने कौम के किसी भी जिन की मैयत को इंसानी क़ब्रिस्तान में नहीं दफनाते है ! हमारे मुर्दे हम अपने ही कब्रिस्तान में दफन करते है , मगर मेरी बेटी की आखिरी खवाहिश थी के वो तुम्हारी दुनियाँ में दफनायी जाये इसलिए मै अपनी बेटी लाईबा को घुसुल दिला कर उसके आखिरी सफर के लिये तैयार करवाता हूँ..., तब तक आप क़ब्रिस्तान जाकर उसकी क़बर तैयार कर ले ,.., और हाँ इमाम साहब आप से गुज़ारिश है के आप मेरी बेटी की नमाज़-ऐ -जनाज़ा पढ़ाये ! मैं भी चाहता हूँ के लाइबा की आखिरी

रुख्शती इंसानी दुनियाँ से हो !" रमीज को अपने करीब खड़ा देख लाइबा के वालिद नम आँखो से कहते है !

"जी जैसा आप बहतर समझे , मुझे कोई ऐतराज नही है! जवान मौत माँ बाप के लिये बड़ा सदमा होती है.., अल्लाह आप लोगों को सब्र अता करे...,!" इमाम साहब ने लाईबा के वालिद से कहा!

"अगर आप लोगों को किसी तरह की कोई मदद चहिये तो मैं अपने कुछ गुलाम जिनों को आप के साथ रवाना कर देता हूँ !" लाइबा के वालिद ने नम आँखों से कहा !

"नही... नही उसकी कोई जरूरत नही, मैं अपना काम खुद कर लूंगा ! " रमीज सन्ज़िदगी के साथ कहता है!

लाइबा की मौत की खबर सुनते ही पूरा जिन्नाती क़बीला उसके महल और उसके आस पास आकर इकट्ठा हो जाते है और लाइबा और उसके खानदान वालों के साथ उसके जाने के गम में शरीक हो जाते है !

रमीज़ और इमाम साहब को लाइबा के कुछ गुलाम जिन्न, उसी बेरी के पेड़ से होते हुए उन्हे पेड़ के बाहर पहुँचा कर वापस चले जाते है! उनके जाते ही इमाम साहब कभी बेरी के पेड़ तो कभी रमीज को हैरत से देखते है फिर कहते है!

"रमीज भाई बड़े हैरत की बात है के एक आम से पेड़ के अंदर इतनी बड़ी दुनियाँ मौजूद है !"

"पेड़ के अंदर नही इमाम साहब शायद पेड़ से होकर उनकी दुनियाँ का रास्ता जाता हो, खैर यह सब गैब की बातें है अल्लाह ही बहतर जनता है, हमारी इतनी अक़ल कहा जो इन सब पुर-असरार चीजों की हक़ीक़त समझे..!" रमीज इमाम साहब के साथ क़ब्रिस्तान की तरफ चलते हुए कहता है !

"रमीज़ भाई आप लाइबा का क़बर तैयार करिये तब तक मैं अपने घर से होकर आता हूँ !" इमाम साहब ने क़ब्रिस्तान के दरवाजे तक पहुँचते हुए कहा !

"घर जाकर क्या करोगे आप इमाम साहब ..? यही मेरे साथ रह कर उनका इंतज़ार करे वो लोग कभी भी यहा पहुँच सकते है !" रमीज़ ने कहा !

"ठीक है रमीज़ भाई मैं यही आप के साथ इंतज़ार कर लेता हूँ ! मगर मैं काफी वक़्त से घर से बाहर हूँ घर में सब फ़िक्र कर रहे होंगे ?" इमाम साहब फिक्रमंद होते हुए कहते है !

"ठीक है इमाम साहब आप घर से होकर आये तब तक मैं अपने कामों में लग जाता हूँ, बारिश तो थम चुकी है मगर मिट्टी गीली होगी पूरी तरह, काफी मोसक्कत् करनी पड़ेगी क़बर तैयार करने में..! " रमीज इमाम साहब से कहता है!

रमीज से इजाजत लेकर इमाम साहब कुछ वक़्त के लिये अपने घर की तरफ चल देते है, रमीज कुदाल उठा क़ब्रिस्तान में उस तरफ चल देता है जिधर उसे क़बर तैयार करनी रहती है!

लाईबा के आखिरी ख्वाहिश के मुताबिक रमीज़ सुबह के वक़्त में जिस क़बर को तैयार कर रहा था , ठीक उसी के पास ही एक पुराने कबर का इंतेखाब करता है लाइबा की क़बर के लिये !

जैसे ही वो लाइबा के कबर के लिये पहली दफा कुदाल से मिट्टी खोदता है, बे इख़्तियार उसकी आँखो से आँसु बहने लगते है! आज उसकी मौत के बाद उसे एहसास होता है के उसने लाइबा के जीते जी कभी भी उसकी दोस्ती की क़दर नही की , वाक्यी मौत का कोई भरोसा नही कब किसे अपने साथ लेजाये!

"रमीज भाई..! ओ रमीज भाई..! आगया मैं, आप का काम मुकम्मल हुआ के नही..! " इमाम साहब रमीज को आवाज़ लगाते हुए क़ब्रिस्तान में दाखिल होते है!

"हाँ होगया इमाम साहब आरहा हु..! " रमीज कहता हुआ ईमाम साहब के क़रीब पहुँचता है! तभी उसे ख्याल आता है के उसने लाईबा की दुनियाँ में जाने से पहले चूल्हा जला हुआ छोड़ा था ! वो जल्दी से अपने कमरे के अंदर जाता है.., तो वो देखता है के जो चिला और चाय बनाने का जो काम वो अधूरा ही छोड़ कर गया था वो सब बने हुए होते है और चूल्हा बुझा हुआ और साफ सुथरा होता है, साथ में जिस केतली में रमीज ने चाय बनाया था , वो अभी तक गरम होते है!ये सब देख रमीज काफी हैरान होता तभी इमाम साहब उससे पूछते है!

"क्या हुआ रमीज भाई आप अपना सर क्यों खुजा रहे है? "

"इमाम साहब क्या बताऊँ..? मैं तो खाना बनाने का काम अधूरा छोड़ कर गया था, और देखो आप यहाँ सब कुछ बना हुआ और गरम भी है ! " रमीज हैरान होते हुए कहता है!

"रमीज भाई वाक्यी कब्रिस्तान के साथ साथ आप की जिंदगी के मामलात भी पुर-असरार और दिलचस्प है! " इमाम साहब कहते है!

"इमाम साहब आप बैठे मैं जरा बदन पर पानी उड़ेल कर तैयार होजाऊँ मिट्टी देने के लिये..! " रमीज कहता हुआ बाल्टी लेकर नल की तरफ चल देता है!

"ठीक है रमीज भाई जल्दी आये मैं इंतज़ार कर रहा हूँ! " इमाम साहब कहते हुए वही चबूतरे पर बैठ जाते है!

थोड़ी ही वक़्त में रमीज भी तैयार होकर आजाता है!

तभी उनकी नाक से एक खुशबु टकराती तो वो कब्रिस्तान के दरवाजे की तरफ देखते है! काफी तादाद में जिन्नात के कौम के लोग लाईबा के जनाज़े को कंधा दिये क़ब्रिस्तान में दाखिल होते है! वो लोग लाईबा के जनाज़े को कब्रिस्तान में बने नमाज़ पढ़ने की जगह पर रख कर खड़े होजाते है!

इमाम साहब लाईबा की नमाज़-ऐ-जनाजा पढ़ाते है..! नमाज़ पढ़ने के बाद रमीज कबर के अंदर जाकर लाईबा के कफन में लिपटे जिस्म को क़बर के अंदर लेटाता है! फिर उसके चेहरे से कफन हटा कर उसके कौम को उसका आखिरी दिदार करवाता है!.

जिसे हमेशा रमीज ने सज़ा सवरा हुआ और हँसते बोलते देखा था , आज वो कफन पहने खामोश लेटी हुई रहती है ! रमीज वापस से उसके चहरे को कफन से ढक कर कबर से बाहर

निकल कर क़बर में उपर से लकड़ी का तख्ता लगा देता है! फिर बारी बारी से सभी अपनी मुट्ठी में मिट्टी उठाते है...,!

रमीज भी अपनी मुट्ठी में मिट्टी उठाता है और पढ़ता है!" मिन्हा खलकना कुम" (जिसका मतलब होता है "मिट्टी से हम ने तुम्हे पैदा किया) उसके बाद पहली बार मिट्टी कबर पर डालता है..!

दूसरी बार मिट्टी मुट्ठी में उठाता है और पढ़ता है! " वा फीहा नो ईदोकुम" (जिसका मतलब होता है " और उसी में हम तुम्हे वापस लौटाते है ! ") पढ़ कर रमीज मिट्टी लाईबा के कबर पर डाल देता है !

फिर रमीज तीसरी बार मुठ्ठी में मिट्टी उठाता है और पढ़ता है! "वा मिन्हा नुखरिजुकुम तारतन उखरा " (जिसका मतलब होता है " और उसे से तुम्हे दूसरी बार निकालेंगे) फिर वो आखिरी बार मिट्टी लाइबा के क़बर पर डालता है और हाथों को झाड़ लेता है....!

इस तरह वहाँ पर मौजूद सभी जिन्नात और इमाम साहब सभी लाइबा के क़बर पर मिट्टी डालते देते है ! फिर रमीज लाईबा की कबर को अच्छे से मिट्टी से बराबर कर देता है !

इंसानों का खाकी वजूद हो या हम जिन्नातो का आग से बना हुआ वजूद आखिर के हम सब को इसी खाक यानी मिट्टी के अंदर वापस लौट जाना है..! " लाईबा के वालिद रमीज और इमाम साहब से कहते है!

"बिल्कुल दुरुस्त फरमाया आप ने , अल्लाह की बनायी हर मखलुक चाहे वो इंसान हो या जिन या कोई और दूसरी मखलुक मौत के बाद सभी को मिट्टी में मिल जाना है! " इमाम साहब फरमाते है!

"अब मुझे इजाजत दे, मैं चलता हूँ ! "

लाईबा के वालिद रमीज और इमाम साहब से इजाजत लेकर अपने कौम के लोगों के साथ रुखसत हो जाते है !

रमीज़ हाथ-मुँह धोकर जब वापस अपने कमरे में जाता है, तो देखता है कि घर में रखा हुआ खाना अभी भी गरम है।

यह देखकर रमीज़ हैरान रह जाता है, क्योंकि कई घंटे गुज़र जाने के बाद भी चाय और चावल का चीला उसी तरह गरम पड़े होते हैं।

उसे यह बात कुछ अजीब लगती है, क्योंकि इतने वक़्त बाद भी खाने का यूँ गरम रहना कोई मामूली बात नहीं होती है..!

खैर रमीज फिर भी इमाम साहब को आवाज़ देकर बुला लेता है , फिर दोनो साथ में खाना खा कर थोड़े देर आराम के नियत से रमीज के घर के बाहर बने चबूतरे पर बैठ जाते है.! आज कई साल बाद रमीज और इमाम साहब एक दूसरे के साथ काफी वक़्त गुजार रहे होते है.! दोनो एक दूसरे से बहुत सारी बातें करते है, फिर ज़ोहर की नमाज़ का वक़्त होता है तो दोनों मस्जिद की ओर एक साथ चल देते है!

दोपहर में जोहर की नमाज़ पढ़ के थका हारा रमीज कब्रिस्तान में बने अपने छोटे से घर की चारपायी पर इस ख्याल से लेट जाता है के थोड़ा आराम कर के वापस से वो उस कबर को तैयार करेगा जिसे आज सुबह उसने अधूरा ही छोड़ दिया था!

चारपायी पर लेटते ही रमीज को थकान की वजह से नींद आजाती है और वो फिर से एक बार अपने खवाबों के सफर पर होता है...!

25

लेटते ही नींद आगयी-25

एक बार फिर रमीज के खवाबों का सफर शुरू हो चुका होता है! रमीज ख्वाब में अपने आँखो के सामने तेज रौशनी को देखता है, वो रौशनी इतनी तेज होती है के रमीज अपनी आँखो पर हाथ रख लेता है..! फिर वो आहिस्ता आहिस्ता हाथ आँखो से हटाते हुए, उसी रौशनी के अंदर चलते हुए आगे बढ़ता है...! थोड़ा आगे बढ़ने पर जब उसकी आँखे देखने लायक होती है तो वो देखता है के उसने सफेद पकीज़ा लिबास पहने है, और वो अपने कंधे पर अपना कुछ समान कपड़े की मोटरी में बांधे कंधे पर लिये वो किसी सब्ज़ वा तवील रास्ते पर चल रहा होता है..,! जैसे जैसे वो उस रस्ते पर आगे बढ़ता है उसे वैसे वैसे अपने खानदान के वो लोग दिखते है जो पहले फुत हो चुके होते है, यानी मर चुके है !

वो अपने सभी खानदान के लोगों से मिलता उनसे बातें करता हुआ आगे बढ़ता है!

थोड़ा और रास्ता तय करते हुए उसकी मुलाक़ात अपनी अम्मी अब्बा से होती है, वो काफी बहतर हालत में होते है, उम्दा लिबास जेब तन किये होते है !

जो उसे देख कहते ! "हमारी दुनियाँ में खुश आमदीद मेरे बच्चे !"

रमीज उनको सलाम कर उनसे उनका हाल दरयाफ्त करता है और काफी देर तक उनसे बातें करता रहता है...!

इस तरह वो एक एक कर के कई अपने लोगों से मिलता है जो मर चुके होते है ! वो हर एक से बातें करता उनका हाल दर्याफ्त करता और आगे की ओर बढ़ जाता...! आखिर में उसे नरगिस, उसका दोस्त असलम देखते है उसके साथ साथ खड़ी लाईबा जिन ज़ादी और एक खूबसूरत नव जवान जिसे रमीज सही से पहचान नहीं पाता है..! सब ने ही बेहद उम्दा लिबास जेब तन किये होती है ! रमीज को देख सभी एक साथ खुश आमदीद कहती है! रमीज उनसे भी बहुत सारी बातें करता है...!

इस तरह सब से मुलाक़ात करता हुआ वो एक सफेद रौशनी की सिम्त चल देता है! चलते चलते आचानक उसकी आँख खुलती है!

तभी रमीज के कानों में असर की अज़ान की आवाज़ पड़ती है! रमीज पुर सुकून अपने चारपायी पर बैठा अज़ान सुनता है !

अज़ान सुनने के बाद रमीज अपनी चारपायी से उतर के वज़ू कर नमाज़ के लिये चला जाता है! आज उसका दिल मुतमाईन और पुर सुकून होता है! उसे ऐसा महसूस होरहा होता है मानो वो हक़ीक़त में सब से मुलाक़ात कर के आया हो!

"किधर जा रहे हो रमीज भाई! " असर की नमाज़ के बाद रमीज को जाता देख इमाम साहब कहते है!

"और किधर जाऊँगा इमाम साहब मेरा तो एक ही ठिकाना है और वो क़ब्रिस्तान है..! " रमीज मुस्कुराते हुए कहता है..!

"मुझे मालूम है रमीज भाई के आप 30 साल की उमर से लेकर 55 साल के उमर तक इसी क़ब्रिस्तान के मकीन हो ...! अभी फिल्हाल मिट्टी के ऊपर क़ब्रिस्तान में रहते हो, मौत के बाद मिट्टी के नीचे क़ब्रिस्तान में आराम करोगे...! कोई जगह चुन कर रखी है या नही आप ने..? मेरी माने तो कोई पसंद की जगह मुन्ताखिब करले अपने कबर के लिये ! "इमाम साहब हंसते हुए मज़ाकिया अंदाज़ में कहते है!

"इमाम साहब आप को भी कभी कभी मज़ाक बहुत सूझता है, जगह का इंतेखाब क्यों कर करना जहाँ पर गहरी नींद सोना लिखा होगा सोजाऊंगा..., खैर मेरा जो काम अधूरा रह गया था..., उसी को पूरा करने जा रहा हूँ वरना कल सुबह वो लड़का अपने बाप के जनाज़े को लेकर आजाएगा और अगर उसके बाप की क़बर तैयार नही रही तो दिक्कत होगी ! " रमीज जवाब देता है !

"रमीज भाई असर और मगरीब में ज्यादा वक़्त नही रहता, आप यही मस्जिद में मेरे पास बैठ जाओ एक ही बार मगरीब की नमाज़ अदा करने के बाद चले जाना! " इमाम साहब रमीज से कहते है !

"बात तो आप ने सही कहा, वैसे भी अब मौसम साफ है मैं मगरिब की नमाज़ अदा कर के क़बर मुकम्मल कर दूँगा ! चलिये इमाम साहब चल कर बैठते है ! " रमीज कहता है फिर वो इमाम साहब के साथ मस्जिद में ही बैठ जाता है !

"रमीज भाई आप से बड़ा दिल लग गया है मेरा, कभी कभी दिल करता है बस आप से बातें करता रहूँ, आप के जैसा सुलझा हुआ इंसान मैंने अपनी पूरी जिंदगी में शायद ही किसी को देखा हो! " इमाम साहब रमीज के कंधों पर हाथ रखते हुए कहते है !

"शुक्रिया इमाम साहब मगर आज आप कुछ ज्यादा ही मेरी तारीफ कर रहे हो कोई खास वजह ? " रमीज शुक्रिया अदा करते हुए कहता है!

"अरे रमीज भाई इसमे किसी खास वजह का होना जरूरी थोड़ी है . . , यह तो आप भी जानते हो के हमदोनो एक दूसरे के लम्बे अरसे से दोस्त रहे है, और आप का एखलाक, आप की बातें और साथ में आप के जिंदगी गुजारने का तरीका मुझे बेहद पसंद है ! " इमाम साहब कहते है !

"किसी के अंदर की अच्छाई वही इंसान देख सकता है, जो खुद अंदर से खूबसूरत हो ...! " रमीज एक प्यारी सी मुस्कान अपने चेहरे पर सज़ाये हुए कहता है!

"रमीज भाई आप के इस बात से गले लगने को दिल कर रहा है! " इमाम साहब कहते हुए रमीज के गले लग जाते है!

"इतनी मोहब्बत के लिये शुक्रिया इमाम साहब अब चलिये मगरिब के अज़ान का वक़्त हो चुका है , अज़ान देदे..! " कहते हुए रमीज की आँखे नम हो जाती है!

" हाँ जाता हूँ रमीज भाई चलिये आप भी वज़ू कर ले मगरिब की नमाज़ के लिये ..! " इमाम साहब कहते हुए मस्जिद के अंदर अज़ान देने वाली जगह पर जाकर मगरिब की अज़ान देते है ...!

मस्जिद से मगरीब की नमाज़ अदा कर के रमीज इमाम साहब से इजाजत लेकर वापस क़ब्रिस्तान में अपने घर की तरफ लौटता है , अपने कमरे से लालटेन रौशन कर वो कुदाल उठा वापस अधूरे खुदे हुए कबर की तरफ चल देता है!

एक बार को तो उसका दिल चाहा के वो कबर खोदने का काम कल पर टाल दे मगर उसे आज का काम कल पर टालना पसंद ना आया और वो चल देते है !

पास में ही नरगिस की कबर होने की वजह से उसका ध्यान अपनी नरगिस की तरफ बार बार जा रहा होता है, साथ ही लाइबा के ताजा कबर से भीनी भीनी खुशबु आरही होती है ! रमीज अपना जहन दोनों की कबर के तरफ से हटा कर अपने काम को शुरू करता है...,

सुबह की बारिश के वजह से कबर में पानी भर चुका होता है, तो रमीज एक बाल्टी के जरिये सभी पानी को बाहर निकालता है और कबर खोदने का अपना काम शुरू करता है ! गीली मिट्टी होने की वजह से उसे काफी मोशक़्क़त उठानी पड़ती है फिर भी वो अपना काम जारी रखता है!

बारिश ठहर चुकी होती है, धीरे धीरे रात अपने पैर फैलाने लगती है! आसमान पुरा साफ हो चुका होता है, जिनमें से चंद तारे टिम टिमा रहे होते है , पूरा चाँद कभी बादलों में छुपता तो कभी बादलों से झाँकता, ठंडी चलती हवाये रमीज के कानों में शोर मचा रही होती है . . . !

अपने काम में मगन रमीज के कानों में हवाओ के शोर के साथ साथ मस्जिद से ईशा की अज़ान की आवाज़ सुनायी पड़ती है तो वो थोड़े देर के लिये अपने काम को रोक कर वही कबर पर बैठे चाँद को निहारने लगता है !

उसे ख्याल आता है के कैसे वो और नरगिस गर्मियों के पूरी चाँद की रात को एक रोज आम के बगीचे में सब से छुप कर मिले थे..! और फिर नरगिस ने उससे बड़े ही मसुमियत से कहा था !

" रमीज तुम भी देखो ना मेरी इस पीले नग की अंगूठी में चाँद कितना खूबसूरत दिख रहा है! "

एक पल के लिये तो उसे हँसी आयी थी मगर फिर रमीज नरगिस के साथ मिल कर उस के हाथ में पहनी चांदी के अंगूठी जिसमें पीले रंग का खूबसूरत सा नग जड़ा होता है, उसमें

बादलों में छुपता और बादलों से झाँकता चाँद को देखते और खुश होते, उस छोटे से अंगूठी में चाँद और भी खूबसूरत और दिलकश नज़र आरहा होता है!

"हाय..., कितना सुकून था उन पलों में जब नरगिस मेरे साथ होती थी ! रमीज अपने ख्यालों में सोचता है..., तभी तेज सर्द हवाये जब उसके जिस्म को लगती है तो वो ख्यालों की दुनिया से बाहर आता है ! वो खुद को देखता है तो उसका पुरा जिस्म किचड़ से सना होता है.., और अब उसे ठंड महसूस हो रही होती है .! अज़ान मुकम्मल हो चुकी थी, रमीज अज़ान के मुकम्मल होते ही दोबारा से कबर खोदना शुरू कर देता है ! काफी दिक्कत के बाद आखिर के कबर तैयार हो जाती है ! तो रमीज क़ब्रिस्तान के नल पर हाथ मुँह अच्छे से धोता है फिर अपना लिबास तब्दील कर वज़ू कर के ईशा की नमाज़ के लिये मस्जिद की तरफ चल देता है!

ईशा की नमाज़ पढ़ कर रमीज जब क़ब्रिस्तान की हदूद मे दाखिल होकर , क़ब्रिस्तान के दरवाजे लगाते हुए अपने कमरे की तरफ वापस लौटता है, तो सफेद लिबास पहने पिछली रात वाला लड़का उसके घर के बरामदे में खड़ा होता है , रमीज लड़के के लिबास से उसे पहचान लेता है के जो पिछली रात को अपने अब्बा की कबर तैयार करने का कह गया होता है!

" अरे बेटे तुम इस वक़्त यहाँ? सब खैरयत तो है? " रमीज कहता हुआ उस लड़के की तरफ बढ़ता है!

"अस्सालाम-ओ-अलैकुम अब्बा हुज़ूर , ... जी सब खैरयत है, असल में मैं देखने आया था के, मैंने जो क़बर तैयार करने को कहा था वो तैयार है या नही? " नक़ाब पोश लड़के ने कहा!

"वालेकुम अस्सालाम बेटा, हाँ मैंने तुम्हारे कहने के मुताबिक उसी जगह क़बर तैयार करदी है जहाँ तुमने बताया था, बस दुआ है के बारिश रुकी रहे ताके कबर में पानी ना भरे,

वैसे अगर तुम चाहो तो चल कर देख सकते हो! " रमीज लड़के को चलने का इशारा करते हुए कहता है!

"हाँ ठीक है चलता हूँ मगर पहले आप गुसुल कर के यह लिबास पहन ले...! " नक़ाब पोश लड़के ने रमीज की तरफ एक नया सफेद कुर्ता और पायजामा बढ़ाते हुए कहा!

रमीज की नज़र उसके हाथों पर पड़ती जिनमें उसने दस्ताने पहने हुए होते है, रमीज को उस लड़के के जिस्म का एक भी हिस्सा नही दिख रहा होता है

"अभी तो काफी रात हो रही, और सर्द हवाये भी चल रही, मैं कल सुबह गुसुल कर लूँगा अभी ठंड लगेगी और यह नये कपड़े किस के लिये बेटे और तुमने खुद को इतना ढ़क कर क्यों रखा है ? " रमीज हैरत से लड़के की तरफ देखते हुए एक ही बार में सारी बातें कह देता है..!

"कोई सवाल ना करे अब्बा हुज़ूर, ठंड नही लगेगी आप को बस जैसा कह रहा हूँ वैसा कर ले इसमें आप की ही बहतरी है ..., जाये जाकर नहा ले और यह कपड़े पहन ले मैं यही पर आप का इंतज़ार कर रहा हूँ...! " लड़का कहता है तो रमीज खामोशी से उससे कुर्ता और पायजामा लेकर नहाने चला जाता है !

रमीज नहाने के लिये नल से पानी बाल्टी में भरता है , जब वो जग से पानी उड़ेलता है तो उसे एक बार और हैरानी होती है क्यों के? नल का पानी नीम गरम होता है ! बहरहाल रमीज गुसुल कर के नये लिबास जेब तन कर लेता है !

नक़ाब पोश लड़का रमीज के कमरे के पास खड़ा ही उसका इंतज़ार कर रहा होता है !

"चलो बेटा अब चल कर तुम अपने वालिद की कबर चल कर देख लो! " रमीज चलने का इशारा करते हुए कहता है!

"जी पहले आप चले मैं आप के पीछे पीछे आता हूँ! " लड़का जवाब में कहता हैं!

तो रमीज क़ब्रिस्तान के उस आखिरी छोर की सिम्त चल देता है, रमीज जब पीछे मुड़ कर लड़के की तरफ देखता है.., तो वो लड़का चल नही रहा मगर फिर भी वो उसके करीब आता जा रहा होता है , उसकी चाल बड़ी पुर-असरार होती है !

रमीज को दूसरा झटका तब लगता है जब वो क़बर को सुखा हुआ देखता है ..., क्यों के जब वो कबर तैयार कर रहा था तो वहाँ पर किचड़ ही किचड़ थे .., मगर अब सब कुछ सुखा और साफ होता है !

"बेटा देखो तुम्हारे कहने के मुताबिक मैंने कल से पहले ही कबर तैयार करदी है . . , मगर एक बात समझ नही आयी के तुम्हे कैसे मालूम के तुम्हारे वालिद को कल तदफीम किया जायेगा ! " रमीज लड़के को कहता है!

"अभी तो मेरे अब्बा हयात से है मगर शायद अब उनका हमसे मुलाक़ात करने का वक़्त आगया है, और उनके इंतकाल का वक़्त हो चुका है ! " पुर-असरार लड़का कहता है तो रमीज हैरान उसके तरफ देखता है !

"इससे पहले के रमीज कुछ कहता अचानक तेज हवाये क़ब्रिस्तान में चलने लगती है.., धूल और गरद से बचने के लिये रमीज अपनी आँखे मूंद लेता है, जब हवाये थोड़ा थम जाती है तब वो अपनी आँखे धीरे धीरे खोलता है तो सामने का मंजर उसके लिये हैरान कर देने वाला होता है...!

रमीज के नज़रों के सामने अपनी अपनी कफन पहने वो सभी लोगों की रुहे होती है जो रमीज के अपने होते और कुछ अंजान लोगों की रूह भी मौजूद होती है,जो कभी ना कभी रमीज की जिंदगी से जुड़े होते है,और जो फुत हो चुके होते है !

रमीज हैरान आँखे फाड़े सब को देख रहा होता है! नक़ाब पोश लड़का रमीज के बगल में ही खड़ा होता है!

रमीज उसे फुस फुसाते हुए धीरे से कहता है..! "बेटे क्या तुम्हे क़ब्रिस्तान में रूहे दिख रही है ? ना जाने अब कब्रिस्तान में कौनसे नये वक़्यात् होने वाले है! "

"जी हाँ अब्बा हुज़ूर मुझे भी सब दिख रहे है, शायद यह सब आप से ही मुलाक़ात करने को आये हो ! " नक़ाब पोश लड़का रमीज कहता है!

"मुझसे मुलाक़ात करने को? मगर क्यों? " रमीज ने पूछा!

वो सारे कफन पहने लोग रमीज के सामने आकर खामोश खड़े होजाते है ! उन्हें इस तरह अपने सामने देख रमीज थोड़ा डर और हैरानी के मिले जुले तासुरात में मुब्तिला होजाता है !

रमीज को परेशान देख नक़ाब पोश लड़का उससे कहता है "घबराये नही अब्बा हुज़ूर यह सब सिर्फ आप से मुलाक़ात कर आप का शुक्रिया अदा करने आयी है ' क्यों के? इनकी मौत के कुछ दिन तक तो इनके अपने इनकी क़बर पर जियारत करने के लिये आते थे .., मगर जैसे जैसे वक़्त गुजरा वो सारे लोग अपने अपनों को भुल गये..!

अब शायद ही इनका कोई अपना इनकी कबर पर माग़फिरत की दुआ करने को आता हो..., मगर अब्बा हुज़ूर आप सालों से इनके के लिये मग़फिरत की दुआ करते आरहे हो, जिससे इन्हे काफी सुकून मिलता है और आप इस कब्रिस्तान में सफाई का और कबरों का भी कितना ख्याल रखते हो, इस लिये कब्रिस्तान के यह सारे मकीन आप से काफी खुश और आप के शुक्र गुजार है ! "

" मगर बेटे यह सब आज अचानक इस तरह यहाँ क्यों है? और तुम कैसे जानते हो इनके बारे में! सब कुछ बहुत डरावना लग रहा है मुझे..! " रमीज अपने पेसानी पर आये पसीने को पोछते हुए कहता है !

तभी रमीज के दोस्त असलम की रूह उसके करीब आकर कहती है ! " मेरे दोस्त रमीज मुझे यहाँ आना पड़ा क्यों के? तुम आज भी कही ना कही खुद को मेरे मौत का जिम्मेदार समझते आरहे हो, मगर मेरे दोस्त ऐसा नही है, तुम्हे तो कुछ भी इल्म नही था के हमारे साथ क्या हुआ था..?,इसलिये तुम खुद को मुजरिम ना समझो हमें तकलीफ होती है ? हाँ एक और बात तुम्हे मालूम नही के नरगिस के भाइयों ने मरने से पहले खुद यह बात सब को बता दी थी के वो दोनों ने ही अपनी बहन, बीवी, बड़े इमाम साहब, तुम्हारे बेटे और मेरे मौत के जिम्मेदार है ! "

तभी रमीज नरगिस के भाइयों की रूह को देखता है जिनका कफन मैला होता है और वो बेहद बुरी हालत में दिख रहे होते है , जो रमीज से इल्तिजा करते हुए कहते है! " रमीज काश के हम मरने से पहले अल्लाह से तौबा कर पाते मगर हमने अपने गुनाह को कभी गुनाह समझा ही नही.., तुम भी हमें माफ करदो हमने अपनी झूठी इज्जत और शान के खातिर ना जाने कितने बेकसूर को मार दिया हमने तुम्हे तुम्हारी मोहब्बत और औलाद दोनों से दूर करदिया हमें अफसोस है हमें माफ करदो! " नरगिस के दोनों भाई की रूह एक साथ कहती है !

क़ब्रिस्तान में मज़र तो दिल दहला देने वाला होता है मगर रमीज फिर भी खुद को हिम्मत देता हुआ नरगिस के भाइयों की रूह से पूछता है! " सब को क़तल करदिया फिर मुझे क्यों जिंदा छोड़ दिया..? असल गुनाहगार तो मैं था! "

"उस वक़्त हमें सिर्फ अपनी बहन से नफ़रत थी और उसके होने वाले बच्चे से बाकी सब तो गलती से बीच में आने की वजह से मारे गये और इमाम साहब को मारा नही था वो तो हमारे धमकाने के बाद से दिल का दौरा पड़ने से उनके उनकी मौत हुई थी , मगर उनके मौत

का जिम्मा भी कही ना कही हमारे उपर है....! " नरगिस के भाइयों की रूह कहते हुए खामोश होजाती है!

और फिर रोते हुए कहती है ! " ऐ काश के हमें मालूम होता के किसी को ना हक क़तल करना इंसानियत को क़तल करना है और उसकी सज़ा कितनी बड़ी होगी , तो हम एक चिंटी तक नही मारते , रमीज तुम एक बार हमें माफ करदो के शायद हमारे अज़ाब में कोई कमी हो जाये !"

नरगिस के भाइयों की रूह के खामोश होते ही रमीज कहता है! " मैं कौन होता हूँ तुम्हे माफ करने वाला अल्लाह तुम्हें और हम सभी को माफ करदे और हमारे गुनाह बख्श दे अमीन! "

" रमीज तुमनें ध्यान नही दिया यह बच्चा तुम्हे बार बार अब्बा कह कर क्यों पुकार रहा है? ! " नक़ाब पोश औरत कहते हुए अचानक से रमीज के सामने आती है!

"मैं इसके वालिद के उमर का हूं इसलिये यह मुझे अब्बा कह कर बुला रहा और खातून इसमें हैरत वाली कोई बात नही मगर खातून आप इधर कैसे....? क़ब्रिस्तान में कोई भी वक़्यात होता है तो आप कैसे मौजूद होती है? " रमीज कहता है !

"रमीज तुम्हारी आवाज़ सुनी तो इधर आगयी और इन सब रूहों की तरह मैं भी इसी क़ब्रिस्तान की मकीं हूँ, वैसे रमीज यह बच्चा तुम्हे अब्बा इसलिये कह कर बुला रहा क्यों के..? यह तुम्हारा बेटा अहसन है! " नक़ाब पोश औरत कहती है!

इस बार उसकी खनकती हुई आवाज़ को रमीज पहचान जाता है और उसके लब बे इख़्तियार बोल पड़ते है, " नरगिस तुम...? "

थोड़े देर के लिये क़ब्रिस्तान में मौत सा सन्नाटा फैल जाता है! नक़ाब पोश औरत खामोश रहती है!

तभी नक़ाब पोश लड़का अपने चेहरे से नक़ाब हटाता है तो रमीज हैरान उसे देख कहता है ! " बेटा तुम तो वही हो जो एक महीने पहले गोली लगने की वजह से मर चुके हो! "

रमीज के सवाल पर वो लड़का जो नक़ाब पहने होता है कहता है ! " हाँ मैं वही लड़का हूँ अब्बा हुज़ूर जिसके यतीम और मुर्दा पड़े जिस्म को आप ने तूफानी बारिश से बचाने की कोशिश की अपने दोस्त इमाम साहब की मदद से क़ब्रिस्तान तक लाये और मेरा कोई नही है जो मेरे कफन और दफन का इंतजाम करे, यह जान कर मुझे अपनी रखी हुई कफन पहनायी और फिर मेरी कबर तैयार कर मुझे गुसुल देकर मेरी नमाज़-ऐ-जनाजा पढ़ा कर मुझे ईज्जत के साथ तदफीम किया! अब आप इसे मेरी अच्छी किस्मत कहे या बुरी मालूम नही मगर मौत के बाद मुझे ईलम हुआ के आप मेरे वालिद मोहतरम हो..! अब्बा हुज़ूर मैं आप का बेटा 'अहसन' हूँ! और यह नक़ाब पोश खातून जो आप को हर रोज मेरे कबर के पास दिखती है वो मेरी माँ और आप की मोहब्बत नरगिस है ! "

नक़ाब पोश लड़के के मुँह से हक़ीक़त सुन कर रमीज काफी हैरान उसे देखता है ! उसे यक़ीन नही होरहा होता है के जिस बेटे को वो ख्वाबों में देखने की कोशिश कर रहा था उसे

उसने अपनी जिंदगी में मुर्दा देखा था और आज उसकी रूह उसके सामने मौजूद है..! दूसरा जिस नक़ाब पोश खातून को वो कई रोज से देखते आरहा है जिससे अक्सर उसकी बातें होती आरही है वो कोई और नही बल्के उसकी नरगिस की रूह होती है ! तभी नरगिस भी अपने चेहरे से नक़ाब हटा देती है ,

रमीज आज तक ख्वाब में ही सिर्फ उसकी रूह से मुलाक़ात करते आरहा था मगर आज उसकी नरगिस की रूह उसके रुबरु होती है ,वो बिल्कुल वैसे ही दिख रही होती है जैसे रमीज ने आखिरी बार उसे देखा था

रमीज के हाथ पैर कांपने लगते है , थोड़ी देर कुछ सोचता है फिर सवाल करता है ! " तो क्या मेरे बच्चे और नरगिस तुम्हे आलम- ऐ -बर्जख मे जगह नही मिली..? और आखिर तुम्हारी रूह क्यों भटक रही? और आज आखिर तुम सब इस तरह मेरे सामने क्यों कर आये हो...?"

"नही रमीज हमारी रूह भटक नही रही है असल में जिस रोज मेरे भाई मेरा गला दबा कर मुझे जान से मार रहे थे उस वक़्त मरने से क़ब्ल् मैंने दुआ की के 'ऐ मेरे पाक परवर दिगार मेरी रूह को इतनी मोहलत दे के मैं अपने बच्चे को उसके बाप यानी रमीज तुम तक पहुँचा सकूँ ' और रमीज अल्हमदो लिल्लाह.., अल्लाह पाक ने मेरी दुआ कुबूल फरमयी मेरे मरते ही मेरी रूह मेरे बेटे के साथ साथ रही, अहसन जब दस साल का हुआ तब से लेकर जवान होने तक मैंने कई बार उसे तुम्हारे बारे में ख्वाब दिखाये कभी उसे तुम्हारा चेहरा तो कभी यह गाँव तो कभी हमदोनो को एक साथ ख्वाब में दिखाया, इस तरह से मैंने अहसन को कई ख्वाब दिखाये मगर अहसन मेरे तरफ से दिखाये गये खवाबों के बारे में कभी समझ नही पाया, रमीज इससे पहले के इसको समझ आती यह मेरे भाइयों के हाथ लग गया और फिर उन्होंने हमारे बच्चे को किस तरह मार डाला इस बात का तो ईलम तुम्हे है ही , वो तो अल्लाह का करम था के मेरे भाइयों ने मेरे बेटे के मुर्दा जिस्म को उस कोठरी में छोड़ने के बजाये यहाँ क़ब्रिस्तान के पास फैंक दिया जिससे अहसन पर तुम्हारी नज़र पड़ी और मेरे बच्चे को ईज्जत से कफन दफन नसीब हुआ!, बेशक अल्लाह बड़ा करीम है, अहसन के मौत के बाद मैंने तुम्हे ख्वाब के जरिये सब बताया और तुम सब समझ भी गये,

बाकी अहसन के साथ साथ यह सारी रूहे तुम्हे शुक्र अदा करने के लिये आज यहाँ जमा हुए है और कुछ तुमसे माफी के लिये ...! " नरगिस की रूह कहते हुए खामोश हो जाती है !

"अम्मी अब्बा आप लोग गम ना करे मैं इतनी ही जिंदगी लेकर आया था , हाँ मुझे हर रोज अम्मी ने ख्वाब दिखाये मगर मुझे हमेशा ऐसा लगता था के शायद मैं यतीम हूँ इसलिये खवाबों में अपने वाल्दैन को तलाशता रहता हूँ, और ख्वाबों में मुझे जब भी यह क़ब्रिस्तान और यह गाँव , वो आम का बाग दिखता था तो मुझे लगता था के इमाम अब्बू यहाँ रहते है और उन्होंने ही यहाँ के बारे में मुझे बताया था ,इसलिये मुझे इस गाँव के ख्वाब आरहे थे..!

अहसान की रूह देर खामोश रहती है और फिर कहती है..!

"अम्मी आप मुझे माफ करदे अगर मैं आप के खवाबों पर गौर करता तो आज मेरे दामन में मेरे अब्बा के साथ साथ मेरी हमसफर भी होती, वो आज भी मेरा इंतज़ार कर रही है..! उसे तो ईलम ही नही के मैं अब इस दुनिया में नही रहा , हाँ मगर मैंने ख्वाब के जरिये उसे समझाने की कोशिश की है अल्लाह ने चाहा तो वो समझ जाएगी और किसी और से निकाह कर अपनी जिंदगी अच्छे से बसर करेगी..! " अहसन की रूह उदास अल्फाज़ों में कहती है !

"गम ना करो मेरे बच्चे यही हमारी तक़दीर थी , आज मैं उस रब का शुक्र गुजार हूँ के उसने मेरी जिंदगी की हर हक़ीक़त को मेरे सामने ला खड़ा कर दिया और मौत से पहले मैंने तुम सब से मुलाक़ात कर लिया,मेरी जिंदगी आज मुकम्मल हुई.., अहसन मेरे बेटे मैं और इमाम साहब तुम्हारी जो मोहब्बत थी उसके पास जाकर उसे सारी हक़ीक़त बता देंगे और उसका निकाह भी करा देंगे इंशा अल्लाह..! " रमीज कहता है !

" मगर रमीज यह सब अब मुमकिन नही है ! " नरगिस की रूह रमीज से कहती है!

" कैसे मुमकिन नही है नरगिस..? मैं कल ही इमाम साहब के साथ शहर जाता हूँ! " रमीज कहता है !

" रमीज तुमने इन चालीस दिनों में जितने भी ख्वाब देखे उन में से एक ख्वाब ऐसा था जिसमें तुमने अपने माँ के पेट से लेकर आज तक का वाक्या देखा था इससे तुम्हे अंदाजा हो जाना चाहिए था के अब इस दुनिया में तुम्हारे पास वक़्त कम है ! " नरगिस की रूह कहती है!

" नरगिस मौत तो बरहक़ है भला इसमें मेरा अंदाजा क्या लगाना..?बस मेरा रब मुझसे राजी रहे, जब भी मौत आये मुस्कुरा कर गले लगा लूंगा! " रमीज नरगिस से कहता है !

तभी अचानक से रमीज के दिल में सदीद दर्द उठता है , उसके हाथ पैर ठंडे और बेजान से होने लगे , रमीज की आँखे बन्द होने से पहले नरगिस और अपने बेटे अहसन की रूह को देख रही होती है , दर्द से तड़पता हुआ वो ताजा बनी कबर में सीधा गिर जाता है , और उस कबर में उसे " लेटते ही नींद आगयी " कभी दोबारा ना उठने के लिये!

इधर ख्वाब में इमाम साहब रमीज के साथ हो रहे सारे वक़्यात देख रहे होते है! वो आखिर में देखते है के रमीज जिस कबर को तैयार कर रहा था उसी में गहरी नींद सो चुका होता है! तभी उनके दरवाजे पर दस्तक होती है जिससे उनकी नींद खुल जाती है , वो उठ कर दरवाजा खोलते है! सामने वही नक़ाब पोश लड़का होता है! "

"अस्सालाम -ओ -अलैकुम मैं यहाँ यह कहने आया हूँ के मेरे अब्बा का आज इंतकाल फरमा गये है, आप फज़र की नमाज़ पढ़ कर क़ब्रिस्तान जाकर उनके आखिरी सफर में उनकी मदद कर देना! "

" वालैकुम अस्सालाम ठीक है मैं सब कर दूँगा बेटा अहसन ! " इमाम साहब के कहते ही वो नक़ाब पोश लड़का उनके नज़रों के सामने से गायब हो जाता है! इमाम साहब काफी हैरान होते है मगर वो अब सब कुछ जान चुके होते है!

सुबह फ़ज़र की अज़ान देकर वो रमीज के आने का इंतज़ार करने लगते है,उन्हें अपने ख्वाबों पर यक़ीन नही हो रहा होता है, नमाज़ का वक़्त हो कर खत्म हो चुका होता है मगर रमीज मस्जिद नही आता, इमाम साहब दिल ही दिल बेचैन हो रहे होते है , वो सुबह होने का इंतज़ार करते है फिर सुबह होते ही क़ब्रिस्तान की सिम्त चल देते है ! पहले वो रमीज के कमरे में जाते है तो कमरे का दरवाजा खुला होता है और वहाँ रमीज उन्हे नही मिलता है उनकी नज़र रमीज के चारपाई पर रखे कफन पर पड़ती है ठीक उसके बगल में मुर्दो की फाईल होती है जिसके आखिरी पन्ने पर लाईबा जिन जादी के बाद आज के तारीख के साथ लिखा होता है

मरहूम अब्दुल रमीज

वालिद - सफ़क़त खान

मौत का वक़्त रात के 3 बजे

और मौत की वजह दिल में सदीद दर्द की वजह से अचानक मौत लिखी होती है !

यह सब पढ़ते ही इमाम साहब फाइल वापस रख कर, रमीज के कमरे से बाहर निकल कर चारों तरफ नज़र दौड़ाते हुए रमीज को आवाज़ देते है!

" रमीज भाई..! ओ रमीज भाई..! किधर हो आप..? आज आप नमाज़ के लिये मस्जिद नही आये मैंने आप के इंतज़ार में चाय भी नही पी...आ.. आ ..और आप अपने कमरे में भी मौजूद नही हो, आखिर के आप किधर हो..! "

मगर रमीज उन्हें आवाज़ नही देता है तो वो क़ब्रिस्तान में चारों तरफ उसे तलाश करने लगते है जब वो क़ब्रिस्तान के आखिर में जाते है जिधर रमीज ने कबर तैयार की थी,

फिर वो जब खुदी हुई कबर में झांकते है तो उनकी आँखे फटी की फटी रह जाती है, रमीज अपनी ही बनाई हुई कबर में लेटा होता है उसे देख ऐसा लग रहा होता है के वो गहरी नींद में है मगर जब इमाम साहब कबर में उतर कर उसकी नब्ज़ का मोयना करते है तो उसका पुरा जिस्म ठंडा पड़ चुका होता है, और उसकी धड़कने खामोश होती है उसके जिस्म ने साँस लेना भी छोड़ दिया होता है!

इमाम साहब फौरन मस्जिद से लोगों को बुलाकर लाते है .., उन लोगों की मदद से रमीज को कबर से निकाल कर खुद उसे गुसुल देकर उसके चारपाई पर रखी कफन पहना कर उसे उसके आखिरी सफर के लिए तैयार कर देते है!

फिर इमाम साहब नम आँखो से मस्जिद की स्पेकर पर ऐलान करते है..!" हज़रात नेहायेत ही अफसोश के साथ यह ऐलान किया जा रहा है के रहमतगंज क़ब्रिस्तान में रहने वाले गोरकन जनाब अब्दुल रमीज का आज इंतकाल हो गया है , उनके जनाज़े की नमाज़ आज सुबह 10 बजे रहमतगंज ईद गह में अदा की जायेगी और रहमतगंज क़ब्रिस्तान में सपूर्द खाक किया जायेगा, आप तमामी हज़रात से गुज़रिश है के ज्यादा से ज्यादा तादात में इनके जनाज़े में शरीक होकर सवाब हासिल करे, "**इन्ना ल्लिलाहे वा इन्ना ऐलैहे राजेउण्** " बेशक हम अल्लाह के है और हमें अल्लाह की तरफ लौट जाना है !

ऐलान के मुकम्मल होते ही इमाम साहब अपने दोस्त के बिछड़ जाने पर फुट फुट कर रोने लगते है !

समाप्त

शमा खान

हकीकत की एक झलक

तो दोस्तों, ये थी वो इबरतनाक दास्तां (सबक देने वाली कहानी), जो हमें सच्ची मोहब्बत और मौत की तल्ख़ हक़ीक़त से रूबरू कराती है। यह कहानी हमें सिखाती है कि असल में यह दुनिया फ़ानी है और यहाँ की ज़िंदगी महज़ एक मुसाफ़िरखाना है।

यह कहानी हमें एक बड़ा सबक़ देती है—ज़िना के उस संगीन गुनाह के बारे में, जो इंसान को न सिर्फ़ दुनिया में रुस्वा करता है बल्कि उसके अपनों और यहाँ तक कि उसकी आने वाली नस्लों की ज़िंदगी भी बर्बाद कर देता है। यह एक ऐसी लानत है जिसकी आग में अक्सर बेगुनाह भी झुलस जाते हैं। गुनाह चाहे कितना ही छोटा क्यों न लगे, उसका ख़मियाज़ा (हरजाना) इंसान को और उसके पूरे घराने को भुगतना पड़ता है।

ज़िंदगी में वक़्त रहते तौबा का दरवाज़ा खटखटाना ही असल कामयाबी है। यह कहानी हमें पैग़ाम देती है कि मौत एक ऐसी अटल सच्चाई है जिसका सामना हर नफ़्स को एक न एक दिन करना ही है। इससे पहले कि वक़्त की डोर हाथ से छूट जाए और गुनाहों का बोझ रूह को दबा दे, क्यों न हम अपनी आख़िरत को तौबा और सच्चाई के ज़रिए सँवार लें। मुझे उम्मीद है कि इस कहानी के ज़रिए आप लोगों को ज़िंदगी, मौत और पाकीज़गी के कुछ अनकहे पहलुओं को समझने का मौक़ा मिला होगा।

अगर सांसों ने वफ़ा की, तो जल्द ही लौटूँगी एक नई दास्तां के ख़ौफ़ और एहसास के साथ। तब तक के लिए इजाज़त दें।

अल्लाह हाफ़िज़।

- शमा खान

www.ingramcontent.com/pod-product-compliance
Lightning Source LLC
LaVergne TN
LVHW091532200926
848483LV00002B/371